교사
열전

읽어 두기
2013년에 나온 《우리는 맨손으로 학교 간다》를 새롭게 정리해서 펴냈습니다.
글마다 밝혀 놓은 학교는 선생님들이 그 글을 썼을 때 있었던 곳입니다. 아이들이
쓴 글은 맞춤법에 따르지 않고 그대로 실었습니다. 그리고 어떤 글에서 아이들 이름은
본디 이름이 아닙니다.

교사 열전

주중식 외 한국글쓰기교육연구회 엮음

양철북

교실에서 골목길에서 들판에서 아이들과 함께 헤매면서도
길을 찾아가고 있는 교사 한 사람, 한 사람의 열정을 담았습니다.
지금도 아이들 곁에서 애쓰는 모든 선생님들을 응원하며.

머리글 | 아이들과 교사가 함께 자라는 교실 구자행 · 10

|1부| 학교 가는 길

| 2부 | 작은 학교 이야기

|3부| 몸으로 만나는 교실

아이들과 교사가 함께 자라는 교실

학교는 교사와 아이들이 함께 사는 곳이라 생각합니다. 월요일 아침 난롯가에 둘러앉아 눈을 감고 꽃향기를 맡으며 무슨 꽃일까 상상하면서 하루를 열고, 맨손으로 학교 가면서 작고 예쁜 것들을 들여다보고, 동무랑 선생님이랑 골목길을 누비며 누구네 할머니가 하는 반찬 가게에 어떤 맛있는 걸 파는지 또 동무 집은 어디인지 살펴보기도 하고, 공부하다 더우면 냇가에 가서 물놀이도 하고 빨래도 해 보고, 평상에 누워 구구단 외우고, 글자 공부는 우리 집 식구 이야기로 그림책 만들면서 배우고. 이 책에 나오는 교실처럼 살 수만 있다면 세상이 얼마나 따뜻해질까, 아이들이 제 모습으로 얼마나 싱싱하게 살아날까, 그런 꿈을 꾸게 됩니다. 함께 살아가는 마음, 그런 게 자연스레 길러지지 않을까 싶어요.

이 책 1, 2, 3부는 교실에서, 골목길에서, 또 들로 나가 아이들과 함께 지낸 이야기입니다. 그런가 하면, 4부는 아이들과 글을 쓰면서 서로 마음 나눈 이야기지요. 아이들은 솔직하게 자기 이야기를 쓰면서 스스로

를 존중하는 마음이 생기는 거 같습니다. 비로소 제 삶의 주인으로 서
게 되는 거겠지요. 동무가 쓴 이야기를 들으면서 자기와 다르지 않다는
것도 배우고, 다른 사람을 이해하고 받아들이기도 하고요. 엄마 없고
아빠 없고 가난한 게, 나만 그런 것이 아니구나 싶고. 처지가 비슷하니
까 서로 다독거려 주고. 그러면서 아이 마음이 자라지요.

　어제 저녁 여섯 시에
　아름다운 용서를 봤다.
　거기선 엄마가 딸을 찾는다.
　나는 속으로
　'버리고 간 애를 왜 이제야 찾노?'
　하는 생각이 저절로 난다.
　생각 안 할라고 해도 난다.
　나도 그러니까.
　엄마는 나를 두고 갔다.
　그것도 아기 때
　엄마 얼굴도 모르는데
　이학년 때 찾아와서
　내가 니 엄마다 했다.
　근데 여기 나온 언니는

엄마를 용서해 준다.
나는 왜 용서 못해 줄까?
속이 좁아서일까?
엄마라는 단어가 나오면
자동적으로 눈물이 흐른다. (김나영 '엄마')

시 쓰기 시간에 아이들이 저마다 가슴에 안고 있는 돌덩이를 하나씩 꺼내 놓았습니다. 나영이가 쓴 시와 또 다른 아이들이 쓴 시를 선생님이 조심스럽게 읽어 주었습니다. 나영이 시를 읽어 내려가는 중간에 벌써 아이들 눈가가 발개지고 읽는 선생님도 목이 메었지요. 더 무슨 말이 필요할까요. 말을 하지 않아도 서로 마음을 느낍니다. 마음을 추스르고 선생님은 아이들과 이런 이야기를 더 나누었습니다.

"오늘 동무들 사생활 이야기를 했는데 한 가지 걱정거리가 생겼네."
"뭐가요?"
"동무들 상처를 불쌍하게 생각하고 동정하는 마음이 생길까 봐."
"아, 불쌍하다고 생각하면 안 되지요."
"그러면 어째야 되노?"
"사람마다 다 상처가 있으니까…… 그러니까 그것이 부끄러운 것이 아니고."

교실 일기를 꾸준히 쓰다 보면, 진정한 마음으로 제 사는 모습과 아이들을 살피게 됩니다. 내가 왜 이 일을 겪게 되었는지, 아이에게 무슨 일이 있는 건지, 왜 그 아이 때문에 힘들어 했는지, 상황을 객관으로 보게 되고, 그러면서 잘 몰랐던 아이 마음속까지 비로소 헤아리게 됩니다. 한발 물러서서 자기를 바라보고, 아이들을 찬찬히 살펴볼 줄 아는 힘, 성찰이 여기서 나옵니다.

2012년 11월 5일
구자행

| 1부 | 학교 가는 길

매화차로 여는 아침 시간

우리 집 뒤, 산으로 올라가는 길가에 매화나무가 몇 그루 있다. 엊그제 언니가 밭에 가는 길에 보니 누가 매화나무 가지를 쳐 냈는데, 잘린 가지마다 꽃봉오리가 예쁘게 맺혀 있더란다. 그래서 가지치기해 놓은 거 한 아름 안고 와 온 집 안에 꽃꽂이를 해 놨다. 장독대 위에도 놓고, 마루에도, 마당 탁자 위에도 놓았다. 떨어진 꽃봉오리는 주워서 녹차 안에 몇 송이 넣어 마셨다. 향이 참 좋다.

오늘, 월요일 아침. 꽃샘추위로 갑자기 차가워진 날씨라 난로를 피우고 그 둘레에 아이들과 둘러앉았다.

"자, 잠깐 눈 감아 볼래? 내가 너희들 코앞에 뭘 갖다 댈 테니 냄새로만 맞혀 봐라."

집에서 가져온 매화꽃을 손바닥에 한 움큼 놓고 아이들 둘레를 한 바퀴 돌았다.

"방금 향기 맡았지? 그게 뭘까 맞혀 봐!"

"매니큐어요!"

"비누요!"

"화장품인가?"

"꽃이요, 꽃!"

"그래, 꽃이다. 근데 무슨 꽃일까?"

"진달래? 개나리?"

"천리향인가?"

아무래도 향기만으론 안 되겠다. 이번엔 꽃송이를 보여 줬다.

"아, 뭐더라? 많이 봤는데……."

"매실꽃인가?"

"그래, 매실꽃 맞다. 근데 매실꽃이라 안 하고 매화라 하지. 매화나무 열매를 매실이라 하는데 열매를 볼 수 있는 나무가 있고, 열매는 안 달리고 꽃만 보는 나무도 있지."

매화나무에 대해 잠깐 이야기하고 이번엔 매화차를 만들었다. 큰 잔으로 한 잔 만들어 돌렸다. 맨 먼저 순혁이. 아이들 시선이 순혁이 얼굴로 모인다. 조심스레 차를 마신 순혁이 얼굴이 조금 일그러진다.

"왜? 맛이 이상해?"

"아뇨. 향은 좋은데……."

두 번째 재기. 재기는 맛이 괜찮은지 세 모금 연달아 마신다. 아이들이 막 웃는다. 나래는 잔을 잡더니 "향기부터 맡아 보고" 하면서 코를 갖다 대더니 한 모금 마신 뒤 "물이네!" 한다.

오늘은 매화꽃 향기와 매화차를 마시며 아침을 시작했다.

이승희, 밀양 단산초등 (1999.4)

맨손으로 학교에 오기

"오늘 숙제는? 받아쓰세요."

"일(1), 맨손으로 학교에 오기."

"와아 안 돼요. 빨개벗고 오란 말이에요?"

늘 걱정부터 하는 홍래가 소리친다.

"야, 맨몸이 아니라 맨손으로 오란 말이야. 넌 말을 좀 귀담아들어야
지."

"하하하, 맨손이래."

"맨발이 아니고 아무것도 손에 들지 말고 집을 나서란 말이야. 옷은
벗어도 되고 입어도 되고. 그건 알아서 해. 신발은 신어야 하고. 할 수
있지요?"

"네!"

"그다음 이(2), 오면서 예쁜 거 있으면 하나만 가져오기."

늘 즉흥으로 하는 일이 재미있다. 어느 순간에 '이걸 해야겠다' 하는
생각이 들었을 때, 때를 놓치지 말고 해야 후회가 없다는 걸 알면서도
계획 세우다가 시간 다 지나가고, 이것저것 잡일하다가 놓쳐 버리고.
올해만큼은 그러지 않기로 맹세를 했다. 정말 올해는 공문이고 종합 감
사 준비고 뭐고 간에 아이들하고 함께 지내는 일부터 생각하고 해 놓
기 전에는 손에 잡지 않기로 했다. 그 바람에 감사 전날은 깜깜한 밤중
에 학교에서 집으로 돌아왔지만.

하루하루 아이들하고 지내는 게 재미있다. 나는 훌륭한 선생은 포기
하고 행복한 선생님이 되기로 했으니깐. 어찌 보면 참 이기적인 교사라
는 생각도 들지만 나도 한번 즐겁게 살아 보겠다고 작정을 하고 나니

왜 이렇게 아이들하고 할 일이 많은지 모르겠다.

토요일은 수업이 세 시간이다. 학원도 안 가는 날이니 아이들 마음에 가장 여유가 있고 즐거움이 넘치는 날이다. 한 주일 동안 지낸 일을 잘 마무리하면서 새 주일을 기대하는 마음을 갖도록 토요일에는 둘러앉아서 다 함께 노래를 부르고 춤을 춘다. 한 가지 맛 좋은 영양 간식을 준비해서 나눠 먹고. 좌우지간 내가 자신 있는 것만 하는 날로 정해 놓고 지내니까 일주일 중에 토요일은 무슨 잔칫날 같다.

아이들을 보내고 나서 아침 첫 시간에 할 《바른생활》 '스스로 하기'에서 문제 해결을 스스로 하도록 칠판에 적어 놓고 둘째 시간에 리듬 합주할 오에이치피(OHP) 악보와 시디(CD), 녹음테이프 준비해 놓고 내일 무얼 먹을까 생각해 보았다. 쑥범벅을 하려고 했는데 바람이 불고 시간이 오래 걸릴 것 같아 자신이 없다. 쑥도 안 캐 놓았고. 집에서 빵이나 만들어 와야겠다고 생각을 하고 나니 벌써 5시다. 퇴근할 시간이네. (4월 14일)

아침에 어제 바자회에서 산 우리옷을 입었다. 군청색 긴 치마에 연분홍 저고리. 치마가 좀 긴 듯한데, 그래도 좋은 날 꼬까옷 입는 것처럼 열심히 다려 입고 집을 나섰다. 우리 반 애들은 내 옷차림이나 나한테 별로 관심이 없다. 저희들끼리 놀기 바쁘다. 그래도 나는 이쁘게 입고 싶다. 재미있으니까. 어젯밤에 빵을 못 만들어 빵 기계와 우리밀, 달걀 네 개, 마가린, 빵에 넣을 아몬드를 차에 실었다.

교실에 오니 제일 일찍 오는 지윤이가 앞으로 나와 주머니에서 슬그머니 뭘 꺼내더니 내민다. 아, 어제 내준 숙제인가 보다.

"놀이터에서 주웠어요."

까맣고 납작한 돌이다.

"어머, 예뻐라."

돌을 만지고 있는데 개구쟁이 이용우가 뭐라고 소리치며 들어온다.

"선생님 이거 별이에요, 별!"

용우가 손에 들고 온 건 개나리인데 가지 끝에 핀 개나리꽃 세 송이
가 노란 꽃잎을 벌리고 있는 게 마치 별 같다.

"어쩜 이렇게 꽃잎이 이쁘니?"

나는 정말 감탄을 했다.

접시에 물을 붓고 지윤이가 준 작은 돌멩이에 기대어 꼬마 개나리를
놓았다. 애들이 만족한 듯 웃는다. 그걸 앞에 있는 작은 책상 위에 올려
놓았다. 홍래는 노란 꽃다지 한 줄기를 손에 들고 왔다. 작은 병에 꽂았
다. 아무것도 안 가져온 경은이는 열심히 병에 물을 떠 오고 부러운 듯
가만히 들여다본다.

조금 있으니 아이들이 몰려 들어온다. 어디서 따 왔는지 영숙이는
손에 한 주먹 되는 진분홍 진달래와 하얀 봄맞이꽃을, 뒤이어 손에 손
에 한 줌씩 꽃을 들고 들어온다. 이걸 어쩌지? 한 개만 가져오는 건데.
작은 주스병이며 모아 놓은 우유갑에다가 되는 대로 개나리며 꽃다지,
냉이꽃, 진달래, 봄맞이꽃 들을 소복소복 꽂았다. 노랑과 분홍으로 온
교실이 환하고 눈이 부시다. 아이들이 작은 꽃상 둘레로 몰려와 들여다
본다.

"선생님, 별꽃도 있어요."

눈동자가 별처럼 까맣게 빛나는 한얼이가 옆에 와서 손을 내민다. 코딱지만 한 하늘색 별꽃(이름이 정확히 맞는지 모르겠다) 하나, 이름 모를 보라색 꽃 하나, 제비꽃 세 송이, 진달래 하나, 냉이와 꽃다지 하나…… 이렇게 들고 왔다. 가까이서 꽃잎을 들여다보니 작은 꽃잎 하나 하나가 얼마나 이쁘고 신기한지 모르겠다.

문득 임길택 선생님이 생각났다.

"그 어느 것으로라도 내가 다시 태어날 수만 있다면 꽃술이 아니어도 좋아요. 꽃봉오리 아니어도 좋아요."

임길택 선생님이 이 풀포기로 다시 태어났다면 기뻐했을 것이다. 코찔찔이 바보 같은 아이도 아주 좋아하고, 뭐든지 좋아했던 사람이니까. 나는 임길택 선생님과 함께 아이들을 바라보았다. 그러니까 선생님 사랑이 보태져서 정말 아이들이 사랑스럽고 그 작은 손에 들려 온 풀포기 하나하나가 소중하다. 눈물이 나도록.

조그만 손에 들려 온 꽃들을 창가에 늘어놓았다. 음악을 틀어 놓으니 온 교실에서 봄꽃들이 노래를 하며 잔치를 알리는 듯하다.

'스스로 하기'를 다한 사람은 나가 놀라 하고 조용히 빵 기계를 교실로 들고 들어왔다. 몇 명 남은 애들하고 교실 뒤에서 빵을 만들었다. 반죽 소리가 요란하니 어느새 아이들이 들어와 빵 기계에 들러붙어 있다.

자, 이제 책상을 디귿으로 놓고 리듬 악기를 나누어 주고 악보를 칠판에 준비하고 둘러앉았다. 책에 나온 '숨바꼭질' 노래를 한 다음 백창우 테이프를 들으며 '숨바꼭질' 노래를 다 같이 불렀다. 이어서 악보를 바꿔 가며 리듬 치기를 했다. 신나게 두드리는데 꼬마 영숙이(조금 미숙아)하고 꼬마 정민이(일곱 살, 옆 반 선생님 아들)가 가운데에 나와서 덩실덩실 춤을 춘다. 분위기가 차츰 달아올랐다. 내친김에 노래를 하나 더 하려는데 갑자기 아이들이 멈추어 버린다.

"선생님, 배고파요."

그러고 보니 솔솔 빵 냄새가 난다. 그럼 악기와 악보를 다 정리하고 접시를 준비하자. 몇 명이 나와서 나누는 걸 도와준다. 뜨끈뜨끈 김이 나는 빵을 칼로 썰어 스무 조각을 냈다. 은수가 가져온 강냉이와 빵을 담고 나니 어느새 제 책상 위에 접시 하나씩 올려놓았네.

먹을 땐 교실이 조용하다. 돌아다니면서 보리차를 나누어 주었다.

"자, 먹으면서 숙제를 들어요. 오늘은 집에 가서 목욕하고 머리 감고 그다음 뭐 해야지?"

"빨래요!"

"그래. 양말, 실내화 빨고 착한 일도 한 가지씩 하세요."

"오늘 왜 이렇게 빨리 끝나요?"

조금만 재미없으면 책상에 푹 엎어지는 경호가 물어본다. 복도에서 헤어지면서 아이들을 하나하나 쓰다듬어 주었다.

맨손으로 집에 가니까 발걸음이 더욱 가볍다. 맨손으로 오니까 안 보이던 것들이 더 잘 보이고 이것저것 오고 가는 길에 들여다보기도 좋고. 무엇보다 자유로움과 편안함을 느낄 수 있다면 좋겠다.

노미화, 강화 조산초등 (2000.4.15)

모두 행복한 입학식

2월 28일에야 담임을 발표하는 바람에 입학식 준비할 시간이 모자랐어요. 그래도 힘껏 준비했지요.

6학년 선생님들과 의논하니 사탕 목걸이랑 편지, 풍선을 준비해 주겠다 하셨습니다. 3월 2일에 아이들 만나자마자 준비해야 하니 쉬운 일이 아닐 텐데, 흔쾌히 하겠다 하셔서 얼마나 고마운지 모르겠더군요.

제가 1학년 부장이니 입학식 시나리오를 짜 보라고 해서 생각을 해 보았습니다. 무엇보다도 처음 학교에 온 1학년들이 '아! 내가 이 학교에 온 것을 모두 기쁜 마음으로 환영해 주는구나!' 이렇게 느낄 수 있고 행복한 마음이 드는 입학식이 되면 좋겠어요. 아이들이 입학식 시작하는 10시에 강당으로 하나둘 모이는 것보다는 미리 교실에 와서 선생님이랑 인사 나누고 이름표도 달고 기다리다가 함께 입학식장에 들어가는 것이 좋겠다 싶었어요.

그래서 3월 1일에 1학년 선생님들이 집집마다 미리 전화를 드렸습니다. 1학년 몇 반이 되었다고 알려 드리면서 입학식은 10시지만 9시 30분까지 아이와 함께 교실로 오시라고 부탁드렸어요.

3월 2일은 참 무지무지 바빴습니다.

저는 올해 학교도 옮겨서 짐까지 풀어 정리하느라 더 바빴어요. 교실 정리를 한 다음 교실 앞과 뒤를 꾸몄어요. 뒤쪽 가운데 판에는 운동회 날 박 터뜨리기 하는 것처럼 꾸몄어요. 박이 벌어진 것처럼 종이를 오려 붙이고 색색 리본을 늘어뜨렸어요. 그 아래에 색깔 종이컵을 여덟 쪽으로 잘라 펼쳐서 마치 꽃이 활짝 핀 것처럼 했어요. 그리고 가운데에 아이들 이름을 무지개 모양으로 꾸며서 붙이고 꽃송이도 날리는 것처럼 만들어서 붙였습니다. 양옆에는 나무랑 산, 구름 모양을 꾸며 나뭇잎이랑 꽃잎, 새도 오려 붙이고. 아이들이 앞으로 그림 그리면 붙일 거니까 밑그림만 그려 놓은 거지요. 다하고 보니 참 예뻐요.

책상 위에 아이 이름 하나씩 붙여 두고 이름표 만들고 신발장에 이름 붙이고 반 표시하는 것도 오려 달았어요. 칠판에 "입학을 축하합니다!" 환영하는 글을 화려하게 꾸민 것을 붙이고 나니 시간이 훌쩍 흘러 밤 10시가 넘었어요.

캄캄한 밤에 집으로 돌아오는데 몸은 고단하지만 행복한 느낌이 가슴 가득 차올라 떨리기까지 했어요. '아! 일 다했다!' 이런 마음.

집에 와서는 입학식 날 나눠 줄 주 생활 계획표에 편지도 써넣고 내일 입고 갈 옷도 미리 입어 보고 설레는 마음으로 잠자리에 들었어요.

3월 3일! 드디어 입학식 날입니다. 5시에 눈이 번쩍 떠졌어요. 어제 교실은 꾸며 놓았지만 청소는 깨끗이 다 못 하고 왔거든요. 교실이 마룻바닥이라 그런지 빗자루로 아무리 쓸어도 먼지가 동글동글하게 뭉치기만 할 뿐 쓸리지가 않았어요. '안 되겠다. 집에서 청소기랑 기름걸레 가져와서 청소해야겠다' 하고 왔거든요.

청소기까지 들고 낑낑대며 교실에 들어서니 아침 8시. 부랴부랴 청소기로 먼지 빨아들이고 기름걸레로 사악 닦았어요. 교실 바닥이 "어흠, 시원하구려" 합니다.

청소까지 다해 놓고 앉아 기다리니 아이들과 할머니, 어머니, 아버지들이 한 분 두 분 들어오십니다. 교실에 들어오는 아이 하나하나마다 손잡고 인사하면서 이름표 목걸이를 달아 주었어요.

"우아, 우리 수민이 참 씩씩하게 생겼구나! 만나서 반가워요."

환하게 웃으며 인사하니 아이도 살짝 웃습니다. 모두 이름표 나눠 주고 인사 나누니 9시 45분이 다 되었어요.

교실 뒤에 계시던 부모님들께 "아이 입학시키려니 많이 떨리시지 요?" 하니 웃으며 모두 "예" 합니다.

"저도 떨립니다."

부모님들께는 먼저 강당으로 가시라고 했어요.

"강당에서 기다리시다가 입학식 시작할 때 1학년들이 6학년 손잡고 들어가면 손뼉 크게 쳐 주세요."

부모님들이 내려가고 난 뒤 6학년 선생님들이 6학년 아이들을 데리 고 오셨어요. 복도로 나가서 6학년 아이들에게 머리 숙여 인사하며 맞 이했지요.

"6학년 친구들! 참 고마워요. 어제 사탕 목걸이 만드느라 고생 많이 했지요? 오늘 아침에는 풍선 부느라 일찍부터 왔지요? 우리 1학년, 입 학식 때 많이 예뻐해 주세요. 사탕 목걸이 걸어 주고 편지 주고 난 다음 에 우리 1학년 동생들 한번 업어 줄 수 있어요?"

"예!"

"고맙습니다. 역시 6학년이 멋져!"

"업어서 한 바퀴 돌고 그다음에는 풍선으로 공놀이 조금 하다가 1학 년 동생이랑 함께 엉덩이로 터뜨려 주세요."

"예."

우리 반 아이들을 남학생부터 졸졸 복도로 데리고 나가 6학년 형님들 옆에 서게 하니 6학년 아이들이 "엄마야, 귀여워라" 하면서 동생들 손을 꼬옥 쥐어 줍니다.

강당 무대 옆 대기실에서 기다리다가 "1학년들 들어오세요" 하는 소리에 맞춰 문을 열고 강당으로 들어섰습니다.

미리 방송 맡은 선생님께 부탁드린 장중한 곡이 힘차게 흐르고 있었어요. 우레와 같은 박수 소리를 들으며 우리 아이들은 6학년 언니들 손을 잡고 강당으로 들어갔지요. 아이들과 함께 한 걸음 한 걸음 걸어 들어가 우리 반이 설 자리까지 가는데 어찌나 가슴이 벅차던지요! 참 뿌듯하고 황홀한 순간이었어요. 부모님들은 자기 아이가 보이면 환호성까지 지르면서 힘껏 손뼉을 쳤습니다.

모두 줄지어 선 다음 바로 국민의례를 하는데 아이들이 어찌나 즐겁고 기운차게 애국가를 부르던지! 교장 선생님과 6학년 언니가 환영하는 말을 하고 그다음에 6학년들이 우리 아이들에게 사탕 목걸이를 걸어 주고 편지도 주었습니다.

사회를 보는 교무 선생님께서 다음 순서를 이야기하셨어요.

"이번에는 6학년 언니들이 1학년을 환영하는 마음으로 업어 주도록 하겠습니다!"

"우아!"

학부모님들이 환호성을 지릅니다.

업고 도는 아이, 업고 뛰어다니는 아이, 업었다가 넘어지는 아이……. 강당 안에 웃음이 물결쳤습니다. 그리고는 바로 이어서 풍선놀이를 했어요. 마음 같아서는 헬륨 풍선을 준비해서 아이들이 소원을 쓴 종이를 매달아 하늘 높이 날려 보고 싶었지만 학교 살림이 빠듯해 보여 더 욕심은 못 부렸지요.

교가 부르고 마지막에는 교장 선생님이 어제 갑자기 생각했다면서 반마다 시루떡을 준비해 주셔서, 선생님들이 무대 위에 올라가 입학을 축하하는 떡을 잘랐습니다. 반마다 진짜 떡시루에 담긴 팥떡을 두 되나 주셨어요. 입학식 마치고 교실로 오니 부모님들과 아이들 나눠 먹으라고 영양사 선생님이 가지고 오셨어요.

교실에서 짧게 제 소개를 했습니다. 내 앞가슴에 달고 있던 이름표를 손으로 가리면서 "제 이름이 뭘까요?" 하니 아무도 대답을 못 해요.

"김해경?"

"몰라요, 뭐예요?"

아이들이 궁금해 못 참겠다는 얼굴로 바라봅니다. 칠판에 이름을 크게 썼어요.

"제 이름은 김경해입니다. 학교에서 아이들 가르친 지는 16년 되었고요, 집에는 아이들이 둘 있는데 여러분보다는 조금 더 커요. 큰아이는 올해 중학교 들어가고요, 둘째는 이제 1학년이에요. 선생님 나이는 여러분 어머니보다는 조금 더 많지요. 할머니 선생님은 아니고 아줌마 선생님이에요."

앞에 앉은 조그만 아이가 "할망구?" 하는 바람에 모두 웃었어요.

앞으로 즐겁고 재밌게 지내자고 했어요. 아침에 학교 오기 전에 아침밥 챙겨 먹고 오고 꼭 똥 누고 오라고 이야기했습니다. 그리고 3월 한 달 동안 공부할《우리들은 1학년》과 학용품 준비에 대하여 짧게 이야기했지요. 이야기하는데 한 아이가 말해요.

"빨리 떡 먹고 싶다."

"배고파요?"

"예."

"나도 배고프다."

교실 뒤에 보니 아기 업고 있는 어머니가 두 분이나 되고 아이들은 떡 먹고 싶어 하고, 이야기를 빨리 끝내는 게 좋겠다 싶었어요.

"아기 업고 계속 서 계시니까 힘드시지예? 여기라도 좀 앉으시지예?"

의자를 뒤로 가져가려 하니 "서 있는 게 더 편합니다" 합니다.

떡을 나눠 먹으려니 접시도 없고 해서 아이들만 화장실로 데리고 가 손을 씻겼습니다. 그동안 부모님들은 편하게 떡 나누어 드시라고 했어요. 아이들 손 씻고 다시 교실로 돌아오니 종이에 조금씩 나누어 담아 맛있게들 드시고 있어요. 아이들도 떡시루에 손을 넣어 조금씩 뜯어 들고 가서 냠냠 맛있게 먹었습니다.

한 아이가 떡을 내밀어요.

"선생님, 아아."

"고마워요" 하면서 받아먹었지요.

오늘 처음 만난 아이들인데 벌써 마음속으로 쏘옥 들어옵니다.

떡을 나누어 먹으면서 "예, 오늘 입학식은 이제 마치겠습니다. 다 드시고 자유롭게 가면 됩니다. 여러분 모두 만나서 반갑습니다. 내일 아침에 우리 만나요" 하면서 고개 숙여 인사를 했어요.

아이들이 나가면서 곁으로 와 인사를 하고 가는데 한 아이가 "선생님, 안녕히 계세요" 하면서 머리가 거의 땅에 닿을 만큼 엎드리다시피 절을 합니다. 저도 "아이고, 안녕히 가세요" 하며 거의 엎드리다시피 절을 하니 교실 안에 웃음이 가득합니다.

참 모두가 행복한 입학식이었어요. 아이들도 즐거워하고 어머니, 아버지, 할머니, 할아버지 할 것 없이 얼굴에는 행복한 웃음이 한 바가지입니다. 그냥 웃는 게 아니고 진짜 행복한 얼굴이었어요. 저도 얼마나 즐겁고 행복하던지 아이들이 다 가고 난 뒤에도 하루 종일 들떠 있었습니다. 앞으로도 이렇게 행복하게 아이들과 지낼 것 같은 즐거운 예감이 듭니다. 이렇게 신나는 입학식이 될 수 있도록 도와준 6학년 아이들과 선생님들께 어떻게 보답을 할까 생각하고 있습니다.

김경해, 부산 화랑초등 (2005.3.3)

종현이 시험지

"쌔엠."

종현이가 아주 걱정스런 얼굴로 내 옆에 섰다.

"저어기요오. 저거어 시이험 보는 거예요?"

칠판에 붙여 놓은 시간표대로 책을 뽑아 들다가 첫째 시간, 둘째 시간에 시험이라고 적힌 걸 보고 걱정이 된 모양이다. 조금 있다 아이들이 다 오면 오늘 시험에 대해 이야기하려고 했는데 종현이가 먼저 본 것이다.

"그래, 오늘 시험 두 시간 친다."

"진짜요?"

그러고 암말 않고 자리에 들어가서 앉는다. "진짜요?" 하는 그 말이 그냥 확인만 하는 게 아닌 듯하다. 종현이는 제자리로 가더니 필통을 열었다 닫았다 열었다 닫았다 가만있지를 못한다. 책을 폈다가 넣었다가 다시 필통을 열고 지우개를 꺼내더니 책상을 여기저기 마구 문지르기 시작한다. 처음에는 살살 문지르더니 나중에는 지우개가 휘어져 부러지도록 꽉꽉 힘을 주어 문댄다.

"팔 아프겠다."

가까이 가서 말을 붙여도 그냥 문질러 댄다.

"종현아, 고마해라. 팔 안 아푸나?"

"아이씨, 몰라요."

종현이는 나하고 더 말하기 싫다는 듯 얼굴을 두 팔 사이로 더 쑤셔 박고 푹 엎드린다. 종현이하고 더 말을 할라는데 첫 시간 종이 울리고 옆 반에서 시험지 뭉치를 들고 왔다. 시험지 뭉치를 받아 들고 내 자리로 가는데 갑자기 종현이가 "와아악" 소리를 지른다. 아이들이 놀라서 다들 종현이 쪽으로 쏠린다.

이제 갓 3학년이 된 아이가 이렇게 시험에 대해 걱정이 크다니. 갑자기 내 가슴이 꽉 막힌다. 집에서 어머니가 어떻게 하시는지 궁금하다. 집안 분위기까지 걱정이 된다.

"야아들아, 시험 친다고 해서 종현이가 걱정이 많이 되는 모양이다. 너거들도 걱정 많이 되나?"

여기저기서 네댓이 "네" "네" 한다.

"오늘 시험은 점수 매겨서 너거들 등수 매기는 시험이 아인데."

아이들은 '그러면요?' 하는 얼굴로 나를 올려다본다. 칠판에다 "기초 학력 평가"라고 크게 쓰고 돌아섰다.

"학교에서는 오늘 시험을 이렇게 말해. 이거는 너거들 등수 매기는 시험이 아니고, 의사 선생님이 진찰하는 거하고 같아."

아이들은 무슨 말이냐는 듯이 빤히 올려다본다.

"환자가 어디가 어떻게 아픈지 잘 진찰해야 알맞은 처방을 해서 잘 치료할 수 있겠지? 오늘 치는 시험이 바로 진찰하는 거하고 같아. 아하, 이 동무는 글을 읽고 내용은 잘 알아내는데 부르는 말을 쓰는 게 좀 안 되는구나. 이 사람은 물건을 셀 때 쓰는 말은 잘 아는데, 편지 쓸 때 필요한 내용을 다 모르는구나. 이렇게 진찰하는 거야."

몇몇 녀석은 어서 손에 있는 시험지나 줄 것이지 하는 얼굴이다.

"이 동무는 천까지 숫자를 잘 아는데 크기 비교가 잘 안 되는구나. 이 사람은 뛰어 세기를 잘하는 걸 보니 곱셈은 쉽게 잘하겠는데. 이렇

게 여러분에 대해서 잘 알게 되면 여러분 한 사람 한 사람한테 꼭 필요
한 것을 더욱 힘써서 도와줄 수 있겠지요? 그러니까 아무 걱정 말고 잘
알고 있는 것은 자신 있게 답을 쓰고, 잘 모르겠으면 그냥 두어도 돼요.
조금만 알겠으면 조금 아는 것까지만 쓰고. 여러분 시험지를 보고 나중
에 여러분 한 사람 한 사람한테 내가 어떻게 도와줄지 잘 계획을 세울
거예요. 마음 푸욱 놓고 시험 보세요오!"

"그러면 엄마한테 안 보여 줘도 돼요? 싸인 받아 오는 거 아니지요?"

"그렇지. 이거는 진찰하는 거니까 내만 보면 돼요."

"진짜지요?"

종현이가 다짐을 받는다.

"걱정하지 말래도. 이거는 여러분이 잘 모르는 거를 치료해 줄라꼬
하는 거라니까."

아이들은 시험지를 받아 들자 진지하게 써 나간다. 언젠가 건강진
단 받을 때, 정말 진지하게 문진표를 썼던 생각이 난다. 아이들이 시험
이라 생각하지 말고 정말 문진표 쓰듯이 하면 좋겠다는 생각을 하면서
아이들을 기다렸다.

아이들이 집으로 돌아가고 종현이 시험지부터 찾아 들었다. 아주 걱
정스런 반응을 보이던 놈이라 그 녀석 시험지가 제일 궁금했다. 그런데
걱정스런 마음과는 달리 첫 문제부터 웃음이 터져 나왔다. 지금까지 이
런 시험 답안은 처음 본다.

– 부르는 말을 바르게 써 보세요. "발걸음도 가볍게"

나는 안 가벼습니다.

– 보기 문장에서 밑줄 그은 말을 높임말로 바르게 바꾸어 쓰세요.
〈보기〉"아버지가 큰 소리로 웃었습니다."
빨리 오면 좋켓습니다.

– 다음에서 틀리게 쓴 말을 바르게 고쳐 쓰세요. "놉고 푸른 하늘"
지금은 하늘이 꺼머습니다.

갈수록 종현이는 보통 아이가 아니다 싶다. 모든 문제를 자기 걸로 만들어 자기 답을 쓰고 있다.

모르미다
잘 모름니다

– 다음 중에서 일기 쓸 때 지키지 않아도 되는 것을 골라 보세요.
나는 이게가 아픔니다. 가르처주새요

의사가 진찰하는 것하고 같다고 했던 말을 종현이는 하나도 놓치지 않았다. 모른다고 아무것이나 쓰지도 않고, 그냥 비워 두지도 않았다. 답 쓰는 괄호가 넘치도록 꾹꾹 눌러서 써 놓았다. "나는 이게가 아픔니다. 가르처주새요" 이 말이 반갑고 눈물겹다.

– 다음 일기 글을 읽고 묻는 말에 답을 찾아 번호를 쓰세요.
자신있께 – 3번

– 다음에 늘어놓은 홀소리, 닿소리를 모아 낱말을 만들어 보세요.
  쫀 어렵게 – 태극기

드디어 마지막 문제다.

– 사물을 셀 때 쓰는 말을 다음 보기에서 찾아 쓰세요.
  나무 한 (번만 올라 가)
  연필 한 (번 쓰께)
  생선 한 (번 먹자요)
  운동화 한 (200쯤 되요)

시험지를 매기면서 나는 오늘 종현이를 한번 안아 주지 못하고 보낸 것이 마음 아프다.

박선미, 부산 신평초등 (2005.3.9)

한심한 1학년 선생

아침 활동 시간에 받아쓰기를 했다.

공문 처리하고 결재 맡을 일이 많아서 컴퓨터로 일을 하며 "1번 항아리, 2번 병아리" 하고 불렀다. 아이들이 조용히 글을 받아 적고 있다. 그런데 어디서 쿵쿵 소리가 들린다.

"이기 무슨 소리고?"

고개 들어 아이들을 봤다. 그러자 민우가 참았던 울음을 터뜨린다.

"엉엉, 엉."

"민우야, 왜 올이?"

"나 병아리 몰라요. 어떻게 쓰는지 몰라요."

"그럼, 쓰지 마. 안 써도 돼."

"엉엉, 병아리 글자가 생각이 안 나요."

"알았어. 쓰지 마."

그래도 민우는 눈물 콧물 범벅이 되어 울고 있다.

아이는 그리 서럽게 울고 있는데 선생이란 사람은 괜히 짜증이 난다.

"울지 마, 뚝 그쳐. 공부를 안 했으니 모르지. 소리 내지 마. 모르는 건 넘어가고 다음 거 쓰면 되잖아."

어이구. 무슨 선생이란 사람이 이러냐? 글자를 모르는 아이가 하루 공부한다고 글자를 다 알게 되더냐. 이 무슨 정신 나간 소리란 말이고?

민우는 콧물 눈물 난리가 났다.

"그래, 받아쓰기 안 해도 되니까 울지 말고 화장실 가서 씻고 온나."

받아쓰기가 다 끝날 때까지 화장실에 간 민우는 오지 않는다. 교실

문을 열고 화장실을 들여다보았다. 소같이 크고 예쁜 눈에선 아직도 눈물이 흐르고 있다. 다른 아이들에게 글자 쓰기를 하라고 일러두고 민우를 불러 숨쉬기를 시켰다.

"아침에 우리 숨쉬기 명상할 때처럼 배로 숨쉬기해 봐. 천천히."

'모르는 게 그리 속상하더나?' 하면서 위로해 주고 싶었는데 입으로는 "선생님이 받아쓰기 못한다고 혼냈어?"

"아니오."

"엄마가 혼내?"

"아니오."

"근데 왜 울어?"

이런 말도 안 되는 소리가 튀어나온다.

지나가던 교무 선생님이 "우리 민우가 글자를 몰라서 많이 속상했나 보네" 한다.

그래, 아이 마음을 먼저 봐줘야지. 무슨 1학년 선생이 이러냐? 왜 울겠노? 모르니까 속상해서 울겠지. 이제야 제정신이 든다.

물에 젖어 있는 민우 손을 잡고 민우에게 글자 공부는 금방 잘되는 게 아니니까 속상해하지 말고 계속 열심히 하면 된다고 얘기하고 교실로 들여보냈다.

이 사소한 일 하나도 아이 마음을 만져 주지 못하고 아이한테 내 얘기만 하는 내가 참……. 나도 속상하다.

정인숙, 거제 사등초등 (2010.4.15)

3월, 힘들고 행복하다

3월 3일 수요일

어제 입학식 하고 오늘은 공부하는 첫날이라 따로 쉬는 시간이 없었다. 한 시간 반 정도 지나서 잠시 쉬는 시간을 주었는데 "선생님, 지홍이가 승민이 이름표 찢었어요" 한다.

아이들 책상에 이름표를 붙여 주었는데 승민이 앞에 앉은 지홍이가 뒤를 돌아서 승민이 책상에 있는 이름표를 떼어 버린 거다.

'아니, 벌써 이런 일이. 처음이니까 제대로 바로잡아야지' 하는 마음에 무서운 목소리로 말했다.

"지홍아, 왜 승민이 이름표 뗐어?"

"제가 승민이한테 묵찌빠 하자고 했는데 승민이가 안 해서요."

잘못했다는 목소리가 아니다. 아주 또박또박 말한다.

"승민아, 지홍이 말이 맞아?"

고개를 끄덕끄덕.

지홍이를 앞으로 나오라고 했다. 그리고 다른 친구들한테 왜 그랬는지 다시 한번 말해 보라고 했다. 아까와 똑같이 말한다.

지홍이 말이 끝나기가 무섭게 여기저기서 모두 "지홍이가 잘못했어요" 한다. 그런데 맨 뒤에 앉은 하나가 "승민이도 잘못했어요. 지홍이가 놀자고 했는데 승민이가 안 놀아 줘서 그런 거니까 승민이도 잘못한 것 같은데" 한다.

하나 말을 듣더니 다른 친구들도 그런 것 같은지 잠잠해졌다.

그런데 하나 짝꿍인 윤상이가 "사람 마음은 다 다른 거지" 한다.

맞다. 바로 그거지.

"윤상이가 사람 마음은 다 다른 거래요. 지홍이는 승민이랑 많이 놀고 싶었고, 승민이는 묵찌빠가 하기 싫었잖아요. 지홍이랑 승민이 마음이 달랐어요."

꼭 묵찌빠 놀이가 하고 싶으면 그 놀이를 하고 싶은 다른 친구를 찾아보거나, 꼭 승민이랑 놀고 싶으면 승민이는 뭐 하며 놀고 싶은지 물어봐서 같이 하고 싶은 놀이를 찾아보라고 했다. 그리고 이름표를 떼어 버린 건 잘못한 거니까 지홍이가 다시 잘 붙여 주라고 했다.

학교 온 둘째 날, 아이들은 벌써 친구들 마음이 다 다르다는 것과 친구들과 어떻게 놀아야 하는지를 배웠다.

3월 16일 화요일

《우리들은 1학년》에 있는 로봇을 색칠하고 실물화상기로 아이들에게 보여 주었다. 꼼꼼하게, 여러 가지 색으로 잘 칠한 친구들 것을 보여 주고 나서, "우리 승민이 것도 보여 주자. 승민이 거 보여 줄래요?" 하니까 승민이가 가져온다.

승민이는 뇌병변장애를 앓고 있어서 팔과 다리가 조금 불편한 아이다. 걸을 수는 있지만 언제 넘어질지 불안하고 손에 힘이 없어서 연필이나 색연필 잡는 게 힘든다. 승민이는 아침마다 교실 문을 열고 활짝, 정말 활짝 웃으며 들어온다. 그러면 나는 팔을 쫙 벌리고 기다린다. 승민이는 이제 막 걸음마 배운 아이가 엄마한테 오는 거처럼 넘어질 듯 넘어질 듯하면서도 막 웃으며 나에게 온다. 꼭 안고 인사하고 그렇게 아침을 행복하게 시작할 수 있게 해 주는 아이다.

다른 친구들 것을 보여 주었을 때는 "와, 잘 그렸다. 우아, 진짜 같다" 하던 아이들이 잠잠하다. 아이들 보기에 승민이는 그리 썩 잘한 것 같지 않았나 보다.

"승민이 로봇은 색이 좀 연하고 옆으로 나간 것도 많지? 그런데 승민이는 손힘이 조금 약한데 정말 열심히 칠해서 이만큼 한 거야. 아까 보니까 진짜 진짜 열심히 하더라. 그리고 이거 승민이가 왼손으로 칠한 거야. 오른손으로 글씨 쓰는 친구들 왼손으로 글씨 쓰거나 색칠하면 잘 안 되지? 승민이 진짜 열심히 했나 봐. 왼손으로도 잘하고."

그런데 갑자기 맨 뒤에 앉아 있는 민석이가 손뼉을 치기 시작한다, 천천히.

"짝, 짝, 짝."

그러자 우리 반 친구들 모두가 "승민아, 잘했어. 저것도 멋있다" 하면서 손뼉을 쳐 준다.

처음 민석이가 손뼉을 치기 시작했을 때는 승민이와 내가 조금 놀란 눈으로 민석이를 보았다. 그런데 하나둘 손뼉 치는 친구가 늘면서 다 같이 손뼉을 치자 손뼉 소리와 함께 아이들 모습이 아주 큰 감동으로 다가왔다.

학습지에 이름 쓰라는 내 말에 민채가 말한다.

"선생님, 저는 이름 쓰기 싫어요."

"그럼 누구 건지 모르잖아."

"음, 이름 안 쓴 게 제 거예요."

부모님이 맞벌이를 해서 할머니와 지내는 시간이 많은 창준이는 공부 시간에 나를 보고 "할머니!" 하고 큰 소리로 부른다. 아이들도 나도 놀라서 창준이를 보자 "어, 선생님보고 내가 할머니라고 했다" 한다.

말하기 연습하면서 자기가 좋아하는 것을 한 가지씩 말하기로 했다.

"내가 학교에서 가장 좋아하는 것은 우리 선생님입니다."

창준이는 이렇게 날 웃게 해 주고, 창준이 할머니는 "이거 복주머니 꽃이에요. 선생님 복 받으세요" 하며 작은 화분 하나를 불쑥 내밀고 가시기도 한다. 밝고 따뜻한 마음을 그대로 간직하고 있는 우리 반 아이들이 정말 예쁘다.

그런데…….

셋째 시간 끝나고 배가 아프다는 지은이. 보건실을 모른다고 해서 얼른 보건실에 데려다주고 왔는데 알림장을 쓸 때까지 오지 않는다. 보건실에 전화해서 보내 달라고 하는데 가은이가 달려와서, 급하게 오줌 누러 간 수빈이가 옷에 오줌이 묻어서 화장실에서 나오지 않는다고 했다. 화장실에 가 보니 수빈이가 울고 있다. 달래서 교실에 데리고 오니 아이들은 수빈이가 왜 우냐고 여기저기서 묻는다. 어느 날은 하루에도 몇 번씩 이렇게 정신없는 일이 일어난다.

점심시간, 말을 많이 해서 배는 고픈데 밥 생각이 없다. 자꾸 목만 마르고 밥이 넘어가지 않는다.

"선생님, 지금 몇째 시간이에요?"

"공부 시간이에요? 쉬는 시간이에요?"

"선생님, 물 마셔도 돼요?"

"선생님, 다했어요."

"선생님, 책 넣어도 돼요?"

"선생님, 누구 복도에서 뛰었어요."

"선생님, 선생님" 하는 소리가 귀에서 윙윙거린다.

와, 힘들다. 3월은 정말 힘들고 행복하다.

박소양, 부천 부흥초등 (2010.4)

봄나물 만나러 가자!

봄이다. 논두렁이나 길가, 하다못해 시멘트 틈새까지 흙이 눈곱만큼이라도 있는 곳이면 어디든 풀이 송곳송곳 얼굴을 내미는 때. 저 가슴 뭉클한 생명들을 지금 들여다보지 않는다면, 저 작은 힘에 감복하지 못하고 지금 우리가 할 수 있는 일이 무엇이 있을까? 이때만큼은 저 풀꽃 동무들 이름과 모습을 아는 일이 가장 중요한 공부고, 꼭 필요한 공부 아닐까? 자세히 살펴보며 그림도 그리고, 맛도 보면 더 좋겠지. 떡 해 먹을 수도 있겠고.

지난 금요일 체육 시간에 학교 뒤 언덕에서 다 함께 쑥을 캤다. 바짓가랑이에 도깨비바늘 잔뜩 붙인 채 마른 덤불 뒤져 쑥을 캤다. 나까지 열다섯이 캤는데 양이 영 얼마 안 된다. 그래도 학교 옆에 있는 방앗간에 쑥 맡기며 쑥 백설기 두 되를 주문했다.

쑥떡 먹기 위해 쑥 캔 일 (산외초등 4학년 백진희)
다섯 째 시간에 쑥을 캤다. 학교 뒤쪽에 높은 지대가 있는데 거기서 캤다. 선생님이 어제 쑥 캔다고 칼, 소쿠리를 가져오라고 하셨다. 선생님이 "소쿠리는 머리에 딱 쓰고 오면 되겠네" 하셨다.
쑥 캘 때 허리가 아팠다. 또 옷에 도깨비 가시가 자꾸 붙어서 따갑고 그랬다. 나는 쑥 캐는데 칼보다 손으로 캐는 게 더 쉬워서 손으로 캤다. 열심히 캐는데 허리도 아프고 덥기도 해서 조금 쉬려고 했는데 쉴 곳이 없었다. 그때 영진이는 꿩 깃털이나 주워서 가지고 놀고. 영진이는 떡을 조금만 줘야 한다.
(3월 20일 오늘은 짧은 팔도 소용없이 더웠다.)

다음 날 토요일. 이날은 '봄나물 알아맞히기 대회'를 하기로 한 날이다. 2주 전쯤에 예고를 해 두었다. 아이들은 모르는 풀을 뜯어 와 도서관에서 도감을 찾아보는 정성을 보였다. 풀만 들고 도감에서 이름 찾는 게 쉽지 않았지만 그 자체가 아름다운 모습이었다.

어떤 방법으로 나물 이름 알아맞히기를 할까? 처음에는 나물을 뜯어 와 교실에 늘어놓고 이름을 맞히기로 했다가 더 좋은 방법이 떠올랐다. 바로, 우리가 나물 있는 곳으로 찾아가기! 그 자리에서 나물 보며 이름 맞히기!

1번에서 20번까지 번호가 적힌 표를 만들어 한 장씩 들고 학교 밖으로 나갔다. 학교 옆에는 차가 다니지 않는 좁은 골목이 제법 꼬불꼬불 있다. 우리가 풀 공부하기에 딱 알맞은 바깥 교실이다. 나도 답을 쓸 종이와 사진기를 들었다. 혹시 나도 모르는 풀은 사진을 찍어 와서 책에서 찾아봐야지.

조용하던 골목이 아이들 목소리로 떠들썩하다. 아이들 소리에 놀라 개도 짖고. 갑자기 동네가 막 살아난다.

골목에 들어서자마자 손바닥만 한 밭 귀퉁이에 냉이가 꽃을 피운 채 당당하게 앉아 있다.

"자, 이제 시작한다. 1번은 이 나물!"

아이들은 "어디요? 어느 거요?"

"비키 바라, 나도 좀 보자."

"아, 저거는 나도 안다."

저마다 한마디 하며 종이에 이름을 적는다. 담벼락에 종이를 대고

쓰기도 하고, 쭈그리고 앉아 무릎에 대고 쓰기도 하고. 열중하는 모습
은 뭐든지 다 이쁘다.

2번은 광대나물, 3번은 개불알꽃……. 우리를 위해 적당히 떨어진 자
리에 풀들이 송송 솟아나 기다리고 있다. 이름을 아는 풀이 나오면 까
불대고, 모르는 풀이면 시무룩해진다.

풀이름 맞추기 (산외초등 4학년 김양현)

둘째 시간에 풀이름 맞추기를 했다. 직접 나가서 맞추는 거라서
재미있었다. 1, 2번은 진짜 쉬웠다. 냉이랑 뭐더라? 하여튼 쉬운
거였다. 나는 모르는 거는 그냥 몰라꽃이나 몰라나물이라고 했다.
대충은 알겠는데 정확하게 모르는 거는 민들레랑 엉겅퀴였다. 민
들레는 그냥 꽃이 노랗고 잎이 뾰족해서 민들레라 찍었고, 엉겅퀴
는 잎이 뾰족한 건 엉겅퀴 밖에 몰라서 찍었는데 둘 다 맞았다.

(3월 21일 저녁에 비가 꽤 왔다.)

봄나물 이름 맞추기 대회 (산외초등 4학년 손지상)

오늘 학교에서 봄나물 이름 맞추기 대회를 했다. 둘째 시간 때 학
교 밖에 나가서 했다. 처음에는 디게 쉬웠다. 답이 냉이였다. 두 번
째도 쉬웠다. 광대나물이었다. 세 번째도 쉬웠다. 개불알풀이었다.
그 다음은 생각이 안 난다. 가다가 어떤 할머니 집에 들렀다. 그
할머니는 혼자 사신다. 인심이 좋으셨다. 볼펜이나 연필 같은 걸
다 모아 두셨는데 우리한테 주셨다. 집이 좀 오래된 집 같았다. 부

억도 옛날 그대로고. 우리들이 참 좋은 공부를 한 거다.

또 가다가 형국이 고모 집에 갔다. 형국이가 "우리 고모 집이다!" 하면서 들어갔다. 선생님이 오셔서 "아, 여기가 형국이 고모 집이 가?" 하셨다. 우리들은 "선생님, 어떻게 아세요?" 물어봤다. 선생 님은 "우리 마을 할머니들이 여기에 깻잎 묶는 끈 사 온나 해서 심부름 와서 안다" 하셨다.

형국이 고모 집을 나와서 14번인가 15번에 논에 있는 기 무엇인 가 문제 내셨는데 치음에는 보리라 했는데 벼로 고쳐서 틀렸다. 그래서 진희랑 내랑 공동 1등 했다. (3월 21일 밤에 비가 꽤 많이 왔다.)

골목에는 나물 말고도 볼거리가 많다. 매화, 살구꽃, 목련, 동백 또 뭐 가 있었더라? 아, 형국이 고모 집이 마침 그 동네에 있었는데 그 집 마 당에서 천리향도 보고, 할미꽃도 봤다. 아직 잎을 내지 않은 무화과나무 를 지나갈 때는 지난가을, 담벼락 밖에서 무화과 몇 개 서리해 나눠 먹 은 기억을 아이들이 되살려 냈다. "아, 그 무화과 맛있었는데!" 하면서.

그뿐이 아니다. 어느 집에 할머니 한 분이 뒤안에서 쑥을 캐고 있다 가 아이들 소리를 듣고는 들어오라고 했다. 아이들과 내가 대문을 들어 서니 할머니는 마루 한쪽에 있는 낡은 찬장 서랍을 열고 무엇을 막 꺼 낸다.

할머니 손에 들려 나오는 건 아주 오래된 나무 수저통 몇 개. 그 통을 열자 거기에는 때 묻고 낡은 모나미 볼펜과 사인펜 따위 학용품이 예 닐곱 개 있다. 저 물건들은 얼마나 오랫동안 저 통 안에 있었을까? 지금 같으면 버려도 벌써 버렸을 낡은 볼펜을 할머니는 하나하나 꺼내서 아이들에게 주신다. 아이들 소리를 듣고 저 볼펜이 학용품으로 떠올랐나 보다. 고맙게 받는 게 할머니를 위한 일이겠구나.

"얘들아, 할머니가 이렇게 오래오래 보관해 오신 볼펜을 너희들한테 주시네. 이 귀한 거, 고맙게 받아 가자."

"예, 할머니 고맙습니다."

여든도 훨씬 넘어 보이는 할머니를 보니 아이들도 느꼈는지 스스럼없이 모두 받는다. 지상이가 나를 슬쩍 치면서 부엌으로 눈짓을 하길래 고개를 돌려 보니 옛날 부엌 그대로다.

"할머니, 혼자 사세요?" 내가 물으니 "예, 혼자 이래 살아요."

"할머니, 오늘 귀한 선물 고맙습니다. 할머니 사진 한 장만 찍어 가도 될까요?"

"아, 예" 하면서 할머니는 얼른 머리카락을 쓸어 올리신다.

잠깐, 하시면서 방에 들어가더니 청구서 한 장을 내게 보이며 뭔지 좀 봐 달란다. 전화 요금 고지서다. 4천 얼마쯤 되는데 달마다 자동이 체시켜 놓았다.

"할머니, 전화 요금 고지서네요. 돈은 자동으로 나가게 해 놨네요."

"아, 그건교? 나는 또 뭐라꼬."

모두 인사하고 나오는데 진희가 슬며시 그런다.

"봉사 활동하러 와야 할 집 같아요."

할머니 혼자 사는 집을 보니 뭐 좀 도와 드려야 될 것 같나 보다.

다시 나물 찾기로 돌아와 머위, 정구지, 꽃다지, 질경이, 나물은 아니지만 보리까지 보태어 모두 열여섯 가지 나물을 찾았다.

교실로 돌아와 방앗간에서 보내온 쑥떡부터 나누어 먹고, 나물 이름 정답을 매겼다. 1등은 진희와 지상이. 똑같이 열한 개 맞혔다. 열 개 맞힌 사람은 민진이, 영빈이, 영주, 종현이 모두 네 사람.

이제 월요일쯤 상장과 상품을 줘야지. 그동안 교실에서 대회를 열면 상품으로 우리밀가루나 우리밀 국수, 우리밀 라면 따위 아이들이 쉽게 만날 수 없는 걸 줬는데 이번에는 뭘 상품으로 할까? 상품 준비에 시간이 길리면 상품권 만들어 먼저 수면 된다. 아이들이 기다리느라 목이 좀 빠지겠지만.

그 뒷이야기

할머니 (산외초등 4학년 백진희)

오늘 선생님들이 단체로 오후에 출장을 가신다고 해서 빨리 마쳤다. 내랑 영빈이랑 민진이는 도서관에서 딱 10분만 책 읽고 토요일에 만난 그 할머니 댁으로 갔다. 내랑 영빈이는 길을 몰랐는데 민진이만 따라 가니 그 할머니 댁으로 갈 수 있었다.

할머니가 밥 드시고 계셨다. 맨밥을 물에 말아서 먹고 있었다. 반찬이 하나도 없었다. "할머니, 밥 드셨어요?" 하니 할머니가 고개를 끄덕이셨다.

나는 가방에 있는 우리밀 라면 한 봉지를 꺼내 할머니께 드렸다. 할머니는 고맙다면서 웃으셨다. 그 라면은 집에서 가져온 게 아니라 토요일에 봄나물 이름 맞추기 대회에서 내가 가장 많이 맞춰서 상품으로 받은 거다.

꼭 우리가 할머니 손자가 된 거 같았다. 우리는 학교로 돌아오면서 어떻게 하면 할머니를 기쁘게 해드릴 수 있을지 의논했다. '어깨 주물러 드리기', '쑥 뜯어드리기' 따위가 나왔다. 내일도 시간이 되면 할머니 댁에 갈 거다.

(3월 23일 월요일 음, 그러니까 4시 30분쯤 넘으니 추웠다.)

이승희, 밀양 산외초등 (2010.3.24)

함께 하는 공부의 달콤함

1교시 읽기 시간이다. 아이들은 입학하기 전에 이미 한글을 배워서 어느 정도 읽고 쓸 수 있지만 교육 과정에는 이제 한글 자음과 모음을 배우고 이를 결합시켜 낱말 만들기를 공부하는 게 나온다.

가로에 모음 열 자, 세로에 자음 열네 자가 적힌 한글 자모표가 교과서에 나오는데 몇 글자가 빠져 있다. 빈칸에 딱지를 붙일 시간을 3분 주고 잘하고 있는지 돌아보는데, 아이들에겐 너무 쉬운가 보다. 금세 표를 완성하고 다음 시간에 할 것을 미리 해도 되냐고 묻는다. 아직 완성하지 못한 친구들이 있으니 조금만 기다리라고 했는데, 재영이가 표 안의 글자를 손가락으로 짚으며 좋은 생각을 내놓았다.

"선생님, 여기 '우유' 있어요. 다른 글자도 찾아볼게요."

재영이 말을 듣고 보니 먼저 끝내고 기다리는 친구들 모두 이 활동을 하고 있으면 좋겠다는 생각이 들었다.

"표를 다 만든 친구들은 이 표 안에서 만들 수 있는 낱말을 찾아서 공책에 적어 보세요."

속도가 느린 친구들을 배려해서 잠깐만 하려고 했는데, 아이들은 내가 생각한 것보다 훨씬 즐겁게 표 안에서 낱말을 찾아내서 공책에 열심히 적었다.

"얘들아, 친구들이 모두 표를 만들었으니까 이제 다음 공부하자."

"아직요, 아직요."

"낱말 찾을 거 더 있어요."

"조금만 더 하면 안 돼요?"

어느새 아이들은 경쟁심까지 느끼며 친구보다 낱말을 더 많이 찾으려고 노력하고 있었다. 이렇게 집중해서 하고 있는데 억지로 그만두게 하면 아이들이 얼마나 실망할까?

그런데 예준이와 시연이는 공책에 낱말을 쓰지 않고 머릿속으로만 생각하고 있었다. 이왕 할 거면 다 같이 즐겁게 열심히 해야 할 것 같아서 아이들에게 제안을 했다.

"그래, 그럼 3분만 더 시간을 줄게요. 대신 우리 반 친구들이 찾은 낱말이 모두 더해서 200개가 넘으면 사랑의 바구니에 사탕 다섯 개 넣을게요."

"우아!"

"진짜요?"

"타이머 해 주세요."

타이머를 3분으로 맞춰 놓고 낱말을 찾아 쓰기 시작했다. 아이들은 정말 진지하고 조용하게 낱말을 찾았다.

3분 뒤에 1분단 친구들부터 자기가 찾은 낱말 개수를 말하고, 나는 그 숫자를 칠판에 썼다. 적게는 다섯 개부터 많게는 마흔 개까지 나왔다. 모두 합해서 200개만 넘으면 되는데 대충 세어 봐도 500개는 되었다.

"우아, 우리 3반 친구들 진짜 천재 맞구나. 우리 모두 열심히 낱말을 찾으니까 500개도 넘게 찾았네."

"선생님, 정현이는 마흔 개 찾았어요."

은성이가 낱말을 제일 많이 찾은 정현이를 칭찬해 주었다.

"제일 많이 찾은 정현이도 잘했고, 우리 3반 친구들이 모두 다 잘했어요. 약속한 대로 사랑의 바구니에 사탕 다섯 개 넣을게요."

"선생님, 사탕 제가 넣고 싶어요. 아까 착한 일 했잖아요."

아침 활동 시간에 교실 뒤쪽 바닥에 떨어진 우유 몇 방울을 닦은 재영이가 웃으며 말했다.

"그래, 착한 일 한 재영이가 넣자."

재영이가 사탕을 넣은 뒤, 경훈이가 말했다.

"선생님, 사탕 몇 개인지 세어 봐요."

"그래, 같이 세어 보자. 우리 이번에는 두 개씩 묶어서 세어 보자. 셀 수 있어요?"

"네!"

내가 사랑의 바구니에서 사탕을 두 개씩 꺼내고 아이들은 숫자를 세기 시작했다. 사랑의 바구니에 사탕을 넣을 때마다 이렇게 같이 사탕이 몇 개인지 세어 보면서 자연스럽게 숫자 공부를 한다.

"2, 4, 6…… 30, 32, 34. 우아!"

"서른 개가 넘었으니까 우리 모두 하나씩 나눠 먹자."

평소에는 학교에서 주전부리 먹는 것을 허락하지 않는데 교실에서, 그것도 공부 시간에 사탕을 먹어서일까? 사탕을 먹는 아이들 표정이 한없이 행복해 보였다. 함께하는 공부의 맛, 바로 이 달콤함이 아닐까.

전명주, 김해 능동초등(2011.4.20)

자기소개 하는 시간

아이들과 자기소개 하는 시간을 가져 보았다. 집에서 소개서를 써 오라 하면 부모가 써 주고 아이들은 그걸 줄줄 읽고, 앉은 아이들은 듣지도 않고 해서 식구들하고 찍은 사진만 한 장 가져오라고 했다.

색깔 도화지를 나눠 주고 네 칸으로 나눠 보라고 했다. 아이들은 자기 이름도 쓰고 가장 잘하는 것을 쓰거나 그리고 식구들하고 찍은 사진도 붙이고 자기가 닮고 싶은 사람도 그렸다. 사진을 안 가져오거나 못 가져온 사람은 식구들 모습을 그림으로 그렸다.

그림을 들고 나와 실물화상기 위에 올려놓고 하나하나 짚어 가며 발표했다. 잘하는 것은 직접 몸으로 보여 주기도 했다. '어머나' 노래를 부르는 혜은이, '동반자'를 부르는 민이, 개다리춤 추는 재준이, 이야기 들려주는 나영이.

아이들이 돌아가고 난 뒤 그림을 게시판에 붙이고 다시 한번 꼼꼼히 살펴봤다. 아이들 그림 속에 많은 이야기가 들어 있다. 발차기 하다가 넘어지는 모습, 도둑을 잡아 으스대는 모습, 엄마가 되어 음식을 하는 모습, 담배 피는 아빠 모습.

식구들 사진을 가져와 붙인 아이는 열둘밖에 안 된다. 그런데 동진이 작품을 자세히 보니 엄마랑 동진이 사진만 있고 옆에는 얼굴 없는 아버지를 그려 놓았다. 목과 몸뚱이만 있는 그림이었다. 입학 서류에는 분명히 아버지 이름이 있었는데, 아버지 얼굴이 없다. 어제 학부모 모임에도 할머니가 오셨던데. 엄마는 직장에 다닌다고 했다. 동진이는 늘 아기처럼 혀 짧은 소리를 하고 가방을 챙길 때도 남보다 늦다.

물어볼까 마까, 우짜꼬? 아버지 사진이 없어서 못 가져올 수도 있는데. 나는 이런 일이 생기면 늘 조심스럽다. 아이들한테 별 도움도 못 주면서 괜히 물어 아이가 나한테 불편을 느낄까 봐 조심스럽다.

다음 날 게시판 앞으로 동진이를 불렀다.

"동진이 그림 참 잘 그리네. 동진이 다음에 경찰 되고 싶나? 이 도둑놈 동진이한테 딱 잡혔네. 이 삐뽀삐뽀 자동차도 참 멋있다. 그런데 너거 식구 중에 이 얼굴 없이 몸만 있는 사람은 누고?"

"아, 그거요. 얼굴을 이자뿟어요."

"누군데?"

"그거요."

"누고? 아빠가?"

"아니요. 우리 아빠 아니에요. 우리 아빠 없어요."

"어디 가셨어? 나한테만 살짝 말해 줄 수 있어?"

내가 동진이 손을 잡고 살살 말하며 귀를 동진이한테 갖다 대었다. 동진이가 내 귀에 대고 살살 말한다.

"우리 아빠 죽었어요."

"그래, 그럼, 동진이 아빠 보고 싶을 때도 있겠네. 그땐 어떻게 해?"

"우리 아빠 무덤은 스위스에 있어서 못 가요."

"그렇구나. 산소도 너무 멀어서 못 가겠네."

"그냥, 꾹 참아요."

"우리 동진이 진짜 장하다. 꾹 참다니. 나도 어릴 때 아빠가 돌아가셨는데. 동진아, 우리 반에 아빠가 일찍 돌아가시거나 엄마가 일찍 돌

아가신 동무 많다. 그러니까 우리 모두 사이좋게 지내자. 나도 동진이
처럼 꾹 참고 씩씩하게 지낼게."

동진이가 혹시나 울까 봐 눈을 봤다. 동진이는 나를 보고 웃어 주었
다. 자리로 돌아가면서 껑중껑중 뛴다.

엄마 없는 성환이는 아기 때 아빠하고 찍은 사진을 붙였다. 유복자
라는 민이는 엄마 얼굴만 그렸다.

"애들아, 오늘 학교에서 배운 대로 집에 가면 인사하고 자기 양말은
바로 벗어서 세탁기에 넣자. 오늘은 할아버지, 할머니, 어머니, 아버지,
삼촌, 고모, 숙모, 집에 계신 어른 어깨 주물러 드리자."

"예."

비가 갠 하늘에 햇살이 환한데 아이들은 우산을 펼쳐 들고 집으로
간다. 우산을 높이 들었다 돌렸다 한다. 어머니가 기다리는 집이 아니
라, 할머니가 기다리고, 할아버지가 기다리고, 삼촌, 고모가 기다리는
집으로 달려간다.

김은주, 부산 금샘초등 (2005.3.17)

지도 보고 우리 집에 오세요

아침부터 아이들이 조른다.

"선생님, 오늘 그림지도 그릴 거죠? 빨리 그려요. 지도 보고 우리 집에 오세요."

우리 집 찾아오는 길을 글로 썼을 때부터 놀러 오라고 졸라 댄다.

지난 사회 시간에 아이들보고 그랬다.

"글 쓴 것 가지고는 도저히 어디가 어딘지 잘 모르겠다야. 다음 사회 시간에 그림으로 그려 보자. 그림지도 보고 너희들 집 찾아갈 수 있게 잘 그려래이."

아이들은 그림이라면 더욱 자신 있다는 듯 다음 시간을 기다렸다.

사회 시간까지 못 기다린다. 첫 시간부터 그리기 시작했다. 그동안 학교 오고 가는 길도 눈여겨보고 지난 주말 집공부로 식구들하고 장산에 올라가서 마을을 내려다보라고도 했다. 아이들마다 제 나름대로 척 척 그려 대는데 지도가 모두 제각각이다.

"선생님, 동현이는 우리 집이랑 가까운데 집을 아래쪽에 그렸어요. 글로리아아파트는 위쪽으로 그려야 하잖아요?"

같은 방향에 있는 아파트인데도 한 녀석은 학교 위쪽에다, 또 한 녀석은 아래쪽에다, 어떤 녀석은 옆에다 그렸다. 도통 알 수 없는 그림지도도 있다.

"윤주야, 너거 집은 학교에서 어디로 가야 되노?"

자기가 그린 지도라 그런지 설명은 그럴 듯하게 잘도 한다. 혼자 보기 아까운 지도들. 하나도 비슷한 게 없다. 더 재미있는 건 그림지도 뒤에 써 놓은 글들이다.

배예진의 지도! 이것 보고 토요일에 꼭 오세요.

선생님! 가은이 집에 놀러 와 주세요. 네? 요일 - 아무 때나. 시간 - 6:00 넘어서.

선생님 이번 주 토요일 4시 30분에 놀러 오세요. 1291-946번지 무지개 10길 29호(27호) 안집 2층이에요. 27호는 없어요. 안집이라서.

그림지도를 들고 모두 교문으로 나왔다. 학교를 중심으로 자기 집이 어느 쪽에 있는지는 알아야 할 것 같아서. 학교를 바라보고 모두 두 팔을 벌리고 섰다.

"학교 건물 보이제. 그쪽이 북쪽이데이. 오른팔 뻗은 쪽은 동쪽이고. 자, 동쪽에 집이 있는 사람?"

우리 반 아이들 대부분이 손을 든다.

"학교 뒤편, 북쪽에 사는 사람?"

예진이가 혼자 손을 든다. 남쪽으로 집이 있는 아이도 두엇 있다.

"선생님, 우리 집 여기서 보여요. 저어기요."

"우리 집도 저기 있어요."

아이들 몸이 벌써 저거 동네 쪽으로 가 있다. 이대로 교실로 들어갈 수는 없겠다.

"우리 반에는 동쪽에 사는 동무들이 많으니 동쪽으로 함 가 보까?"

와아아! 말이 떨어지기 무섭게 쏜살같이 뛰어가 버린다. 아이들은 자기가 그린 그림지도를 들고 마을로 올라간다. 모두 학교에 가 버린 시간, 아이들은 자기 세상인 양 이 골목 저 골목으로 신이 나서 뛰어다닌다. 와글와글 떠들썩한 아이들 소리가 차 소리와 섞여 요란하다. 나도 아이들과 같이 들떴다. 우리 반 아이들이 사는 동네, 아이들이 사는 집, 골목. 여기 이 학교로 온 지 3년째인데 이제야 가 보는구나 싶어서.

"선생님, 저기 가게 보이죠? 저기는 우리 할머니 집이고요. 저 위는 우리 집이에요."

윤호가 소리치더니 쏜살같이 가게로 뛰어간다. 아이들도 덩달아 우르르 따라간다. 어느새 윤호 할머니 가게 안으로 들어간다. 나도 놀라서 아이들 따라 뛰어갔다. 할머니가 환한 얼굴로 아이들 틈에 서 계신다. 벌써 아이스크림을 들고.

"아아들 목마를 낀데 하나씩 주이소."

"아이고 윤호 할머니, 아닙니더. 아이들이 갑자기 몰려와서 놀라셨지예."

아이들을 불러 모아 가게에서 파는 몇 가지 물건들에 대해 이야기하고 나왔다. 반찬거리를 파는 조그만 가게다.

"바로 저기가 우리 집인데요. 빨리 우리 집도 가 봐요."

아이들이 서로 자기 집에 가 보자고 소리를 지른다. 바로 저기라고 해서 아이들 따라 이 골목 저 골목으로 돌아다니다 갔던 길을 또 가기도 했다. 아이들은 자기 집이 나올 때마다 신이 났다.

"저기가 우리 고모 집이에요."

"선생님 저기 보세요, 내가 다니는 태권도 도장이에요."

"이 유치원요, 나도 다녔어요."

"저쪽 빨간 벽돌집은 우리 할아버지 집이에요."

간판을 보고도 말이 많다.

"선생님, 저기 보세요. 예진 놀이방이에요. 예진이가 노는 방이래요."

아이들 웃음소리가 멀리멀리 울린다.

집이 보이면 안으로 뛰어 들어가기도 하고 밖에서 엄마를 부르기도 했다. 창문을 열고 엄마가 손을 흔들어 주면 모두 자기 엄마인 양 반가워 어쩔 줄 모른다. 조용한 아파트에서는 아이들 목소리가 더 쩌렁쩌렁 울린다. 목소리뿐 아니라 아이들 발걸음이 붕붕 떠 있는 듯하다.

"와, 별천지 공원이다."

아이들이 우르르 몰려간다. 제법 아늑한 놀이터다. 차들이 다니는 좁고 가파른 길들, 빽빽이 들어선 건물들 틈에서 우리 아이들은 어디서 노나 했더니. 그래, 여기가 별천지구나. 내 앞에서 의기양양 놀이 기구도 타 보이고 꽃나무 이름도 알려 주는 아이들. 그래, 너희 동네야. 마음껏 자랑하려무나.

이 골목 저 골목, 아이들이 잡아끄는 대로 가다 보니 어느새 산 아래에 있는 아파트다. 학교에서 보면 저기를 어찌 올라가나 싶도록 까마득한 산인데. 길은 또 얼마나 가파른지. 이렇게 먼 길을 걸어 다니고 있었구나. 우리 아이들을 불러 모은다.

"학교가 저 밑에 조그맣게 보인다야. 이야! 너거들 진짜 튼튼한 다리 가졌데이. 훌륭하다."

이야기하는데 가슴이 뭉클해진다. 지난해 우리 반 학수가 쓴 시가
생각난다.

집으로 갈 때 (반산초등 5학년 정학수)

집으로 갈 때는
집이 멀어서
한숨을 쉰다.
버스도 못 타고
가야된다.
하지만
집에서 뭐하지
생각하고 올라가면
쉬워진다. (2009년 4월 5일)

다리가 부러질 것 같다고 엄살을 부리던 수진이도 감동을 했는지 한
마디 한다.

"다른 마을로 온 것 같아요. 이렇게 높은 곳이 있는 줄 몰랐어요. 한
번도 안 와 봤어요."

아랫동네하고 이렇게 차이가 난다. 학교 근처 자기 집을 지나쳐 이
렇게 먼 곳으로 오니 수진이는 더 힘이 들었을 거다. 내려가는 길에 수
진이 집에도 가 볼 참이다.

조금만 내려가면 있다던 수진이 집은 내려와서 또 다른 골목으로 한참을 더 들어간다. 점심시간까지는 들어가야 하는데.

"수진아, 다 와 가나. 여기서 보이면 손으로 함 가리켜 봐라."

수진이는 듣는 둥 마는 둥 발걸음이 더 빨라지더니 저만치 가 버린다. 그 녀석 다리 아파서 못 걷겠다더니. 다닥다닥 붙어 있는 집들이 보인다. 지지난해 우리 반 시현이가 쓴 시 '씻을 때면'도 생각난다.

씻을 때면 (반산초등 6학년 이시현)

"씻고 자라!"
말이 끝나자마자
내가 먼저 화장실로 간다.
우리 골목은 좁고
집집마다 간격도 좁지만
나는 그 점이 마음에 든다.
늘 10시가 넘으면
옆집에서 TV 소리가 들린다.
씻을 때마다 들려서
일부로 오래 씻는다.
그런데 오늘은 안 들린다.
매일 듣던 소리가 안 들려서 그런지
얼른 씻었다.

우리 집도 아닌데

왜 이렇게 걱정될까? (2008년 7월 18일)

수진이가 좁은 골목으로 쏙 들어간다. 골목 안쪽에 2층으로 올라가
는 계단이 또 보인다. 들어오라고 손짓을 한다. 미리 말도 안 하고 집에
불쑥 들어갈 수는 없어 그만 내려오라고 했다. 아이들에게 수진이 집을
알려 주고 학교로 내려오는데 수진이가 아쉬운 얼굴로 이런다.

"선생님, 나 열쇠 있어서 집에 들어갈 수 있는데. 목마른 아이들 물
이라도 주고 싶었는데."

아, 아이들 마음은 이런 것인데. 이 눈치 저 눈치 살피는 내가 참 초
라하구나. 오늘 같은 날 아이들 집에 들러 물도 한잔 얻어먹고 아이들
지내는 방도 보고 그래야 하는데.

아이들과 집 나들이를 하고 교실에 돌아오니 두 시간이 훨씬 지나가
버렸다. 학교 운동장으로 들어서는데 아파서 남아 있던 규리와 병원 갔
다 늦게 온 유미가 창가에서 손을 흔든다. 규리와 유미가 교실에 있었는
데, 이 아이들을 잊고 있었다. 교실에 올라오니 유미 눈가가 빨갛다. 금
방 눈물을 쏟을 듯 나를 본다. 마침내 주르륵 눈물방울을 떨구고 만다.

섭섭한 날 (반산초등 3학년 성유미)

아파서 병원 갔다가 2교시 쉬는 시간에 학교에 왔다. 애들이 반갑
게 맞아 줬다. 선생님이 추우니까 밖에 나오지 말라고 해서 규리
도 목이 아파서 못 나왔다. 규리랑 나랑 2시간 기다렸다. 아무 놀

이도 못하고 3-1반이 운동장에서 체육 하는 거 창문으로 보고 있었다.

4교시 때 선생님들과 아이들이 교실로 들어왔다. 아이스크림을 각자 하나씩 먹으면서 들어왔다. 난 눈물이 글썽글썽했다. 아이들이랑 같이 가고 싶었는데 못 가고 그리고 아이들 집에도 구경하고 싶었는데 못 보고 아이스크림도 아이들이랑 같이 먹고 싶었는데. 난 나도 모르게 코가 찡하면서 눈물이 나왔다. 내 몸이 정말 나쁘다.

김숙미, 부산 반산초등 (2010.7)

체
육
시
간.

지난주, 처음 체육이 들었던 날. 다섯째 시간이 체육인데도 아침부터 옆에 달라붙어 체육 언제 하냐고 물어서 귀찮을 정도였다. 아이들이 자꾸 그러니 나도 애 좀 먹었다.

"체육? 시간표에는 그래 돼 있지만 몰라."

또 물으면 "체육 해야지."

그러다 또 물으면 "뭘 추운데 교실에서 그냥 대강 하지."

이 아이들은 〈체육〉이라고 적힌 시간표, 그것이 처음이다. 지난해까지는 〈즐거운 생활〉이었고, 체육이란 이름은 처음이지.

점심 먹고 옷 갈아입고 나가면서, 뒤에 옆에 졸졸 따라 나오는 녀석들한테 "너거들 그래 기다리는 체육, 어디 함 보자. 억수로 지겹게 해 주가 다시는 체육 안 기다리게 해 줘야지."

"에이."

"쎄앰, 재미있게 해 줘야지요."

"그라지 마세요오."

한 놈이 매달리며 조르니까 따라 나오던 녀석들이 다 달라붙는다.

"몰라."

나도 잘난 척을 좀 해 보이면서 운동화를 갈아 신다가 깜짝 놀랐다.

'절마들이 우리 반 맞나? 우예 저래 줄을 잘 서 있노?'

그 녀석들은 그것도 모자라 뒤늦게 내 뒤에 따라 나오는 아이들한테 얼른 나와 줄 서라고 눈치를 주고 난리다.

"빨리 온나."

"빠알리 온나."

제자리서 팔딱거리면서도 큰 소리는 내지 않는다. 손만 들고 흔들어 댄다. 우습기도 하고 내가 오히려 얼떨떨하기도 하다.

"너거 우얀 일인데? 너거 아까 3반에 있던 아그들 맞나?"

"에이, 알면서."

"뭘 알아?"

"너거들이 진정 3반 그 아그들 맞단 말이가?"

"예에!"

합창을 한다.

"그런데 너거들 점심시간 동안 새로 태어났나? 와 이라는데?"

"줄 안 섰다고 체육 안 할까 봐요!"

'아하, 그거였구나. 내가 아까 애를 좀 먹였더니 인마들 쫄았구나.'

순진한 녀석들. 참 귀엽다. 그런데 어디서 튀어나오는 한마디.

"전에도 안 서 있으면 체육 안 하고 교실에 들어갔어요."

얼굴이 화끈거린다.

이 아이들이 얼마나 체육에 목말라 하는데, 아까 장난으로 한 말이지만 체육 안 할지도 모른다고 애태운 게 미안했다.

'그래, 그냥 좀 귀찮다고 체육 안 하고, 바쁘다고 체육 안 하고, 그런 일은 절대로 안 할게.' 그렇게 마음속으로 혼자 다짐을 했다.

첫 시간이라서 아이들하고 밖에서 모일 때 주고받을 약속 몇 가지를 정하고 재미있게 놀기로 했다.

신발 멀리 날려 보내기, 짝짓기, 김장 담그기 모두 재미있게 했지만 그중에서도 힘을 합쳐서 하늘로 날려 보내 주는 비행기 타기를 제일 좋아했다. 처음 만나 별로 친하지 않을 때 나는 이 놀이가 참 좋더라.

서로 손에 손 잡고 줄 이쪽에서 저쪽까지 동무를 땅바닥에 떨어뜨리지 않고 보내려면 한 사람이라도 팔 아프다고 손을 빼거나 놓아 버리면 낭패다.

아이들은 처음 시작할 때는 얼마 못 가 놓치기도 하고 줄 가운데쯤에서 줄이 끊어져 아래로 쏙 빠지기도 한다. 여남은 번쯤 하면 저거들끼리 요령이 생겨서 아주 땀을 뻘뻘 흘리면서 신나게 비행기를 태워 준다. 그렇게 땀 흘려 놀다 보면 숨을 헐떡이면서도 아쉬워하며 매달린다.

"담에 또 하지요?"

"또 해요, 또 해요."

마치면서 "에이, 체육 억수로 지겹게 해서 다음에 절대로 체육 안 하고 싶게 해 줄라 했는데" 했더니 "체육은 아무거나 다아 재미있어요" 한다.

그러고 나서 일주일. 오늘은 점심 먹고 오후에 출장을 가야 한다. 오후 1시까지 영도에 있는 학교로 출장을 가려면 오후 한 시간은 다른 선생님이 보결을 해야 하는데, 보결하는 선생님이 체육을 하고 싶어 하겠나 싶다.

내 있을 때 체육을 당겨서 하자 싶어 넷째 시간에 체육 한다고 말하는데, 아이들이 어찌나 소리를 지르고 좋아하던지 유리창이 다 깨지는 줄 알았다.

신발 날리기 챔피언을 뽑아야 된다고 우겨서 신발 날리기 좀 했더니, 오늘 진짜로 해야 하는 훌라후프 가지고 운동하는 거는 제대로 하지도 못했다. 마치고 빨리 점심밥 먹이고 출장을 가야 하는데, 이 녀석들 마칠 때가 되니 비행기 타기 한 번만 하자고 우겨 댄다.

"그러면, 딱 한 번만!"

다짐을 받고 시작했지만 처음부터 그건 기대하지도 않았다. 빨리 들어가 밥 먹여야 시간이 바쁘지 않는데, 녀석들은 남 속도 모르고 비행기 태우는 데 빠졌다.

재미 들인 이 녀석들 좀 보시게. 반쯤 가다가 밑으로 쑥 빠져 버리니까 마음에 들 때까지 해야 된다고 처음부터 다시 시작한다. 그렇게 다 마치니 점심시간 종이 울리고 10분이나 지났다.

올라와서 부랴부랴 밥 퍼 주고 나니 12시 40분. 헬기를 타고 가도 1시까지는 못 가겠다. 밥만 퍼 주고 나는 밥도 못 먹고 교실을 뛰쳐나와 교문으로 내달렸다.

"쌤, 잘 가세요."

"쌤, 짱이에요."

"쌤, 내일 또 체육 하지요?"

"쌤, 안녀어엉."

3층 우리 교실 창문에 머리를 내밀고 소리쳐 댄다. 뒤도 못 돌아보고 손만 들어 흔들며 교문을 나서는데 밥 안 먹어도 좋다. 절마들이 짱이라 안 하나.

박선미, 부산 신평초등 (2005.3.11)

청소 일기

3월 22일 월요일

오늘부터 청소 실력을 자기가 매기기로 했다. 교실 뒤편에 '일하는 사람이 아름답다!' 제목을 붙이고 그래프를 만들었다. "열심히 했어요, 보통이에요, 더 잘할게요." 이렇게 단계를 나누었다. 표시는 빨간색, 노란색, 파란색 딱지를 붙인다.

우정이와 익준이는 다른 아이들에 견주면 일보다는 말로 하는 게 더 많다. 오늘 일하는 것도 다른 아이와 견주면 빨간색이 될 수 없다. 그렇지만 그전에 하던 자세하고 견주면 오늘은 참 잘했다. 말도 적게 하고 일을 피하지 않고 나서서 했다. 익준이는 교실을 닦지도 않고 의자를 내리다가 닦는 일을 알아차리고 머리를 벅적벅적 긁었다.

아이들이 그래프 앞에서 자기 실력이 어느 정도인지 생각하며 딱지를 붙이고 있다. 우짜는고 보니 익준이와 우정이는 고민도 없이 빨간색이다. 쓰레기장 청소를 마치고 온 수진이는 노란색이다. 노란색을 붙이면서 이런 이야기를 한다.

"내가 쓰레기장에 갔더니 어떤 형님들이 막 쓸고 있데. 그 형님이 내일을 많이 도와줘서 빨리 끝냈다. 그래서 나는 형님들이 해 줘서 노란색이다. 형님들 아이면 내 지금도 청소하고 있을 거야."

참 욕심도 없고 얼마나 정직한 아이인가? 보이스카우트 모임에 갔다 와서 늦은 재훈이는 복도하고 계단을 쓴다고 얼굴이 벌겋다. 아이들이 청소 모둠 일기를 쓰고 가겠다고 해서 쓰고 있는데, 재훈이가 청소를 마치고 온다. 지도 일기장을 펼치더니 "지난번 계단 청소는 지민이었군" 하면서 부지런히 쓰고 있다.

아이들이 자연스럽게 동무들은 어떻게 썼는지 읽어 보도록 한 게 잘 됐다 싶다. 재훈이 칸에는 노란색 스티커가 붙어 있다. 재훈이는 왜 노란색을 붙였을까?

4월 7일 수요일

오늘 날씨는 너무 좋다. 저절로 나가서 체육을 하고 싶을 정도다.

아람이는 오늘 일기장에다 내 욕을 막 써 놓았다. 아람이는 자주 나에 대해서 못마땅한 것을 써 놓는다. 사실 나도 그 일기를 읽으면 기분이 나쁘다. 너무 아람이 지 처지에서만 쓰기 때문이다. 내가 아이들한테 양해를 구했고, 또 아이들이 결정한 일들을 마치 내가 한 것처럼 막써 놓는다.

오늘은 지 일기에는 왜 별표를 안 해 주느냐는 것이다. 아이들이 얼마나 힘들여 써 오는데 몇몇 아이들만 별표를 해 주고 읽어 준다는 것이다. 그래서 아이들에게 "너희들은 우리 선생님이 좋으니, 나쁘니?" 하고 묻고 싶단다. 그래 놓고 그래도 우리 선생님은 공부는 재미있게 가르쳐서 그거는 착하단다. 나는 속으로 '가시나, 똑 저런 게 반 분위기 흩뜨릴까 걱정된다' 하고 구시렁거렸다. 이제 별표를 하고 읽어 주는 것도 충분히 이야기하고 읽어 줘야겠네.

하필 오늘 아람이와 같이 청소하는 날이다. 전처럼 아람이를 대하는 게 자연스럽지 못하다. 뭐 꼬투리 잡힐까 봐 괜히 조심이 되고 눈치가 보인다. 아람이는 책상 다리 사이에 끼여 있는 먼지를 쓸려고 일일이 책상을 들어내 놓고 쓴다. 1분단을 쓸던 무욱이도 아람이 하는 것을 보더니 지도 그렇게 쓴다.

아람이가 갑자기 좋아졌다. '가시나, 내 욕할 만하네. 덤벙거리는 내가 지 마음에 안 찼겠네' 하고 비죽이 웃음이 나왔다. 걸레를 쥔 손도 어찌나 야무닥지게 쥐고 닦는지 모른다.

일을 다 마치고 일한 손 좀 잡아 보자니 진혁이가 "아이고, 또 시작이네" 한다.

"와? 일한다고 욕본 손 좀 잡아 보자."

진혁이 손은 딱딱하다.

"니 손등은 어디서 이리 긁혔노?"

"유리가 막 꼬잡아서 이래요."

"자석아, 니가 얼마나 유리를 괴롭혔으면 그랬겠노?" 하고 등짝을 한 대 쳤다.

"엄마야, 아람이 손은 어찌 이리 통통하노? 꼭 지 얼굴 닮았대이."

아람이 손은 땀구멍이 송송 보이고 꼭 동그란 조약돌을 만지는 기분이다.

"무욱아, 니는 여자 손 같다. 하얀 기."

무욱이 손은 머시마 손 같지 않게 너무 부드럽고 손톱도 깨끗이 깎았다.

"기환아, 니 손 좀 보자. 일한다고 욕봤대이. 느그 누나가 그리 색종이 하나 안 줄라꼬 니 속을 태우더냐?"

"예, 치사해요. 치사해."

오늘 기환이 일기에 누나가 색종이 한 장 가지고 어지간히도 기환이

속을 태운 이야기가 있어 그 이야기를 했다. 기환이 손은 마디가 제법 졌다. 오늘 체육 시간에 공을 아주 잘 잡고 자세도 멋졌다. 얼굴도 참 잘생겼다. 기환이 엄마는 지난해에 이렇게 잘생긴 아들을 놔두고 저세상에 갔다. 괜히 기환이만 보면 마음이 째하다.

갑자기 진혁이가 "샘, 눈 감고 우리 손 알아맞힐 수 있어요?" 한다.

아참, 좋은 놀이다 싶어 "그래, 우리 한번 해 보자. 와 재밌겠다."

"샘, 눈 감으세요. 절대 보면 안 돼요."

"그래, 꼭 감았다. 손 내 봐라."

나는 방금 네 아이 손을 잡았던 감각을 막 떠올렸다. "진혁이? 맞제?" 손등에 꼬집힌 상처가 알려 준다. "아, 이건 통통한 게 아람이." 손두 개가 한꺼번에 만져진다. 조금 거친 걸 보니 무욱이는 아니고 기환이다. 다 맞히니 다시 한번 더 해 봐라 한다.

즈그끼리 이리저리 손을 막 섞는 것 같다. 또 다 맞혔는데 마지막에 잡은 손이 좀 다르다. 기환이 손치고 마디가 덜 졌고, 좀 작고 부드럽다. 무욱이는 이것보다 더 부드러웠는데 다시 만져 보니 무욱이 손 같기도 하고 아닌 것 같기도 하고 "무욱이?" 하고 소리쳤다.

"와! 기환이에요."

"엉? 기환이 손이라고 아니다" 하고 눈을 뜨고 보니 기환이 손이다. 그런데 그게 왼손이다. 왼손과 오른손이 이렇게 다르다니. 우리가 얼마나 오른손만 쓰면, 이제 10년 된 아이 손인데 이렇게 다를 수가. 새삼 놀랍다.

손 놀이하다 보니 아람이에게 가졌던 섭섭한 마음도 다 가셨다. 아

람이도 내가 불공평하다는 생각이 좀 적어졌을까? 아이들이 돌아간 교
실은 서쪽 창에서 들어온 햇살로 따사롭다.

이데레사, 부산 반여초등 (1999.5)

여름방학이 끝나 갈 무렵에 하는 일

긴 여름방학이 끝나고 학교 가는 날, 대부분의
초등학교에서는 선생님과 아이들이 아침부터 교실과 담당 구역 청소
한다고 바쁘다. 청소가 끝나면 방학 과제물 거두고 아이들을 집으로 돌
려보낸다. 개학 첫날 우리나라 초등학교 모습이다. 나도 아이들과 함께
생활하면서 여러 해 동안 아무 생각 없이 다른 선생님들처럼 학교에서
시키는 대로 따라 하면서 그렇게 젖어 있었다.

아이들이 좋아하는 긴 방학이 끝나고 학교 가는 첫날, 보고 싶은 선
생님도 만나고 그리운 동무들도 만나 재미있는 이야기도 나누면서 웃
음꽃을 피우며 즐겁게 보내야 하는데 그렇게 하지 못했다. 해마다 여름
방학, 겨울방학이 끝나고 학교 가는 첫날부터 청소한다고 소란스런 학
교 모습을 보면서 이건 아니다 싶었다. 그래서 나는 몇 해 전부터 내 나
름대로 실천해 보는 일이 있는데 여름방학이나 겨울방학이 끝나 갈 무
렵이면 사흘이나 나흘쯤 학교에 가서 우리 반 교실과 담당 구역을 깨
끗이 청소해 놓고 아이들을 맞이하고 있다.

여름방학 동안 꼭 잠가 둔 교실 문을 열면 더운 기운과 쿰쿰한 냄새
가 코를 찌르며 온몸으로 젖어든다. 첫날은 먼저 창문을 열고 한참 동
안 맑은 공기가 드나들게 한다.

둘째 날은 먼지떨이로 구석구석 먼지를 털고 난 다음 걸레를 깨끗이
빨아 골마루와 교실 바닥을 닦는다. 여름방학이 끝나 갈 무렵이지만 날
씨가 더워서 그런지 얼굴에 땀이 흘러내린다. 한 번 닦아서는 쿰쿰한
냄새가 없어지지 않는다. 먼저 교실 바닥을 한 번 닦아 놓고 유리창을
닦는다. 유리창과 창문틀에 먼지와 이끼가 많다. 겹으로 된 유리창이라

닦기가 제법 힘들다. 마른걸레로 한 번 더 닦는다. 유리창과 창틀을 다 닦고, 교실 바닥을 다시 깨끗이 닦아 낸다.

셋째 날에 교실 바닥을 한 번 더 닦고, 아이들 책상을 깨끗이 닦으면서 우리 반 아이들 모습을 그려 본다. 그리고 교실 양쪽 벽에 걸려 있는 선풍기를 떼 내어 분리해서 날개 부분에 있는 먼지를 깨끗이 닦고 다시 벽에 건다. 그런 다음 사물함과 학급문고를 정리한다. 마지막으로 학교에서 여름방학 동안에 한곳에 모아 두었던 화분을 가져와 골마루와 교실에 놓고 우리 반 담당 구역 청소를 한다.

그러면 교실 청소와 정리가 다 된 셈이다. 이렇게 사나흘쯤 청소를 하면 교실에 더운 기운과 쿰쿰한 냄새도 없어진다.

이렇게 방학이 끝날 무렵에 청소를 해 놓으면 개학 첫날, 차분하게 아이들을 맞이할 수 있다. 여름방학은 끝났지만 날씨는 여전히 무덥다. 다른 반 아이들은 청소한다고 야단인데, 우리 반은 청소를 안 하니까 아이들이 좋아한다. 나도 차분한 마음으로 아이들과 함께하는 시간을 갖게 되어 기분이 좋다. 그동안 아이들이 자란 모습도 보고, 방학 동안에 겪은 일이나 재미있었던 일을 이야기하는 시간을 마련하여 내가 먼저 아이들한테 들려주고, 아이들도 한 사람씩 돌아가며 이야기를 한다.

긴 방학이 끝나고 학교 가는 첫날, 아이들이 기분 좋으면 다른 날도 학교생활이 즐거울 것이다.

아이들과 함께 지내는 동안 꾸준히 실천해 볼까 한다.

이기주, 통영 용남초등 (2003.8)

안 할 일이라고 생각했다면
안 할 줄 아는 자유도 있다

교육청에 출장 가야 한다. 아침에 우리 반 아이들한테 "나 갈게, 잘하고 있어" 말해 놓고 2층 교실을 나섰다. 가운데 계단을 내려오다 보니 턱마다 흙이 주덕주덕하다. 누가 진흙밭을 짓삼고는 흙 묻은 신발을 그냥 신고 다녔나. 그냥 두면 교실이고 골마루고 다 흙 발자국 되겠다. 이대로는 발이 안 떨어진다. 다시 계단 올라와 가까운 3학년 교실에 가서,

"누가 계단 청소 좀 해 줄 사람 없을까요?"

없다. 마침 5학년 영기가 골마루를 걸어오기에

"영기야, 헤헤헤. 줄 게 있는데."

주머니에 손을 넣고 뒤적뒤적하다가 오늘 아침 4학년 여자아이한테 받은 납작한 초코 과자를 꺼내며,

"계단에 흙이 있어서 그러는데……."

영기가 한마디로 "싫어요."

'윽!' 하긴 자기는 안 하면서 남을 시키는 게 치사스럽기는 하지. 그래도 어떡해. 나 얼른 가야 되는데. 늦으면 안 된다는데. 서둘러 4, 5학년 우리 반 교실 문을 열어 머리 디밀고 빠르게 말했다.

"얘들아, 가운데 계단이 흙투성이다야. 우리 반 맡은 덴 아니지만 누가 청소 좀 해 주면 안 될까?"

어째 대꾸가 없냐. 에유, 이럴 때 말 한번 들어주면 얼마나 좋을까. 말 꺼낸 나도 체면이 서고. 바로 앞에 민호가 있다. 걸상 두 개를 벌려 놓고 거기에 고무줄 걸어서 고무줄놀이 준비하고 있다. 좀 전에 내가 출장 간다니 좋다고 "만세! 만세!" 외치던 녀석이다.

"아이고, 야는 맨날 봐도 이쁠까. 민호야, 나는 너밖에 없다. 계단 청소 좀……."

"싫어요. 나도 스케줄이 있단 말이에요."

스케줄이 있다는 걸 어떡하냐.

"야, 너 고무줄 교실에서 하면 안 되는 거 알고 있지? 쿵쿵 뛰면 밑에서 시끄럽다고 올라와."

나는 금방 태도를 바꿔서 한마디 해 놓고 문 닫았다.

'에이, 어째 내 말 듣는 애들이 하나도 없냐. 선생님, 제가 할게요 하고 벌떡 일어나는 아이가 더러 있어야 나도 선생 하는 거 같을 텐데.'

굳어져서 그냥 아래층 내려가려는데 빗자루 들고 계단을 쓰는 아이가 있다. 혜린이다. 우리 반 혜린이.

갑자기 내가 딴사람이 되는 것 같다. 좀 전에 안 예쁘던 아이들까지 다 예뻐졌다. 허허허. "싫어요, 스케줄이 있어요" 하며 고개 달랑 들고 말하는 아이도 존중받아야지. 영기, 민호 분명히 자기들 맡은 청소가 있고 그 일을 잘하고 있는데 남의 청소까지 해 주는 건 옳지 않다는 생각을 했을지도 몰라. 그럴 수도 있지. 그래, 까짓 거 안 할 일이라고 생각했다면 안 할 줄 아는 사람이 훌륭하다. 안 할 일인 줄 알면서도 열심히 하는 사람들이 있어서 세상은 더욱 나빠지는 것 아니냐.

아침에 내 말을 들어준 혜린이나, 자기 일을 더 중요하게 여긴 민호나 영기 모두 착한 아이들이다. 예쁜 세 아이 모습을 가슴에 담고 나는 지금 출장 간다.

탁동철, 양양 상평초등 (2003.8)

| 2부 | 작은 학교 이야기

작은 학교 이야기

1

엊그제 우리 학교에서 이웃 학교와 배구 시합이 있었지요. 그래서 음식을 준비하는데 일손이 모자라 저까지 급식소에서 일을 했답니다. 그러다가 그만 잘 드는 칼에 왼손 넷째 손가락 끝을 베였는데 피가 도무지 멎지 않아요. 옆에서 병원 가라고 난리라서 학교 옆에 있는 작은 병원에 갔더니 꿰매야 한다네요. 그래서 난생 처음 살을 기워 봤지요. 여섯 바늘 꾸매데요.

학교에 돌아오니 6학년이랑 4학년, 3학년, 만나는 아이들마다 "선생님, 괜찮아요?" 하고 물어보고, 저녁에 집에 가니 졸업생 몇이 전화해서 "샘요, 손 다쳤다면서요?" 합니다.

학교가 작으면 이렇습니다.

2

어제는 점심 먹고 나서 아이들과 빨래하러 강으로 나갔어요. 며칠 전 내린 비로 학교 앞 강물이 제법 넉넉해졌거든요. 집에서 빨랫감 가져오랬더니 저거 아버지 남방이랑 동생 티셔츠랑 양말, 수건, 바지, 많이들 가져왔데요. 넙덕한 돌을 비스듬히 놓고 흐르는 물에 빨기 시작했어요. 한 아이가 빨랫방망이를 가져왔기에 돌려 가며 두들기기도 하고. 할매가 아침에 방망이 주며 "쓰고 잘 챙겨 온네이" 하더랍니다.

나는 손을 디쳐 뻴래는 못 하고 대신 물에 들어가 아이들 사진을 찍었지요. 내 양말도 아이가 빨아 줬어요.

흘러가는 강물과 강가에 쪼로미 앉아 빨래하는 아이들 모습이 참 잘 어울렸어요. 나는 그 풍경이 보기 좋아 사진만 자꾸 찍었답니다.

다 빤 옷은 널따란 돌 위에 늘어놓고 물수제비도 뜨고, 돌탑 쌓기도 했어요. 아! 강물은 무지 맑고, 구름이 알맞게 해를 가려 줘 강가에서 놀기 딱 좋은 날이었어요.

이승희, 밀양 단산초등 (2001.6.21)

고천분교 일기 1

올해 학교를 옮겼다. 삼척 시내에서 20분쯤 떨어진 분교로 갔는데, 이광우 선생님하고 같이 근무하게 됐다. 우리 학교 아이들은 모두 일곱이다. 5학년은 본교에서 공부하기로 해서 가고 나니 여섯이 남는데 모두 남자아이다. 1학년 둘, 2학년 하나, 3학년 둘, 4학년 하나. 그래서 나하고 이광우 선생님하고 여덟이 오순도순 재미나게 지내고 있다.

첫날부터 일기를 쓰고 있는데 그 가운데 3월에 쓴 것 몇 개 뽑았다.

이광우 선생님이 아이들과 목욕 갔어요

(2001년 3월 5일 월요일. 꽃샘추위가 아주 매섭네요. 운동장 땅이 다시 꽁꽁 얼었어요.)

네 시간 공부를 이럭저럭 마치고 점심을 먹었다. 2시쯤 나는 본교에 일이 있어서 가고 이광우 선생 혼자서 아이들 다섯을 데리고 삼척 시내에 목욕하러 갔다. 같이 가야 하는데 그러지 못해서 조금 미안하다.

학교에 돌아와 이 일 저 일 하는데 벌써 5시가 다 되었다. 아직 아이들이 안 온다. 한참을 더 있다가 왔는데 이 선생은 아주 지친 모습이다. 하기야 시골 애들 다섯을 다 씻기려면 얼마나 힘들겠나. 그 가운데 두 아이는 한 번도 목욕탕에 가 보지 못했다고 하고, 또 한 아이는 딱 한 번 가 봤다고 했다는데. 어쨌든 다음에는 같이 가야겠다. 한 달에 한 번은 꼭 가야지.

똥 닦아 줘요

(2001년 3월 6일 화요일. 점심때 일용이가 "선생님 밤이 될라고 해요" 그래서 봤더니 어두컴컴해지면서 빗방울 날리네요.)

점심을 먹고 고천에 사는 현우와 희원이는 우산을 씌워서 보냈다. 일용이는 삼거리에 살기 때문에 3, 4학년이 끝나면 보내려고 교무실에서 같이 있었다. 교무실 책장에 있는 보지 않는 책들을 종이 상자에 넣어 치우고 아이들이 읽을 만한 책을 정리하는데 일용이가 옆에서 "이 거요, 이거 치워요?" 하면서 곧잘 일을 거든다.

한참 그러다가 갑자기 "선생님, 똥 나올라고 해요. 똥 닦아 줘요" 하면서 변소로 뛰어간다. 나도 덩달아 휴지를 들고 뛰어갔는데 일용이는 옷을 훌훌 내리더니 변소에 들어가자마자 문도 안 닫고 똥을 누는데 뚝뚝 떨어진다. 조그만 일용이가 다리를 벌리고 앉기에는 변기통이 너무 넓어 힘든지 자전거 탄 것처럼 엉덩이를 쭉 빼고 엉거주춤 섰다. 힘을 몇 번 더 주더니 "선생님, 휴지 갖고 왔어요? 나 이제 다 눴어요" 한다. 옷을 입히고 손잡고 교무실로 들어오는 나와 일용이 모습이 참 예쁠 것 같다.

석 달 열흘부터 내가 키웠는데

(2001년 3월 7일 수요일. 하늘은 맑은 듯한데 눈이 조금씩 날리네.)

두 시간이 끝날쯤에 할머니 한 분이 오셨는데, 칠순이 넘은 현우네 할머님이다. 검은 비닐봉지를 들고 오셔서 얼른 받아서 뭔가 하고 봤다. 맥주하고 과자가 들어 있다. 교무실로 모시고 갔는데 먼저 숨부터 길게 몰아쉬신다. 집이 학교에서 멀지 않은데도 오시는 데 숨이 찬가 보다. 머릿수건을 쓰고 긴치마를 입으셨다. 현관에 실내화가 있는데도 솜버선 그대로여서 얼른 실내화를 가져와서 드렸다. 할머니가 어디서 왔냐고 물으셔서 나는 동해에서 산다고 말씀드렸다. 이광우 선생이 북평에 산다고 하니 큰딸이 북평에 산다고 반가워하신다. 아무것도 모르는 거 가르치느라 힘들겠다고 하시며 일어서시기에 우리도 얼른 일어났다.

현관에서 실내화를 벗으시다가 넘어질 뻔해서 잡아 드렸다. 문을 나서시며 "우리 현우 석 달 열흘 되서부터 내가 키웠는데, 이제 아홉 해가 다 됐어" 하신다. 이광우 선생이 "무척 힘드시겠어요?" 하니 아무 말이 없으시다. 조심해서 가시라고 인사를 드렸다.

점심 먹고 아이들 다 보내고 이광우 선생님이랑 맥주를 따서 한잔씩 마셨다. 썬칩이라는 과자가 짭짤하고 고소했다.

휴 이것도 힘드네

(2001년 3월 8일 목요일. 점심 먹고 아이들과 공을 차는데 아이들 손이 빨갛다.)

어제 오늘 점심 먹고 아이들과 편을 나누어 공을 차고 운동장을 정리했다. 저번 눈이 와서 땅이 질 때 차들이 들어와서 바퀴 자국이 보기 싫게 났다. 공을 찰 때도 공이 아무렇게나 막 튄다.

일용이, 희원이, 현우는 호미로 하고 의춘이, 동준이, 의현이는 삽을 들었다. 나하고 이 선생은 괭이를 들고 했다. 한참을 하다 보니 힘들다. 아이들은 이곳저곳 돌아다니며 장난치며 땅을 파고 있다. 점심 먹은 게 쑥 다 내려갔다. 이광우 선생이 "한 2년 이렇게 살다 보면 정말 우리 학교라는 생각이 들 것 같아요" 하며 학교를 둘러본다. "그러게" 하고 나도 따라 빙 둘러봤다. 참 예쁜 학교다. 우리 아이들도 학교를 집처럼, 나하고 이광우 선생을 부모나 형처럼 생각할 것 같다. 이제 얼추 다 끝났다. 이제 비가 한번 내려서 고르게 해 놓은 곳을 다져 주면 되겠다.

교실에 들어와 보니 어제 3, 4학년 아이들이 대방골에 가서 꺾어 온 버들강아지가 내 책상 위에 있다. 아침에는 못 봤는데 손가락으로 살살 비벼 보니 보들보들 보드랍다. 이제 따뜻해지면 우리 반 애들 데리고도 한번 가 봐야지.

눈 내리는 고천

(2001년 3월 10일 토요일. 집에 가다가 일용이가 "눈이 다 덮었다. 해님 봐요" 한다.)

아침부터 눈이 내렸다. 그렇지만 하늘에는 해가 가끔 보이고 훤하다. 그리고 봄눈이라 많이 쌓이지 않는다. 빗자루를 꺼내 들고 화장실 가는 길을 깨끗이 쓸었다.

두 시간이 끝나고 이광우 선생은 애들하고 운동장에서 눈사람 만들고 왔다 갔다 하며 논다. 나도 나가려고 신을 바꿔 신다가 그냥 교무실에 들어와서 창문을 열었다. 눈이 예쁘게 날려 안으로 들어온다. 일용이는 보리 알갱이처럼 선생님만 졸졸 따라다니고 의춘이는 혼자서 눈사람을 열심히 만든다. 사진기를 꺼내 서너 장 찍었다.

아까 교무실에 오다가 복도에 들어온 새를 잡아서 빈 어항에 집어넣었는데 힘이 없다. 눈 오는 날에 그냥 날려 줘도 잘 살까 싶었다. 과자 부스러기를 줘도 먹지 않는다. 아이들이 들어오려고 해서 내가 문 앞으로 나갔다. 새를 살짝 잡고 꺼내서 날려 줬다. 올라갔다 내려갔다 하면서 보리밭으로 날아갔다. 곧잘 나는 걸 보니 괜찮을 것 같다.

강삼영, 삼척 고천분교 (2001.5)

고천분교 일기 2

구구셈

(2001년 9월 5일 수요일. 비가 좀 내렸으면 하는데 파란 하늘이 너무 맑다.)

점심 먹고 벚나무 아래 평상에 누워 현우하고 구구단을 외웠다. 내가 "이일은 이" 하면 현우가 "이이는 사" 이렇게 주고받으면서 5단까지 했다. 처음 하는 구구셈이라서 현우가 아직 어려워한다. 현우는 학원도 안 다니고 학습지도 안 한다. 내가 공부 시간에 가르치는 것이 처음 듣는 거고 처음 배우는 거다. 현우하고 공부할 때면 가끔 소리도 지르지만 재미있다. 시내에서 아이들하고 공부할 때와는 많이 다르다. 작은 것 하나하나 일러 주고 확인해야 한다.

2시쯤 돼서 다른 애들은 이광우 선생하고 바위솔이라는 풀을 찾으러 희원이 집에 가고 현우하고 나는 그늘에 앉아 꽃밭에 심었던 조를

털면서 구구단을 재미있게 외웠다.

꽃과 풀로 그림 그리기

(2001년 9월 14일 금요일. 구름이 잔뜩 끼고 하루 종일 가랑비가 내려 어두컴컴하다.)

〈즐거운 생활〉 시간에 그림을 그렸다. 크레파스도 필요 없고 물감이 없어도 된다. 그냥 도화지만 한 장씩 내주었다. 그리고는 밖에 나가 꽃잎과 풀잎을 따 오라고 했다. 나팔꽃, 해바라기, 장미꽃, 코스모스, 무궁화 이렇게 따 와서는 우선 꽃잎으로 꽃을 그렸다. 나팔꽃을 도화지 위에 놓고 손바닥으로 꼭 찍으니 꽃 모양이 아슬아슬, 보라색 나팔꽃이 찍힌다. 다른 꽃은 물기가 많지 않아 잘 안 된다. 그래서 조그맣게 접어서 꼭꼭 찍어 나갔다. 노란 꽃도 생기고 분홍 꽃도 생긴다. 다음에는 풀잎으로 줄기도 그리고 잎도 그렸다. 아이들 도화지에 나팔꽃도 있고, 코스모스도 있고, 해바라기도 있다. 희원이가 풀잎을 도화지에 막 문지르니 시원한 풀밭이 생겼다. 일용이도 하고 현우도 했다. 복도에다 걸었다. 다하고 남은 것은 동화책 사이사이에 끼워서 눌러놨다.

다 마르면 이번에는 그걸 요리조리 붙여서 또 해 봐야지. 이제 나뭇잎이 빨갛게 노랗게 물이 들면 그것도 주워 잘 말려서 이것저것 해 봐야겠다.

강삼영, 삼척 고천분교 (2001.10)

고천분교 일기 3

백 년이고 천 년이고 이 자리에 학교가 있어야지

(2001년 9월 26일 수요일. 어제는 흐렸는데 오늘은 파란 하늘이 보입니다.)

학부모 회의를 했습니다. 1학기에 한 번 하고는 두 번째입니다. 작은 학교를 폐교하려는 교육청의 계획에 대해 학부모님들 의견을 묻는 자리입니다. 1학기에는 교육청에서 사람이 나와서 의견을 묻고 폐교하려고 하는 까닭을 설명했고, 2학기에는 분교 안에서 회의를 하는 것입니다.

3시부터 회의를 한다고 안내 글을 보냈는데 현우 할아버지, 동준이 큰아버지, 그리고 희원이 아버지 이렇게 세 분 오셨어요. 우리 아이들이 모두 여섯인데, 의춘이 의현이가 형제니까 다섯 분 가운데 세 분이 오신 것이니 과반수는 넘은 셈이네요. 마침 본교 교장 선생님도 오셔서 함께 이야기를 나누었지요. 이광우 선생님이 한방차를 타 오고, 어제 주운 밤도 삶아서 내놨습니다. 다들 한마디씩 하셨어요.

희원이 아버님은 1학기에 의견 조사를 해서 모두 반대를 했는데 6개월 만에 뭘 또 하냐면서 "나는 우리 희원이가 졸업할 때까지 폐교 반대니까 자꾸 이런 회의를 하지 않았으면 좋겠습니다" 하셨어요. 동준이 큰아버지는 학교가 없어지면 이곳이 어떻게 되겠나 걱정하셨어요. 폐교된 다른 학교에 가 보면 학교에 풀만 무성하고 밤이면 무섭기까지 하다고 했어요. 학생이 한 사람 남을 때까지 학교가 있어야 한다고 하시면서 그나마 학교가 있으니까 마을이 이 정도 지켜지고 있다고 하셨어요. 교장 선생님은 우리 학교 옆에 있는 천기분교가 내년에 폐교된다면서 다른 곳은 찬성하는 분도 많다며 한마디 하는데, 현우 할아버지만 가만 계셨어요. 그래서 현우 할아버지도 한 말씀 하시라고 했거든요. 그랬더니 이렇게 말씀하시는 겁니다.

"저가 뭐, 할 말이 있습니까. 그저 우리 현우 가까운 데 학교 다니니까 마음 편해서 좋고, 또 오래 있어 온 학교니까 없어지면 안 되지요. 그러고 선생님들이 열심히 하셔서 몇백 년이고 몇천 년이고 학교가 이 자리에 있게 해 주셔야지요."

현우 할아버지는 칠십이 넘으셨어요. 서른 갓 넘은 나하고 이광우 선생은 이 학교 오면서 우리가 있는 3년 동안은 학교가 없어지지 않게 열심히 해 보자 했는데, 현우 할아버지 말씀에 참으로 부끄러웠습니다.

감 따 먹는 재미

(2001년 10월 16일 화요일. 흐리네요. 기사님은 반팔 옷을 입고 일하는데 나는 으스스 춥기만 합니다.)

요즘 감나무에 감이 보기 좋게 익어 갑니다. 아침에 아이들이 홍시를 따 놓고 기다리다가 내가 학교에 가면 얼른 먹으라고 줍니다. 그리고 쉬는 시간이면 아이들하고 또 한두 개씩 따 먹습니다.

오늘도 둘째 시간 끝나고 아이들과 감을 따러 갔습니다. 감나무 밑에 가면서 곱게 물든 벚나무 잎도 한두 개 주워 주머니에 넣고, 단풍잎도 주웠습니다. 아이들은 뭐 하러 줍냐고 하면서도 지들도 몇 개씩 줍습니다. 감나무 밑에 가면 감나무를 쳐다보면서 "이거 내 꺼" "저거 내 꺼" 하면서 자기가 먹을 감을 골라 놓습니다. 그러고는 날 보고 따 달라고 소리칩니다. 우리 고추밭 옆에 있는 감나무는 손으로 딸 만한 게 많습니다. 그래서 오늘은 세 개씩이나 먹었습니다.

희원이는 감을 먹으면서도 눈은 더 잘 익은 감이 없나 하고 감나무를 쳐다봅니다. 일용이는 조금 먹다가 고추밭 아래 냇가로 휙 던져 버립니다. 아이들 입가에 감이 묻었습니다. 내가 "입 좀 봐라" 하니 다들 소매로 입을 쓱쓱 닦습니다. 이제 조금 더 찬바람이 나면 곶감을 보기 좋게 깎아서 매달아 봐야겠습니다.

강삼영, 삼척 고천분교

고천분교 일기 4

가은이

(2002년 2월 5일 화요일. 운동장에 나가 놀아도 하나도 춥지 않아.)

요즘 겨울답지 않게 따뜻하다. 학교에 놀러 온 아이들과 점심으로 라면을 끓여 먹고 나니 졸립다. 창가에서 밖을 내다보고 있는데 우체부 아저씨가 오토바이를 타고 운동장을 가로질러 온다. 아저씨가 창문을 두드린다. 등기가 왔다고 한다. 도장을 찍고 봉투를 뜯어 보니 미로면 사무소에서 '2002학년도 취학 아동 명부 보냄'이라는 제목으로 공문이 왔다.

올해 우리 학교에 올 아이는 고천에 사는 동희라는 남자아이가 있었다. 1년 내내 유치원 끝나면 우리 학교에 와서 같이 놀았다. 그럴 때마다 우리 모두 "우리 학교에 올 거지?" 묻곤 했다. 그런데 며칠 전에 전화하니 동희 어머니가 벌써 주소를 아랫동네로 옮겨 놓았다고 했다. 혹

105

시나 했는데 우리 아홉 식구 모두 실망을 많이 했다.

내용을 보니 여자아이다. '이가은' 참 예쁜 이름이다. 주민등록번호
도 2로 시작한다. 틀림없다. 너무 반갑다. 갑자기 막 즐겁다. 이광우 선
생한테 전화해서 알려 주려고 하는데 전화가 안 된다. 삼거리에 살면
의춘이가 알고 있나 싶었다. 불러서 물어보니 그런 아이는 모른다고 한
다. 일용이 어머니한테 전화를 했다.

"잘 모르겠어요. 그런 아이 없거든요. 이정순이란 분도 모르고요. 삼
거리에 살지 않거든요. 이장님도 저한테 와서 물어보던데요."

힘이 빠진다. 아쉬운 마음에 이장님 전화번호를 물어보고 전화를 끊
었다. 다시 전화를 하려다 찾아가 보는 것이 나을까 싶어 그만두었다.
이 아이도 부모 사정으로 주소만 할아버지 집에 옮겨 놓은 모양이다.

아이들한테는 자세하게 말하지 말아야겠다. "동희 미로학교 갔대요"
하면서 아쉬워한 아이들인데 더는 실망시키지 말아야지. 내년에도 둘
이나 우리 학교에 들어올 아이들이 있으니까 괜찮다.

어쨌거나 가은이도 나이가 됐으니 학교는 가야 하는데 어디에 있는
지. 자기 또래는 다들 가방 사고, 하얀 실내화 사서 학교에 갈 준비하며
밤마다 학교 가는 꿈을 꿀 텐데. 만약 가은이가 우리 학교에 오면 다들
얼마나 이뻐해 줄까? 일용이와 희원이가 가은이 양쪽 손을 꼭 쥐고 온
동네를 돌아다니면 얼마나 보기 좋을까? 우리도 지금보다 더 행복하고
좋을 텐데.

강삼영, 삼척 고천분교

고천분교 일기 5

학교 가서 놀아야지.

(2002년 3월 22일 금요일. 어제부터 황사가 너무 심하다. 온 산과 마을이 누런 먼지를 뒤집어쓰고 있다.)

우리 선생님이
수두 걸렸다고
학교 오지 말고 집에 있으라고 했어요.

우리 할머니도
다른 애들 수두 옮는다고
집에 있으라고 했고요.

방 안에 혼자 앉아 있는데
어제보다 몸이 더 가려워요.
선생님 몰래
할머니 몰래
학교 가서 형아들하고 놀 거예요.

어제 아침 희원이 할머니께서 학교에 오셨다. 희원이가 몸에 뭐가
났는지 며칠째 밤마다 심하게 긁는다고 병원에 간다고 하신다. 희원이
엉덩이를 보니 빨간 점들이 여러 개 있다. 밤에 가려워 꽤 긁었나 보다.
점심때가 지나 희원이가 왔는데 수두라고 한다. 수두는 다른 사람들
에게 옮을 수 있는 병이라서 강삼영 선생님이 본교 보건 선생님한테
전화를 해 보았다. 그랬더니 희원이를 다른 아이들하고 같이 있게 하지
말고 며칠 집에서 쉬게 하는 게 좋겠다고 한다.
공부 마치고 집에 갈 때 희원이보고 내일부터 일요일까지 집에서 쉬
고 월요일에 학교 오라고 했다.
그런데 오늘 아침 학교에 들어오다가 희원이가 학교 문간에서 딱지
치기를 하다가 기둥 뒤로 숨는 걸 보았다.
"희원이, 집에서 쉬라고 했는데……."
희원이는 아무 말도 안 하고 숨어 있기만 한다.
내가 교실에 들어가 창문으로 밖을 보니 팔을 휘돌리며 집으로 가고
있다. 아침에 놀러 가도 되냐고 학교로 전화까지 했다고 현우가 말해
준다. 학교 와서 형들하고 같이 딱지도 치고 구슬 따먹기도 하며 같이

놀고 싶었나 보다.

학교가 아니고는 같이 놀 또래 아이들이 없는 동네에서 혼자 집에 남아 있는 일이 얼마나 괴로울까? 희원이처럼 시골에 사는 아이가 아니라도 마찬가지일 게다.

우리 아이들 모두 동무들하고 같이 재미나게 놀 생각으로 학교에 오겠지?

이광우, 삼척 고천분교

고천분교 일기 6

의현이

(2002년 3월 20일 수요일. 세탁기를 사서 처음 빨래를 했는데 잘 마르겠네요.)

의현이하고 한 교실에서 같이 공부한 지 이제 스무 날 가까이 됩니다. 의현이는 내가 하라는 대로 꾀부리지 않고 그대로 합니다. 지난 월요일에는 그동안 배운 글로 여덟 쪽짜리 그림책을 만들었습니다. 의현이가 그림을 그리고 글도 썼습니다. 그림책 제목은 '비 오는 날'입니다.

지난해 이광우 선생과 공부한 글자는 제법 읽고 쓰기도 합니다. 올해도 한 글자 한 글자 익혀 가는데, 아직 글공부에 재미를 붙이지 못했습니다. 우리는 처음 글 배울 때 여기저기에 있는 글을 읽으려고 했잖아요. 그런데 아직 의현이가 그렇게 하는 걸 보지 못했어요. 2학년 일용이는 이제 자기가 아는 글자가 나오면 나를 불러서 아는 글자라고 읽어 주거든요. 그런 관심을 갖는 것이 교사가 열 번 스무 번 가르치는 것보다 더 좋은 공부가 될 텐데요. 어떻게 그런 호기심을 심어 줄 수 있을지 모르겠습니다. 그림책을 만들어 가면서 그런 호기심을 가질 수 있을까요?

그리고 의현이와 공부할 때는 돋보기를 가지고 합니다. 소리 낼 때 내 입 모양과 혀가 어떻게 움직이는지 보여 주려고요. 의현이가 발음이 바르지 않거든요. 내가 보기에는 혀가 제 일을 하지 못하는 것 같아요. 소리를 듣고 따라 할 때 가만히 보면 입 모양은 따라 하는데 혀가 제자리를 잡지 못해요. 그러니 바른 소리가 나오지 않지요. 받침이 있는 글자는 더 어려워합니다. 내가 아는 것이 없어 그냥 이런저런 짐작만 할 뿐입니다. 이런 아이들을 잘 가르칠 수 있는 방법을 공부해야겠습니다. 의현이와 공부하면서 많은 걸 배우고 있습니다.

(2002년 4월 16일 화요일. 고마운 '비'님이 내렸습니다. 온 세상이 촉촉하고, 연둣빛이고, 쑥쑥 자랍니다.)

아침부터 어제 숙제로 낸 "보리, 감자, 마늘, 조, 옥수수, 수수, 들깨, 참깨, 벼"를 읽고 썼어요. 의현이는 "조"를 열 번, 스무 번 따라 읽고 쓰고 나서도 금방 잊어버립니다. "옥수수"는 읽는데 "수수"는 한참을 생각하고도 읽어 내지 못합니다. 오전 내내 그러고 있다가 점심을 먹었어요. 놀다가 2시쯤 다시 공부를 시작하며 일기장을 봤어요. 의현이와 한 달째 일기를 쓰고 있습니다. 모르는 글자는 동그라미를 그려 오라고 했습니다.

처음 일기를 쓸 때 "오늘 ○○○ ○○다" 이렇게 글을 써 왔습니다. 내가 무슨 말이냐고 물으니 의현이가 손가락으로 글자를 짚으며 "오늘 국수를 먹었다" 하고 읽었습니다. 그래서 내가 못 쓴 글자를 칠판에 써 주면 의현이가 따라 썼습니다. 그리고 의현이가 다시 한 번 "오늘 국수를 먹었다" 하고 읽습니다. 자기 말을 글로 옮길 수 있다는 걸 알았으면 하는 마음으로 시작했는데, 한 달이 넘으면서 써 오는 글자가 많아집니다. 어떤 날 일기를 보면 몇 번을 연필로 꼭꼭 짚어 읽으며 썼는지 작은 점이 개미 떼처럼 찍혀 있습니다.

오늘 일기는 더 잘해 왔습니다.

"오늘 새가 ○어○다. 털이 ○○다. 김희원 ○○이다."

다들 한번 읽어 보세요. 무슨 말일까요? 의현이는 이렇게 읽었어요.

"오늘 새가 들어왔다. 털이 빠졌다. 김희원 때문이다."

안 쓴 글자를 다 채워 넣고 다시 큰 소리로 읽었어요. 너무 잘 썼다고 칭찬을 잔뜩 해 주었지요. 그리고 어깨동무하고 교무실에 있는 이광우 선생한테 가서 자랑까지 했어요. 우리 둘 다 기분이 좋았어요.

이번 주에 그릴 그림책 제목은 '우리 집'으로 정했어요. 내일은 또 어떻게 일기를 써 올까요? 빨리 해가 지고 해가 떴으면.

*의현이는 5학년입니다.
강삼영, 삼척 고천분교

고천분교 일기 7

2002년 4월 28일 일요일. 흐리고 조금 쌀쌀하다.

며칠 전 학교 화장실 옆 빈터에 닭장을 지어 놓았다. 오늘이 마침 북평 장날이라 새까만 오골계 세 마리, 토종 중병아리 두 마리, 모두 다섯 마리를 샀다. 내일 아침 아이들이 닭장 안을 들여다보고 좋아하겠다.

2002년 5월 2일 목요일. 햇볕이 따뜻하다.

아침에 강삼영 선생님이 새끼 토끼 두 마리를 집에서 가져오셨다.

닭장에 이제 중병아리 다섯 마리, 토끼 두 마리. 우리 학교 식구가 정말 많아졌다. 점심 먹고 모두 시내 목욕탕으로 목욕하러 갔다. 오늘도 의현이한테 목에서 벗겨 낸 때로 멋있는 때 목걸이를 만들어 주었다.

2002년 5월 6일 월요일. 아침에는 날씨가 좋더니 오후부터는 바람이 불며 비가 올 것 같다.

강삼영 선생님이 삼척초등학교에서 가르쳤던 아이들 일곱이 쉬는 날이라고 놀러 왔다. 하루 종일 우리 학교 아이들하고 함께 놀았다. 운동장에서 피구도 하고 세발자전거도 탔다. 그리고 더네(콩과 보리를 심는 마을의 들 이름)에 올라가 보리밭에서 사진 찍고, 고사리도 꺾고, 나물취도 뜯으며 재미있게 놀았다. 우리 학교에 아이들이 이만큼만 더 있다면 정말 좋을 텐데.

2002년 5월 15일 수요일. 아침에는 맑다가 오후부터 춥더니 밤에 비가 왔다.

오늘이 스승의 날이라고 아침에 차에서 내리자마자 아이들이 편지를 건네준다. 학교 꽃밭에서 꺾은 장미도 한 송이 있고, 어젯밤에 집에서 접었을 색종이 카네이션도 있다. 수첩 한 쪽을 찢어 쓴 것이지만 어떤 편지보다도 고맙다.

점심때는 아이들과 함께 시내에 나가 짜장면을 사 먹었다. 스승의 날에 선생님한테 짜장면 얻어먹은 아이들은 아마 우리 아이들밖에 없을 게다.

2002년 5월 18일 토요일. 밤에는 소나기가 내렸다.

학교 텃밭에 고구마, 고추를 심었다. 한 달 전에 심은 옥수수, 땅콩, 홍화, 수수는 싹이 나와서 잘 자라고 있다. 올해는 가물지 않아서 고구마가 잘되겠다. 작년에는 고구마 심고 난 뒤 너무 가물어 반 넘게 말라

죽었는데.

2002년 5월 21일 화요일. 한여름처럼 덥다.

셋째, 넷째 체육 시간에 너무 더워 현우, 의춘이, 동준이랑 함께 깜빡소로 놀러 갔다. 깜빡소 밑에 있는 깜빡 동굴에서 모두 알몸으로 물놀이를 했다. 처음에 쑥스러워 옷을 벗지 못하던 동준이도 나랑 현우, 의춘이가 홀딱 벗고 재미나게 노는 것을 보고는 옷을 벗고 우리랑 함께 놀았다. 뜨거운 햇볕을 받으며 바위 위에 앉아 있으니 몸도 금방 마르고 시원한 게 참 좋았다. 다음에는 일용이, 희원이, 의현이, 강삼영 선생님 모두 같이 와서 오늘보다 더 재미나게 놀아야겠다.

이광우, 삼척 고천분교

| 3부 | 몸으로 만나는 교실

숲속 교실에서 읽은《비 오는 날》

아침부터 비가 주룩주룩 내리더니 오후가 되자 여름비처럼 쏟아진다. 점심 먹고 있는데 아이들이 묻는다.

"다음 시간 체육인데 뭐 해요?"

"모둠 바꾸지요?"

"노래 배워요. 어제 부른 백구 노래 또 불러요."

"글쎄……"

한둘이 묻기 시작하더니 난리들이다.

밖을 보니 시원스럽다 못해 아름답게 비가 내리는데 아이들은 떠드느라 정신이 없다.

"모두 조용히 앉아 이 빗소리 좀 들어 봐라."

서너 번 소리를 지르니 잠잠해진다. 옆 반에서 불어 대는 리코더 소리, 아이들 고함 소리에 빗소리가 들릴 듯 말 듯 하더니 어느새 시끄러운 소리가 잦아들기 시작한다.

한참 있다 아이들을 창가로 불렀다.

"비 내리는 모습 좀 봐. 운동장에도, 나무들에게도, 저 아파트에도 내리는구나. 어? 교실 안으로 안개까지 들어오네?"

그래, 오늘은 너희가 뭐라고 해도 비 오는 모습을 느껴 보고 싶다. 우산을 받쳐 들고 저 운동장으로 함께 내려가 비를 맞아도 좋을 텐데.

히야아, 이 가을에 장대비가 쏟아지는구나. 아이들이 창가에 붙어 손도 내밀어 보고 가만히 보고 있다.

빗소리 (부산 강동초등 4학년 전하은)

오늘 빗소리를 들었다.
빗소리는 단순한 소리가 아니다.
풀잎에 맞아서
땅에 퉁겨서
흙 속을 파고 들어가면서
빗물끼리 서로 부딪히면서
나는 소리였다.

비들이 누가 더 멀리 뻗나
내기하는 것 같다.
어떤 비들은 다른 비와 부딪혀서
없어지거나 먹힌다.
"하이야 하이야" 하며
내리는 빗소리를 들으니
뒤엉켰던 내 마음이
줄을 맞추는 것 같다. (10월 9일)

내일도 비가 온다고 했지. 내일은 함께《비 오는 날》그림책을 읽어
야겠구나.
아! 그런데 다음 날 눈을 뜨니 하늘이 새파랗다. '어쩜 저리 깨끗하
노.' 머리를 잔뜩 젖히며 학교로 왔다.
아침 햇살이 비스듬히 아이들 몸으로, 책상으로 들어온다. 키 큰 미

루나무 잎들이 햇살에 팔랑팔랑 반짝인다.

"야들아, 저기 봐라. 저 미루나무 잎, 깨끗한 공기, 하늘, 이 냄새. 아, 안 되겠다. 얘들아, 밖에 나가자."

"와!"

그림책을 옆에 끼고 아이들이랑 운동장에 내려갔다. 축축한 운동장을 지나 '숲속 교실'로 갔다. 아이들 얼굴이 맑다. 아침 햇살과 함께 막 웃는다.

풋풋한 흙냄새, 나무들 사이로 보이는 새파란 하늘.

다 함께 보기에는 그림책이 작구나. 반씩 나눠 읽어야겠다.

"남학생은 조금 있다 읽어 줄게. 그동안 비 온 뒤 자연도 느끼며 놀다 와라."

남자아이들이 운동장으로 흩어진다. 젖은 운동장에 그림도 그리고 구석에서 풀벌레도 찾는다.

여자아이들이 내 곁에 몰려온다.

"이 그림책은 어떤 선생님이 읽어 줘서 나도 안 거야. 우리처럼 요렇게 앉아서 말이다. 난 참 좋았는데 너흰 어떨지……. 나처럼 좋아할까?"

넌지시 아이들 마음을 꼬집었다.

"그러지 말고 빨리 봐요."

그림책 가지고 뭘 그러냐는 듯이 아이들이 막 다그쳤다. 첫 장을 펼치니 다락방에서 빗소리를 듣는 여자아이가 나온다.

"너희들 다락방이 뭔지 알아?"

"알아요. 우리 할머니 집에 가면 있어요."

"옛날 살던 집에 있어요."

"난 어릴 때 다락방에서 살았어. 앉은뱅이책상에 낮은 창문이 있었지. 일어서면 머리가 부딪혀서 허리를 숙이고 다녀야 해. 이불을 펴고 누우면 천장에 바른 벽지 무늬가 눈앞에서 어른어른했지."

"아, 나도 그런 데 있으면 좋겠다."

"선생님, 우리 작은 집 만들어요. 냉장고 박스 가지고 하면 돼요."

이이들은 너나없이 좁은 방, 자기만의 장소를 좋아하기 마련이지.

밖에 비가 오고 있나 봐.

빗소리가 들리잖아.

빗방울이 유리창을 탁탁 두드리고,

지붕 위로도 투두둑 툭툭 떨어져.

온 마을에 비가 내리고 있어.

빗방울은 단숨에 지붕에서 처마 밑으로 굴러 떨어져,

홈통으로 쏴아 흘러나오지.

빗줄기는 길바닥을 따라 흘러가.

내일은 내 작은 배를 띄울 수 있을 거야.

비가 와!

온 들판에 비가 와.

언덕 위에도,

풀밭 위에도,

연못에도.

쉿, 개구리야!

그만 울고 물속에 들어가

저 빗소리 들어 보렴.

빗줄기는 장대같이 퍼붓고,

냇물도 쉴 새 없이 흘러내리는구나.

개울은 언덕을 굽이돌아 시내로 흘러들고,

쏜살같이 강을 지나 바다에 이르지.

파도는 넘실 굽이치며,

힘차게 밀려가, 철썩 세차게 물결치고

미친 듯이 콰르릉대며 솟구쳐 오르지.

바닷물이 부풀어 올라

하늘에 녹아드네.

비가 와.

내일은 새싹이 돋을 거야.

새들은 거리에서 몸을 씻겠지.

우리는 맨발로 물웅덩이를 뛰어다니고 따스한 진흙탕에

발자국도 찍을 테야.

난 물웅덩이 속의 조각 하늘을 뛰어넘을 테야.

온 마을에 비가 내려.

창가에선 화초가 움트고 있을 거야.

난 그걸 알 수 있어.《비 오는 날》

새들이 몸을 씻겠지 하는 장면을 읽고 있는데 갑자기 새소리가 들린다.

"와, 선생님 새가 왔어요."

"어디? 어디?"

"그림책 읽는 거 들으러 왔나 봐요."

정말 반가웠다. 그렇게 기쁜 새소리는 처음 들었다. 책 읽는 동안 새는 떠나지 않고 우리 둘레에서 한참 재잘댔다. 바람에 나뭇잎 흔들리는 소리가 빗소리처럼 들리고. 아이들이 쏙 빠져들어서 그림책을 보았다.

"우리 아파트 14동 놀이터에는 비만 오면 이렇게 웅덩이가 고이는 곳이 있어요. 거기서 비 오고 나면 맨발 벗고 놀아요."

"땅을 파서 굴도 만들고 댐도 만들어요."

"흙 묻히면 엄마한테 안 혼나?"

"엄마한테 혼날까 봐 난 안 해요."

"발 씻고 들어가면 되는데. 씻는 데 다 있어요."

"어쩔 때는 말려서 털고 가요."

참 다행이구나. 흙하고 이렇게들 잘 놀고 있으니 말이다.

내가 어릴 때는 학교 가는 길이 비만 오면 온통 진흙이었지. 길을 걸으면 바짓가랑이 안쪽이 진흙으로 무거워질 지경이었다. 공동 빨래터에서 신발이랑 바짓가랑이를 씻는다고 물에 빠진 적도 있구나.

진흙 안은 아직 물렁물렁하지만 겉이 꼽꼽하게 굳으면 그게 또 우리 장난감이었다. 지금 아이들이 신나게 타는 퐁퐁처럼. 통통 뛰고 굴리고. 마른 진흙 틈으로 진흙이 쭈욱 새어 나오면 동무들 옷이며 얼굴에 묻었어. 그걸 보고 좋아라 하며 더 뛰고 놀았지.

그림책을 읽으며 아이들하고 참 오랜만에 많은 이야기를 나누었다. 밖이라 그랬는지 아이들이 말이 많았다.

내가 감동하면 아이들도 좋아하는구나.

숲속 교실에서 아이들과 아름다운 시 한 편을 맛보고 왔다. 비 오는 날, 비 오고 난 다음 날, 아름다운 그림책 한 편으로.

김숙미, 부산 강동초등 (2001.11)

교실에서 주고받는 상

우리 반에는 상이 참으로 많다. 다달이 연필 깎기를 하면서 주는 손재주 있다 상, 모둠 활동을 잘했다고 모둠 식구 모두에게 주는 모둠 상, 훌라후프 잘 돌린 상, 모래 쌓기 잘한 상, 맨발로 잘 걸은 상, 벌 받기를 잘한 상, 말하기 상, 청소 상, 종이접기 상, 종이비행기 날리기 상……. 결석을 한 뒷날에 주는 결석 상도 있다. 수두를 앓아 여러 날 결석을 했으면 수두와 싸워 이기고 당당히 다시 나왔으니 교실 식구들이 다 함께 기뻐한다는 내용을 써서 상장을 준다. 외할머니 회갑에 다녀오느라고 결석을 했으면 그 또한 칭찬받을 일이니 상장을 준다.

그러니까 교실에서 하는 어떤 활동에도 상이 따라다닌다. 그것도 한두 아이들을 뽑아서 주는 게 아니고 많은 아이들에게 주고 있다. 이러니 우리 교실 아이들은 어느 누구도 상을 못 받은 아이가 없다.

상은 칭찬이다. 그래서 상은 많을수록 좋지만 다른 동무들을 주눅들게 하면서까지 주고받아서는 안 되겠다 싶어서 이렇게 여러 가지를 만들었다. 또 어쩔 수 없이 몇몇 선택받은 아이가 상을 타는 경우가 있는데, 이럴 때 못 타는 아이들의 주눅 들어 하는 마음을 달래는 방법이기도 하다.

칭찬은 좋은 것이기는 하지만 상을 받는 까닭이 구체로 드러나지 못하고 막연하게 인격을 평가하는 듯한 "품행이 방정하고 학업 성적이 우수하여" 이렇게 써 주는 상장은 결코 도움이 되지 못한다. 그렇기 때문에 상은 누구라도 인정할 수 있도록 상장 문구를 아주 분명하게 써야 한다. 청소를 잘했으면 청소 잘한 상을 줘야지, 착한 어린이 상을 줘서는 오히려 칭찬이 아니라 부담을 주게 된다는 말이다.

요사이는 인터넷에 들어가면 여러 가지로 상장을 예쁘게 만들어 놓은 것이 많다. 그것을 내려받아 쓰는 것도 좋지만 그것보다는 학교에서 정해 놓고 쓰는 상장 종이가 좋다. 학교 상장은 상장 종이 한가운데 학교를 나타내는 표시를 하는 게 보통인데, 그걸 학교에서 만들 때 따로 행정실에 부탁하면 된다. 천 장만 있으면 1년은 넉넉하게 쓴다.

천 장이라야 그렇게 돈이 많이 드는 게 아니다. 그래야만 아이들이 학교 상장과 교실에서 받은 상장을 같은 자격 같은 자리에 두려고 한다. 그냥 알록달록 예쁘게만 만든다고 해서 좋아하지 않는다.

상장 밑에는 학년, 반, 담임 이름을 쓰고 학교장 직인만 한 담임 도장을 찍는다. 그 반을 가리키는 특별한 이름이 있으면 그걸 함께 쓴다. 예를 들면 "동남초등학교 3학년 4반 신나는 교실 담임 홍길동" 이렇게 쓴다. 여기서 "신나는 교실"이 4반의 다른 이름이다. 도장 크기도 학교 직인과 비슷하면 좋다. 상장은 겉모습이 중요하다. 그건 예쁜 겉모양이 아니라 상장의 무게를 나타내는 겉모습을 말하는 것이다.

상장을 거의 날마다 주고, 또 많이 주지만 그렇다고 함부로 주어서는 안 된다. 상장 문구에 충실해야 한다. 아침에 복도를 밀대로 열심히 밀었기에 아침 청소 봉사 상을 준다고 했다면 그 봉사 횟수가 봉사 상을 못 받는 아이들보다는 분명히 많아야 한다. 그러려면 아침마다 밀대로 청소한 것을 그때그때 적어 두어야만 이 상을 줄 수 있다.

또한 상장 위에 일련번호를 넣어서 상장을 주었다는 흔적을 교무 수첩에 남겨 두는 것도 꼭 해야 할 일이다. 교무 수첩에 상장 대장을 만들어 놓는 일은 교실 운영에 여러 가지로 필요하다. 누가 무슨 상을 얼마나 받았는가를 늘 살펴볼 수 있어야 한다. 그래야만 상장을 오랫동안 못 받은 아이에게 일부러 일거리를 주어 상을 만들어 줄 수 있다. 또한 통지표 같은 것을 적을 때 봉사 상을 많이 받은 아이에게 남을 돕는 일에 열심히 나서지 않는다고 적어 주는 실수를 하지 않기 위해서도 필요하다.

교사가 아이들에게 상장을 많이 주는 것도 좋지만 가끔은 아이들끼리 서로 칭찬할 기회를 만들어 주는 일도 필요하다. 학급 월중 행사로 정하든지 학기에 한두 번 날을 잡아서 서로 상장 주고받기를 해 보는 것도 뜻이 있고 재미가 있다. 짝꿍에게 의무로 칭찬 상장을 만들어 주게 하거나 다른 모둠을 칭찬하는 모둠 상장을 만들어 줄 수도 있다.

몇 년 전에 1학년을 담임하면서 이렇게 상장 주고받기를 했다. 아이들은 종이와 색연필 같은 것을 준비해 열심히 상장을 만들어서 주고받느라고 분주했다. 상장을 줄 때, 받는 아이는 아주 얌전하게 서 있고 주는 아이는 아주 엄숙하게 상장 문구를 읽기도 했다. 악수를 하고 서로 끌어안기도 했다.

그런데 한번은 앞뒤에 앉은 대규와 혜진이가 낄낄거리면서 상장을 만들더니 그 만든 상장을 들고 벌떡 일어서서 걸어 나왔다.

"선생님, 선생님한테 주는 상장 만들어도 돼요?"

"뭣이! 나한테 상장을?"

혜진이가 상장을 불쑥 내밀었다. 이미 만들어 온 것이다.

상 장

윤태규 선생님

위의 어른은 옛날이야기를 재미있게 잘해서
상장을 주어 칭찬합니다.

1998년 11월 30일
대구 금포초등학교 1학년 3반 신나는 교실 조 혜 진

"위의 어른은" 내가 아이들에게 주는 상에 "위의 어린이는"이라고
쓰니까 딱 맞는 말이다. 딱 맞는 말인데도 이 말이 얼마나 재미있게 느
껴지는지 모르겠다.

이 옛날이야기 상 말고도 아이들과 잘 놀아 준 상, 공부를 잘 가르쳐
준 상, 잘생긴 상까지 받았다. 아이들이 나에게 상장을 줄 때 나는 장난
기가 섞인 몸짓이면서도 조금은 엄숙한 모습을 보여 주었다. 진현이는
상장을 주고 악수를 청했고, 혜진이는 부상으로 뽀뽀까지 해 주었다.

상장을 어떻게 보관할까 생각하다가 내 일기장에 붙여 두었다. 그것
이 영원히 간직하는 방법일 것 같아서다.

윤태규, 대구 종로초등 (2003.7)

학급 재판

아이들은 싸우면서 큰다고 한다. 그러니 또래들 삼사십 명이 모여서 살아가는 교실에서 톡탁거리는 싸움은 일상일 수밖에 없다. 이런 싸움들, 모른 척하고 넘어가야 할 경우가 열에 일고여덟은 된다. 작은 토닥거림은 그렇다 치더라도 오해가 깊어서 찌꺼기가 남겠다 싶은 싸움은 살짝 끼어들어 보거나 편지로 싸우도록 하면 좋겠다는 이야기를 지난달에 했다. 문제는 큰 싸움이다. 몸이든 마음이든 크게 다칠 정도로 하는 싸움이다.

작은 싸움이 점점 불거지거나 잘못되어서 크게 되는 경우도 물론 있지만 그것보다는 처음부터 아주 고약스럽게 시작되는 싸움이 있다. 싸움이 아니라 어느 일방이 두들겨 패거나 괴롭히는 짓이다. 이런 것은 폭력이다. 피해자가 있는 폭력이다. 교사 도움이 반드시 필요한 피해자가 생긴다. 이러한 싸움에 끼어들 때는 상당히 조심해야 함은 물론이다. 잘못하면 오히려 끼어들지 않은 것보다 못하거나 일을 그르칠 수도 있다.

일방으로 휘두르는 교실 안 폭력을 예방하고 치료하는 방법 하나로 학급 재판을 들 수 있다. 이는 주로 높은 학년에서 할 수 있으며 아이들 스스로 해 나가도록 하는 방법이다.

1991년 6학년을 담임하면서 지켜보았던 우리 반 멋진 재판은 지금도 잊히지 않는다.

규성이가 여자아이들 셋을 마구 두들겨 팬 사건이 있어서 재판이 열렸다. 체육 시간에 피구를 하고 들어오면서 규성이가 놀이에 진 분풀이를 여자아이들에게 해 댔다. 거기에다 울면서 따지고 드는 여자아이들에게 규성이는 해서는 안 될 말을 하고 말았다.

"여자들은 남자들에게 이유 없이 맞아도 괜찮아. 여자들은 남자들 장난감이야."

교실이 발칵 뒤집혔다. 맞은 아이들뿐만 아니라 여자아이들 모두가 나서서 당장 재판을 열어야 한다고 난리가 났다. 여자아이들이 모두의 이름으로 고발장을 썼다. 판사와 검사가 정해졌다. 그렇지만 이 재판에 선뜻 나설 변호사가 없었다. 변호사 일을 너무 잘해서 교실 뒤편에 개인 변호사 사무실까지 차려 놓고 싱겁을 떨던 윤제마저 두 손을 내저었다. 도대체 무슨 변호의 말을 하느냐는 것이었다.

재판은 별로 재미없게 진행되었다. 변호사와 검사의 공방이 없으니까 그렇다. 그런데 검사를 맡은 영순이가 하루 동안 정학을 시켜야 한다는 구형을 내리자 재판정 분위기가 싹 달라졌다. 기껏 해야 쉬는 시간에 놀지 못하도록 하는 벌이나, 사탕 몇 봉지 갖고 오라는 벌이 고작이었는데 정학이라니 모두들 놀랄 수밖에 없었다.

"선생님, 정학이 되면 진짜로 학교에 못 나오나요?"

재판 진행을 지켜보고 있던 대근이가 물었다.

"어쩌겠니? 그래야겠지."

나도 사실 그게 걱정이 되었다. 재판 결과는 어떠한 일이 있어도 따라야 한다는 합의가 되어 있는 우리 교실이 아닌가. 정학을 당해서 학교에 못 나오는 일이 벌어진다고 가정해 보자. 이번에는 교실이 아니라 학교가 발칵 뒤집히겠지.

교실은 갑자기 쥐 죽은 듯이 조용해졌다. 재판에 별 관심이 없어 장난을 치던 아이들도 눈을 동그랗게 뜨고 재판에 집중했다.

마지못해 변호 일을 맡은 윤제는 규성이가 피구에 져서 화가 난 상태에서 그런 짓을 했지만 평소에는 안 그러니 정상을 참작해 달라는 짧막한 변호를 했고, 잔뜩 겁을 먹은 규성이는 큰 잘못을 했다는 것을 시인하고 어떠한 벌도 달게 받겠다는 최후 진술을 했다. 이제 판결만 남았다.

생각 같아서는 판결은 다음 기회에 했으면 싶었다. 그 사이에 무슨 좋은 수가 있겠거니 해서다. 그렇지만 한 번도 그렇게 재판을 해 보지 않았기에 당장 판결을 내리는 순서로 이어졌다. 판사 일을 맡은 윤호, 진기, 정순이가 한동안 머리를 맞대고 소곤소곤 의논을 하더니 윤호가 판결문을 크게 읽었다.

"규성이가 여자들을 화풀이 대상이나 장난감으로 여긴 것은 절대로 용서할 수 없습니다. 그렇지만 진정으로 뉘우쳤기 때문에 하루 동안 정학에 처하되 2주일 동안 집행유예를 내리겠습니다. 땅, 땅, 땅."

세상에! 집행유예라니! 나도 미처 생각을 못 했던 판결이었다. 나는 마음이 놓여 숨을 후유 내쉬었고, 집행유예가 뭔지 모르는 아이들은 어리둥절한 얼굴이었다. 집행유예에 대한 설명을 들은 뒤에야 아이들이 모두 손뼉을 쳤다. 검사를 맡았던 영순이가 일어서더니 너무 무거운 구형을 내려서 미안하다며 눈물을 글썽였다. 걱정을 많이 했던 모양이다.

그 뒤 규성이는 집행유예 기간은 물론 졸업 때까지 아주 근신을 잘했다. 진정으로 뉘우쳤기 때문이다. 지금 규성이는 그때 반 아이들 모임인 '나뭇잎 교실' 대표 일을 맡고 있다.

담임인 내가 그 일을 두고 야단을 치고 벌을 줬다면 그만한 효과가 있었을까 싶다. 이게 아이들 스스로 하는 학급 재판 효과다. 한번 해 볼 만하지 않는가.

1. 학급 재판을 해 보려면 재판 잣대가 되는 학급 규칙을 정해야 한다. 이 학급 규칙은 날을 잡아서 학급 식구들이 모여 함께 의논해 만들 수도 있지만 그것보다는 조금 시일이 걸리더라도 아이들과 함께 생활하면서 하나하나 찾아 정해 모으는 것이 좋다.

아이들이 어려워하거나 불편해서 자연스럽게 입에 오르내리는 문제, "선생님, 이것 좀 해 주세요" 하고 요구하는 일들, "누가 무엇을 어떻게 했어요" 하고 아이들 입으로 일러바치는 사건들 같은 데서 학급 규칙을 찾고 정할 수 있다.

2. 학급 재판은 시간이 많이 걸린다. 그렇기 때문에 교실에서 일어나는 자질구레한 일을 모두 재판을 해서 해결할 수가 없다. 고발장 공책을 만들어 놓고 자세히 적도록 한 뒤에 그 가운데서 골라서 하는 게 좋다. 너무 욕심을 내면 힘이 들어 한두 해 하고 그만두어 버릴 수가 있다.

3. 민사 성격이 있는 것은 될 수 있으면 빼고 학급 공동체 전체에 미치는 형사 성격의 일들을 중심으로 재판거리를 정하도록 한다.

4. 재판 결과에는 절대로 따르도록 하되 조금은 장난스럽고 재미있게 운영할 필요가 있다. 벌 또한 그렇다. 교실은 다양성이 중시되어야지 굳은 잣대에 댄 공정성에 매달려서는 안 된다.

5. 재판은 방과 후에 해서 자유롭게 참관하는 것도 좋은 방법이나 요사이는 학원 때문에 방과 후에 할 수 없을 것 같다. 특별활동이나 재량활동 시간에 하는 것도 생각해 볼 만하다.

6. 판사, 검사, 변호사는 희망자를 중심으로 모둠을 만들어서 집중으로 공부하도록 하고, 다달이 혹은 두서너 달을 주기로 돌아가면서 맡도록 하는 것이 좋다.

교실은 학생들 스스로가 함께 꾸려 가는 삶터라는 것을 깨닫게 하고, 자신이 학급에서 당당한 주인으로 서야 한다는 것을 알도록 하는 학급 재판, 너무 욕심을 내지 말고 장난스럽게 한번 해 볼 일이다.

윤태규, 대구 종로초등 (2003.6)

다 같이 돌자 동네 한 바퀴

내가 몸담고 있는 방지초등학교에는 분교가 두 개(봉하, 문명) 있었다. 방지초등학교에 처음 와서 봉하분교라는 곳에 1년 반 있다 문을 닫아 버려서 본교에 1년 반 있다 다시 이 문명분교라는 곳에 오게 되었다. 봉하분교에 있을 때도 행복했지만 지금은 더 행복하다. 그래서 나이가 차서 교직을 떠나라고 할 때까지 이곳에 있으라고 하면 정말 좋겠다는 생각도 참 많이 한다. 운문사라는 절이 있어 관광객이 찾아오고 여름이면 산골 냇가에 피서객이 우글거려서 더 시골다웠으면 좋겠다 싶기도 하지만 이 정도만 해도 좋다.

모두 잘 알고 있을 터이지만 지난 한여름에 내가 살고 있는 대구는 얼마나 더웠나. 똑같은 기온이라도 대구는 어쩐지 찝찝하고 불쾌한 정도가 다른 도시보다 더하다. 도시는 어디든지 공기가 탁해서 숨통이 탁탁 막히지만 대구는 분지라 그런지 더욱 그렇다. 작년까지만 해도 견딜 만했는데 올여름은 견디기가 정말 힘들었다. 오죽하면 "이러다가 여름 넘기기 전에 안 죽고 살아남겠나" 하는 우스갯소리도 더러 했다. 그 더위에도 온몸으로 땀 흘리며 일하는 사람들이 더 많은데 이런 소리 하면 죄받을 일이겠지만 어쨌든 힘겨웠다.

그래도 나는 대구를 벗어난 시골 학교에 있으니까 드라이브하는 기분으로 출근했다. 도시를 조금만 벗어나면 텁텁하던 공기가 상큼해진다. 우중충한 잿빛에서 눈부신 녹색 속으로 들어가는데 기분이 어떻게 밝아지지 않겠나. 거기다 경쾌한 음악이 빠질 수가 없지. 빌리본 악단의 경쾌한 연주곡이면 좋겠다.

그리고 아이들과 기분 좋은 하루를 시작한다.

내 일기장을 뒤적거리다 보니 짧은 기간이지만 봉하분교 있을 때 마음 굳게 먹고 쓴 일기가 한 편 있다.

1999년 6월 7일 월요일

오후에는 체육이 한 시간 있는데 빼먹고 아이들과 들에 나갔다. 지난 토요일에 재미있는 숙제로 곡식 이름을 알아 오라고 했는데, 알아 봤는지 확인하는 겸해서 나간 것이다. 학교 운동장 앞쪽 측백나무 담장에 나 있는 개구멍으로 빠져나가다 보니 담장 축대에 산딸기가 바알갛게 널브러져 있다. 아이들이 "음냠 음냠 음냠" 하면서 따 먹는다. 기분이 좋다는 뜻이다. 나는 아이들 손이 자라지 않는 곳에 있는 딸기를 따서 하나하나 입에 넣어 주었다. 내가 어미 닭이 되어 새끼들에게 "구구구" 하며 모이를 주는 것 같고, 아이들은 서로 달라고 "꼬꼬꼬 엄마, 나도 줘요 나도 줘요" 귀여운 입을 벌리고 받아먹는 병아리 같다. 아이들 하는 모습을 보니 어쩌면 그렇게도 귀여운지 모르겠다.

병아리 하면 4학년 김숙향이 쓴 시가 있지.

병아리

병아리가 어미 품안에서 놀아요.
머리를 날개쭉지 사이로
쏙 내밀었다 쏙 들어갔다 해요.
머리를 쏙 내밀더니

까닥까닥하기도 해요.
엄마 품이 따뜻해서 그런지
눈을 사르르 감아요.
어떤 병아리는 날개에 눈이 덮여
뜨지를 못해요.
그래 눈을 살 감고
목을 쑥 내밀어 가지고
동그랗게 띠요.
병아리가 자꾸 나오려고 해요.
한 마리는 꼬랑지로 나와요.
또 한 마리는 날갯죽지로 나와요.
어미는 모이도 못 먹어요.
새끼가 자꾸 나올까 싶어서요.
병아리가 나오면 발로 까리비서
품안에 넣어놓지요.
또 병아리가 나올까 싶어서
눈을 헤롱거리지요.
꾸꾸, 소리도 지르지요.
또 보니까요
어미가 날개를 부채처럼 쭈욱 펴고
꼬리를 살 낮추어
오리 엉덩이처럼 내밀어요.

병아리가 그 위에 낼름 올라가요.

어미는 등에 태워주지요.

태워주는 것도 이상해요.

옆에서 보면 병아리가 넘어질 상해요.

그래도 잘 태워주지요.

보면 참 신기해요. (1998년 4월 28일)

담장 바로 옆쪽은 감자밭이다. 아이들에게 뭐냐고 물으니까 감자라고 했다. 하얀 꽃이 피어 있어 살펴보도록 했다.

"야들아, 권태응 선생님이 쓴 동요 한번 들어 볼래?"

하니까 다 같이 "네에!" 한다.

"자 따라 한다. 알았제? 자주우꽃 핀 거언, 자주우감자아."

"자주우꽃 핀 거언 자주우감자아."

이렇게 즐겁게 노래를 불렀다. 자주 꽃 피면 자주감자가 열리고 하얀 꽃이 피면 하얀 감자가 열린다는 것도 이야기해 주었다.

"그런데 말이야, 너희들은 자주감자 봤어?"

"아뇨!"

"우리 어릴 때는 반은 자주감자였는데 요즘은 어째서 하얀 감자만 있는지 모르겠다. 품종을 바꿔서 그런가?"

또 그 옆에는 참깨가 자라고 있었다. 아이들은 그것도 잘 알고 있다.

"아, 참깨 하니까 또 시 생각난다. 가을에 참깨 다 익으면 베어 가지고 세 갈래나 네 갈래로 묶어 세우제. 그래가지고 마르면 털잖아. 그걸 시로 쓴 거야. 대충 생각나는 것만 읊어 볼게."

참깨 털기 (6학년 김종찬)

참깨가 힘없이 다리를 벌리고
멍청히 서 있다.
똑 빙시 같다.

참깨를 털려고 던지니
아이쿠 나 죽겠다 한다.

나무작대기로 힘껏 치니
모두들 풀쩍풀쩍 뛰며 울어댄다.
그때 내가
깡패 같은 생각도 들고
형사가 나쁜 사람
잡는 것 같은 생각도 든다.

나무와 내 팔은
인정사정없이 올라갔다.
세워 주니 또 맞을까 봐
겁을 잔뜩 집어먹고

발딱 서 있었다.

좀 미안한 생각이 든다. (1987년 9월 4일)

아이들은 킥킥 웃어 쌓는다.

길에서 자라는 질경이를 보고 무슨 풀이냐고 물어보니 잘 모르고 있었다. 내가

"질기다고 질경이."

하니까 아이들도

"질기다고 질경이!"

하며 따라 했다. 경운기가 다니고 사람들이 짓밟고 다니는 길에서도 꿋꿋하게 자라는 생명력이 아주 강한 풀이라는 것을 설명하지 않아도 그 현장을 보고서 아이들은 느낀다. 잎자루 떼어 내면 힘줄처럼 하얀 잎맥 줄기가 나오는데 그걸 쥐고 당기면 잎이 까딱까딱한다.

"동글동글 감자."

"참말로 고소한 참깨."

이렇게 말하면 아이들도 다 같이 즐겁게 따라 한다. 명아주도 가르쳐 주었다. 또 애기똥풀 줄기를 뜯어서 나오는 노란 물을 보여 주며 애기 똥 같다고 해서 애기똥풀이라고 했더니 아이들이 "아! 그렇네!" 하면서 신기해했다. 그리고 엉겅퀴도 가르쳐 주었다.

건너편 밭에 가니까 콩을 심어 놓았다. 아이들은 잘 알고 있었다. 옥수수, 마늘, 강낭콩 같은 곡식도 모두 잘 알고 있지만 6월에 자라는 모습을 다시 살펴보았다.

논에는 올챙이를 볼 수가 없었다. 온통 제초제를 쳐 대기 때문이겠지. 보니까 밭 주위에도 제초제를 쳐서 풀이 누렇게 말랐다. 참 보기가 끔찍하다.

밭가에 뽕나무가 있는데 오디가 까맣게 익었다. 아이들은 우르르 달려가 "아아 달다. 아아 달다" 하면서 따 먹었다. 나는 아이들 손이 자라지 않는 가지를 당겨 내려서 따 먹도록 했다. 아이들이 나뭇가지에 조롱조롱 매달렸다.

오디 하니까 또 작년에 3학년 최기석이가 쓴 시가 생각난다.

뽕

두호 아저씨 밭에 뽕 따먹으로 갔다.
뽕이 까맣다.
뽕나무에 개미가 붙어 있는 것 같다.
어떤 뽕은 시그럽고
어떤 뽕은 달싹하다.
승철이 형이 뽕 따먹고는
눈을 사르르 감으며 '으음 맛있다' 한다.
나는 입을 아아 벌리고
고개를 발딱 쳐들고
뽕나무를 흔들었다.
뽕이 또도독 떨어져서 눈에 맞았다.

"승철이 히야, 입 새카맣데이."

"니도 글타 임마야, 히히히히히."

"ㅎㅎㅎㅎ 히야, 니는 똑
숯검뎅이 묻었는 거 같데이."

두호 아저씨가 길에서 보고

"이눔 짜석들 거 뭐하노!
너거 어마이한테 다 카까, 어이!"

우리는 팔을 비비돌리며
달리뺐다.

참 재미있는 시다.

이렇게 들을 한 바퀴 휘이 돌고 오니까 기분이 참 좋다. 아이들도 즐거워한다. 자연에 묻혀 살면서도 자연을 못 느끼고 사는 아이들에게 이렇게 자주 느끼게 해 주어야 한다.

그런데 여기 문명분교에 오니까 좋은 것이 한 가지 더 있다. 바로 옆에 시내가 있다는 것이다. 뒷문을 열고 나가면 시내다. 상류 지역이라 시내에는 온통 돌이다. 그래서 틈만 나면 돌을 가지고 조형 놀이를 한다. 무엇을 닮은 돌 찾기, 무늬 있는 돌 찾기, 아름다운 색깔 있는 돌 찾기, 탑 쌓기, 내가 꿈꾸는 우리 집하고 마을 꾸미기, 성 쌓기, 다리 놓기, 그냥 보기 좋게 쌓아 보거나 늘어놓기, 큰 바윗돌 꾸미기, 돌이 보기 좋게 놓여 있는 모습 찾아보기 같은 놀이들이다. 미술이 별거냐. 바로 이것이 미술이다.

보통 비가 많이 오면 뻘건 흙탕물이 내려가는데 여기는 나무도 많고 돌이 많으니까 맑은 물이 내려간다. 더울 때 맑디 맑은 물이 내려가는 데 가만히 있으면 바보지. 우리는 옷 입은 채로 냇물에 풍덩풍덩 들어가 놀다가 젖은 옷 입은 채로 교실에 들어와서 공부하다가 다시 물에 뛰어들면서 공부하기도 했다. 나도 반바지를 입고 아이들과 같이 물놀이를 하다 그대로 아이들을 가르치기도 했다. 정말 시원하다. 냇가 그늘에서 공부도 하고……. 도시 아이들은 요런 맛 모를 게다. 학원을 안 다녀도 모두들 이 땅에 꼭 쓸모 있는 훌륭한 이른으로 자라고, 참사람으로 자란다.

지금 내가 누리는 이 행복을 누가 알까?

이호철, 청도 방지초등 문명분교 (2001.9)

씨앗 모으고 나누기

1

2학기를 시작하고 5학년 아이들에게 가을 동안 씨앗을 모아 보자고
했다.

"씨앗이 어디 있는데요?"

"학교 둘레나 마을에서 찾을 수 있지. 꽃이 피었던 곳을 잘 보면 씨
앗이 있을 거야. 열매에서 얻을 수도 있고."

나도 학교 둘레를 돌며 씨앗을 모았다. 비커와 페트리 접시에 씨앗
이름을 적어 놓고 모았다. 씨앗을 모으기로 한 다음 날 새선이가 까만
씨앗 하나를 가지고 과학실로 왔다.

"선생님, 이거요."

"이게 뭐니?"

"분꽃 씨예요. 이거 곱게 빻아서 얼굴에 바르면 얼굴이 하얘져요."

"이건 씨앗이 검은데. 검은 것을 바르면 얼굴이 검게 되지 어떻게 하
얗게 되니?"

"선생님, 이거 자르면 그 속에 하얀 가루가 나오거든요."

씨앗을 갈라 봤더니 정말 까만 씨앗 속에 하얀 가루가 있다. 가루를
얼굴에 바르니 잘 안 발라졌다.

"곱게 빻아서 발라야죠. 그리고 선생님은 얼굴이 까매서 많이 발라
야 할걸요. 우리 동네에 많으니까 제가 많이 가져올게요."

"아, 그래서 이 꽃 이름이 분꽃이구나! 그럼 재선아, 많이 가져와 알
았지?"

며칠 뒤엔 지영이가 외할머니 댁에 갔다가 주웠다는 붉은 열매를 가

지고 왔다. 껍질이 거북이 등에 있는 무늬처럼 생겼는데, 작은 감자만 하다.

"선생님, 이게 무슨 열매예요?"

"나도 처음 보는데, 같이 찾아보자."

도감을 찾아보니 산딸나무 열매다. 열매가 산딸기처럼 생겨 붙여진 이름이라고 한다. 그렇게 아이들과 모은 씨앗들이 하나둘 창가에 늘어 갔다.

봉숭아, 아주까리, 족두리꽃, 나팔꽃, 박태기, 사루비아, 볍씨, 수수, 조롱박, 고추, 도라지, 등나무, 동부, 완두콩, 돌콩, 갈대, 여뀌, 물봉선, 칸나, 강아지풀, 민들레…….

2

과학 3단원 열매를 공부하며, 아이들과 함께 학교 뒷산으로 씨앗을 모으러 갔다. 풀이나 나무에는 꽃이 핀 자리마다 어김없이 씨앗이 있다. 찔레꽃 씨앗은 붉은 꽃처럼 예뻐 병에 꽂아 놓으려고 몇 가지 꺾었다. 자작나무 씨앗은 너무 높이 있어 보고만 왔다. 밤나무 아래에서 밤을 줍고, 키 작은 도토리나무에서 도토리를 땄다. 잘 익은 도토리는 잘 떨어졌다.

"도토리는 모자를 싫어하나 봐요. 도토리는 모자를 싫어하나 봐요."

재선이가 혼자 노래를 하며 도토리를 딴다. 나도 모르게 재선이 노래를 따라 했다. 아이들도 따라 한다.

"얘들아, 도토리나 밤 같은 것은 어떻게 씨앗을 퍼뜨리는 줄 아니?"

"다람쥐 같은 것이 먹으려고 땅을 파고 숨겨 뒀다 잊어버려서 씨앗이 퍼진대요."

"맞아. 호진이가 잘 알고 있구나."

"다람쥐는 머리가 나쁘거든요."

호진이 말에 아이들이 웃는다. 왕고들빼기 씨앗을 입으로 불어 퍼뜨려 보기도 하고, 단풍나무 씨앗을 반으로 갈라 멀리 날리기 시합도 했다. 씨앗을 모으면서 자연스럽게 씨앗이 퍼지는 방법도 이야기했다.

"날개 딜린 씨앗은 바람을 타고 퍼지고, 나무 높이 달린 씨앗은 다람쥐나 새가 퍼뜨리고, 물가에 자란 나무 씨앗은 물을 타고 퍼지고, 풀숲에 자란 씨앗은 동물의 털에 붙어 퍼지고, 동물이 좋아하는 열매 속에 든 씨앗은 동물이 먹고 눈 똥으로 퍼지는 거야."

동물이 눈 똥으로 퍼진다는 이야기를 하자 호진이가 또 우스운 얘기를 한다.

"선생님, 그럼 우리가 사과 먹고 똥 누면 사과 싹이 트겠네요?"

"그럴 수 있지. 우리 한번 해 볼까?"

"에이."

자연은 이렇듯 자기 가까이 있는 것들의 도움을 받아 퍼진다. 학교 둘레에 있는 미국자리공과 미국쑥부쟁이도 그런 방법으로 이렇게 먼 곳에 와 뿌리를 내리고 꽃을 피웠다고 생각하니 참 놀랍다.

3

아이들과 그동안 모은 씨앗을 나누었다. 아이들이 씨앗을 하나하나

약포지에 정성 들여 싸고 이름을 적었다.

"선생님, 무궁화 씨앗은 거미 같아요."

"야, 무슨 거미냐? 사자 대가리지."

"사자 머리에 있는 털은 갈기라고 하는 거야. 얘들아, 포도씨는 이빨 같지 않니?"

"맞아요. 다 썩은 이빨 같아요."

호진이는 우스갯소리를 잘한다.

사루비아는 가지를 꺾어 와 책상에 대고 탁탁 두드리니 씨가 떨어졌다. 마치 이가 쏟아지는 것 같다. 아이들이 모은 꼬투리들도 터뜨려 보았다. 나팔꽃 꼬투리는 마치 박을 터뜨리는 것 같았다. 동그란 꼬투리를 터뜨리면 까만 씨앗이 나온다. 도라지 꼬투리도 터뜨려 보았는데 씨앗이 정말 작다. 여치 집을 만들 때 쓰는 왕골 씨앗도 나누어 가졌다.

"얘들아, 은행도 하나씩 싸라."

"싫어요. 냄새나요. 으응, 선생님이 집어 주세요."

은행을 하나씩 집어 주자 아이들은 얼른 종이에 쌌다. 그렇게 싼 씨앗들을 종이컵에 담았다. 벌써부터 아이들은 씨앗을 뿌릴 마음으로 기대가 큰 듯하다.

우리가 가을 동안 모으고 나눈 씨앗 한 알 한 알 속에는 키 큰 나무도 있고, 아름다운 꽃도 있고, 맛있는 열매도 들었다. 세상에 이만큼 값진 보석이 있을까? 이 보석들을 학교 둘레에도 심고 마을에도 심어 꽃이 피고 열매가 열면 더 많은 씨앗을 거두어 더 많은 사람과 나눌 것이다.

김종욱, 음성 청룡초등 (2005.12)

내 손으로 놀잇감 만들어 놀기

우리 반에는 아침부터 기운이 없어서 엎드려 있는 아이들이 있다. 지난밤 늦게까지 텔레비전을 보고 컴퓨터 게임을 했기 때문이다. 밤 12시가 되어야 들어오는 부모님을 기다리며 혼자 집을 지키는 도영이는 텔레비전과 게임으로 시간을 보낸다. 성현이도 마찬가지다. 백철이는 게임을 너무 많이 해서 공부 시간에도 게임 화면이 눈앞에 보인다고 한다. 두 아이뿐일까? 킥보드나 인라인스케이트, 자전거를 타는 아이들은 그래도 밖에서 놀기 좋아하는 아이들이다. 문구점 앞 오락기에 매달려 사는 아이도 있고 하루에 게임을 다섯 시간 가까이 한다는 아이도 있다. 텔레비전은 어찌나 열심히 보는지 요새는 〈야인시대〉를 보지 않으면 아이들 사이에서 말이 통하지 않는다고 한다.

어떻게 해야 텔레비전이나 컴퓨터 게임에서 아이들을 조금이라도 떼어 놓을 수 있을까? 몸을 움직여서 놀게 할 수 있을까? 몇 가지 궁리를 했다. 6월부터 틈이 나면 아이들한테 돈 안 들이고 노는 방법을 연구하자고 했다. 몇 가지 해 보았는데 그중 한 가지가 종이인형 놀이다. 종이인형이나 인형 옷, 하다못해 옛날 딱지까지 이제는 문구점에서 판다. 나는 내 어릴 때 이야기를 아이들한테 들려주면서 우리도 만들어서 종이인형 놀이를 해 보자고 했다.

종이인형 만들기는 미술 시간에 했다. 먼저 두꺼운 도화지에 옷을 입힐 수 있는 사람을 그리게 했다. 다리와 팔이 벌어져 있어야 하고 머리카락도 어깨에 닿지 않아야 한다. 아이들은 생각보다 잘 그리지 못했다. 하나하나 손을 봐주다 보니 힘이 들었다. 어느 정도 모양이 된 아이들은 그것을 오렸고 이어서 인형 옷도 만들었다.

"선생님, 이것 봐요. 이쁘죠!"

한두 사람이 옷을 만들어 입히기 시작하자 아이들은 그리고 오리는 데 더 열을 올렸다. 구경하는 나도 재미있었다.

다음 날 아침에도 아이들은 인형 옷 만드느라 바빴다. 아이들이 만들고 있는 갖가지 인형 옷과 신발, 장신구를 보자 갑자기 인형 집을 만들어야겠다는 생각이 들었다. 나는 다시 아이들에게 도화지 한 장을 나누어 주며 인형과 인형 옷을 넣어 둘 집을 만들자고 했다. 그렇게 해서 인형 놀이 준비가 나 끝났다. 그날부터 열흘 가까이 아이들은 학교에 오기가 바쁘게 인형을 꺼내 놓고 놀이를 했다. 인형에게 배트맨 가운을 만들어 입혀 놓고는 헤헤거리는 남자아이도 있고 월드컵 때 입었던 빨간 티셔츠를 입혀 놓고 안정환 선수라고 으스대는 아이도 있었다. 지금도 그때 만든 인형과 인형 집을 가지고 있는 아이가 스물 가까이 된다.

미술 시간에 종이인형 만든 일 (남부초등 3학년 박정호)

싹둑싹둑 미술 시간에 종이인형을 만들었다. 먼저 우리가 옷을 벗고 그냥 서 있는 모습을 먼저 만들었다. 애들은 친구 모양도 만들었고 여러 사람 모양을 만들었다. 나는 컴퓨터 캐릭터를 만들기로 했다. 친구 현기도 캐릭터를 만든다고 했다. 그런데 몸을 그리다가 자꾸 틀리니까 나중에는 나를 그리겠다고 했다. 그래서 지켜보았더니 멋진 붉은 악마 티셔츠를 입은 나를 만들었다. 선생님이 보시고 아주 귀엽다고 말씀하셨다. 나는 집에 가서 더 멋진 인형 옷을 만들기로 했다.

돈 안 들이고 놀이감 만들어 보기 (남부초등 3학년 방현정)

우리 반은 1학기 때 돈을 안 들이고 놀려고 두꺼운 종이로 사람을 크게 그려서 오리고 인형을 만들었다. 그리고 색종이에 다시 인형을 대고 크기에 맞게 옷을 그렸다. 아이들은 옷을 만드느라 정신 없어서 떠들지도 않았다. 다음날 아침에도 아이들은 오자마자 인형 옷을 만들었다. 선생님은 "인형이랑 옷을 가방에 넣고 다니면 찾기 힘드니까 인형집도 만들고 이름도 지어 주자!" 하고 말씀하셨다. 노란색 도화지를 반 접고 겉장을 꾸몄다. 인형 이름도 지어서 겉장에 예쁘게 썼다. 안쪽에는 A4 종이 반을 접고 양쪽 끝을 또 접어서 노랑 도화지 왼쪽 면에다가 접은 면과 밑에 면을 풀로 칠해서 붙였다. 그것은 인형을 넣는 집이었다. 남은 A4 종이 반쪽은 옷 넣을 곳을 만들었다. 아이들은 너무 좋아했다. 돈을 안 들이고 놀잇감을 만드니까 돈도 쓰는 것이 줄고 자기가 하고 싶은 대로 만들 수 있어서 너무 좋다.

물론 아이들이 이런 놀이를 알게 되었다고 해서 늘 하는 것은 아니다. 그래도 놀잇감을 만들고 나면 한동안 잘 가지고 논다. 실뜨기, 고누 놀이도 가끔 하지만 11월에 들어서는 옛날 딱지치기와 나무젓가락을 가지고 하는 산가지 놀이가 유행이다. 쉬는 시간이면 교실 뒤편에서 "퍽퍽" 소리가 나고 산가지 놀이를 하는 아이들이 대여섯씩 군데군데 몰려서 교실 바닥에 엎드려 있다. 나무젓가락을 한 짝씩 떼어 낼 때 아이들 얼굴은 숨을 멈춘 것처럼 보였다.

산가지놀이 (남부초등 3학년 이예나)

우리 반은 1학기 때부터 종이인형을 만들어 놀았다. 2학기 때는 산가지, 제기 같은 민속 놀잇감을 만들어서 놀고 있다. 1, 2학기 모두 합해서 나는 산가지놀이가 제일 재미있다. 산가지놀이를 할 때면 조금만 건드려도 "내려 놔, 내려 놔!"

친구들 눈은 못 속인다. 나도 많이 이겨 봤지만 늘 공동으로 이겨서 한 번도 나 혼자 이겨 본 적이 없다. 한번 나 혼자 이겨 봤으면 좋겠다. 산가지놀이는 집중력을 길러 준다. 산가지놀이를 친척 동생들에게도 가르쳐줄 거다. 산가지놀이는 참 좋은 놀이다.

미술 시간에 쓰고 남은 한지로 제기도 만들었다. 마침 교실에 동그란 자석이 많이 있어서 두 개씩 나누어 주고 한지에 둘둘 말아 고무 밴드로 묶은 뒤 한지를 갈래갈래 자르게 했다. 가늘게 잘 자른 아이 제기는 중심이 잘 잡혔지만 가위질이 서툴러서 종이를 넓적하게 자른 아이들 제기는 찰 때마다 기우뚱거렸다. 그래도 아이들은 제 손으로 만든 제기를 보며 마냥 좋아했다.

"애들아, 옛날에는 추운 겨울에 무슨 지금 같은 장갑이 있겠어, 털신이 있겠어. 그런데도 추위를 이기면서 팽이도 치고 손 호호 불어 가며 구슬치기도 하고 그랬잖아."

이렇게 꼬드기면서 돈 안 들이고 자기 손으로 놀잇감을 만들어 노는 일이 얼마나 멋진 일이냐고 치켜세웠다. 친하지 않은 친구를 골라 열흘 동안 친하게 지내는 친구 사귀기를 할 때도 만든 제기를 차며 놀아 보라고 했다. 물론 이렇게 해서 텔레비전이나 컴퓨터에 온통 가 있는 아이들 마음을 되돌릴 수는 없다. 여전히 아이들 주머니와 필통에는 문구점에서 산 알록달록 구슬과 만화나 게임 주인공이 새겨 있는 딱지가 수북하다. 색색의 가짜 보석이 박힌 천 원짜리 행운 목걸이를 두세 개씩 목에 걸고 다니는 아이도 있다. 끊임없이 쏟아져 나오는 새로운 놀잇감, 돈만 내면 단숨에 손에 쥘 수 있는 놀잇감에서 아이들은 자유로울 수 없다. 하지만 돈 들이지 않고 놀잇감을 만들고 놀아 보는 맛도 아이들한테는 새로운 기쁨이다.

수요일을 텔레비전 안 보는 날로 정한 것도 2학기 들어 새로 시작한 일이다. 사회 시간에 '통신의 발달'을 공부하다가 텔레비전 문제를 짚어 보려고 그림책《크록텔레 가족》을 보여 주었다. 이 이야기는 즐겁게 텔레비전의 문제점을 비판하면서도 무언가 하고 싶은 마음을 갖게 한다. 아이들은 텔레비전을 안 보는 시간에 할 수 있는 일을 종이에 가득 썼고 그 종이를 집에 붙여 두기로 했다. 이 약속을 두 달 가까이 수요일마다 실천하고 있는데, 수요일마다 텔레비전을 안 보고 게임을 안 한 아이들이 스무 명쯤 된다.

텔레비전 안 보는 날 (남부초등 3학년 문성희)
텔레비전을 안 보니 참 답답하고 보고 싶다. 오자마자 줄넘기하고 신문지 가져다 꾸기는 놀이도 하고 집에 와 물과 얼음도 먹어 보고 그 다음 음악 감상을 하고 방바닥도 쓸고 공부도 하고 밖에 나가 놀고 엄마 따라 미용실이 있는 곳에 내려가 보고 참 별일을 다 했다. 틈나면 슈퍼에 있는 텔레비전을 보고 싶어 다시 눈을 돌린다. 참 어렵다. 텔레비전을 안 보는 건 말이다. 이렇게 어려운 일인 줄 몰랐다. 한 번만 더 하면 답답해 쓰러질 것 같은 느낌이다.

텔레비전을 보지 않기로 한 날 무슨 일을 했는지 일기에 쓰라고 했더니 이런 글이 여러 편 나왔다. 성희는 착실한 아이인데도 이렇게 힘들어한다.

문방구 (남부초등 3학년 최은호)

문방구서 동생들이랑 게임을 하고 있었는데 찬기와 석현이가 왔다. 찬기가 석현이한테 "오늘 텔레비전 안 보는 날인데 그지 엉!" 하면서 나한테 "너, 이를 거야! 오늘 텔레비전 안 보는 날인데 게임한다고!" 했다. 나는 찬기와 석현이가 왜 문방구에 왔는지 물어보고 싶었지만 석현이와 찬기는 그냥 가 버렸다. 그런데 갈라 그러니까 갑자기 찬기와 석현이가 날 불렀다. 난 그래도 그냥 지나치고 가 버렸다. 나는 집에 거의 다 왔을 때 '아, 그 때 왜 문방구에 왔니? 하고 물어 볼걸' 하는 생각이 났다. 나는 계단을 올라가면서 한두 번씩 나를 때렸다. 집에 와서 밥을 먹고 일기를 손이 아플 때까지 썼다.

텔레비전 안 보는 날 (남부초등 3학년 방현정)

나는 텔레비전을 안 보는 날 약속을 못 지켰다. 내 스스로 텔레비전을 켜서 보았다. 그리고 컴퓨터도 하였다. 나는 깜빡 잊고 텔레비전을 보고 컴퓨터를 한 것이다. 텔레비전을 너무 많이 보았기 때문에 선생님께 죄송하다. 약속을 안 지켜서 말이다.

목요일 아침마다 얼마나 숙제를 잘했는지 물어본다. 하지만 제대로 한 아이들은 많지 않다. 그래도 아이들한테 이 약속을 지키려는 마음은 있다. 아예 텔레비전 생각을 안 하려고 석현이나 찬기처럼 집 밖으로 나가 돌아다니거나 노는 아이들도 있다. 하지만 도저히 참을 수 없어서 결국 텔레비전을 보는 아이들이 더 많다. 어른들이 집에 오면 무심코 텔레비전을 켜듯이 아이들도 그렇다. 텔레비전을 꺼 버리면 허둥대고 무엇을 할지 모르거나 텔레비전을 보고 싶은 마음을 누르느라 애쓰면서 시간을 보내는 아이들도 많다. 그래도 여전히 목요일 아침이면 텔레비전 안 보고 무슨 일을 했는지 발표를 하거나 일기를 읽게 한다.

텔레비전 안 보는 날 (남부초등 3학년 김하경)
텔레비전 안 보는 날이어서 텔레비전을 보지 않고 동생이랑 인형 놀이를 하면서 놀았다. 그리고 피아노를 쳤다. 노래도 불렀다. 정말 재미있었다.
그리고 연필을 깎아서 필통에 넣었다. 그리고 학원에 갔다. 학원에서 공부를 하고 집에 와서 씻고 저녁을 먹고 잤다.

지난해에도 아이들하고 가끔 민속놀이를 했다. 그런데 같은 놀이를 하더라도 어떤 마음으로 하느냐에 따라 차이가 나는 것 같다. 올해는 돈을 들이지 않고 놀아 보자는 말을 자주 했다. 그 말이 아이들 마음에 조금은 가닿은 모양이다. 컴퓨터를 날마다 다섯 시간씩 하던 성현이는 아침이면 가끔 "선생님, 저요 어제요, 컴퓨터 한 시간밖에 안 했어요" 하며 자랑하듯 말한다.

강승숙, 인천 남부초등 (2002.12)

빼빼로데이에 우리 아이들이 해낸 일

2월 14일, 밸런타인데인가 뭔가 또 다가온다. 화려하게 포장한 사탕이며 초콜릿이 온 거리마다 넘쳐 나겠지. 교실에서는 또 어떻겠노. 포장지 나부랭이들이 또 얼마나 나뒹굴까. 화이트데이니 빼빼로데이니 링데이니 알지도 못하는 이런 기념일이 도대체 어디서 몰려와서 엄청난 시장을 만들고 우리 아이들까지 그 속에 휘말리게 되었을까.

해마다 그 기념일이 되면 아이들에게 하지 말자고 이야기를 나누지만 막상 그날이 되면 슬슬 눈치를 보며 서로 몰래 주고받기노 하고 내 책상 위에 슬그머니 올려놓기도 한다.

지난해 우리 반 아이들하고 도대체 멈출 수 없는 이 희한한 문화에 대해 진지하게 토론을 해 보았다. 생각보다 아이들이 관심을 많이 보이고 토론 준비도 열심히 해 왔다. 그래서 아이들이 가장 많이 챙기는 빼빼로데이를 우리 힘으로 없애 보기로 하고 지난 10월부터 차근차근 준비를 했다.

모둠별로 설문지 문항도 만들었는데 아이들이 나보다 더 잘 만들어 냈다. 빼빼로데이가 어떻게 생겨났는가, 빼빼로데이가 우리에게 필요한가, 빼빼로를 사는 데 얼마나 쓰는가, 빼빼로데이를 없애는 시민운동을 벌인다면 참가할 뜻이 있는가……. 아이들이 만든 질문에서 열두 가지를 골라서 학부모에게 보내는 설문지를 만들었다.

인터넷이나 신문에서 자료도 찾고 다른 아이들을 설득할 수 있는 글도 써 보았다. 적어도 빼빼로데이를 없애는 시민운동에 나서려면 자기 스스로 굳은 신념이 있어야 하지 않을까.

아직도 빼빼로데이를 챙기십니까? (강동초등 6학년 이송은)

발렌타인데이, 화이트데이, 커플데이, 옐로데이, 고래밥데이, 칸쵸데이…… 이렇게 많은 데이들이 생겼습니다.

요즘 10대들은 이 많은 데이들을 챙긴다고 용돈도 많이 받아야 하고 바쁩니다. 물론 서로의 우정을 확인할 수 있는 좋은 날이라고 생각할 수도 있겠지만 벌써 장사꾼들의 속셈이 되어 버렸습니다. 우리가 계속 이 데이 문화를 즐기고 따른다면 과자회사는 많은 이익을 볼 것이고 또 쓸데없는 데이들을 더 만들어 내겠지요.

11월 11일은 빼빼로데이지요. 원래 11월 11일은 농민의 날입니다. 저도 농민의 날인 줄 몰랐습니다. 달력에 빼빼로데이라고 표시되어 있는지 보려고 했는데, 농민의 날이라고 되어 있더군요.

서로의 우정을 확인할 수 있다고 생각한다면, 꼭 빼빼로를 주고받아야 우정을 확인할 수 있다고 생각하지는 않으시겠지요?

피땀 흘려 가며 우리 부모님이 버신 돈을 헛된 곳에 쓰지 맙시다.

아래에 있는 기사는 486데이에 대한 기사입니다. 486데이를 아시는 분이 있습니까? 저는 이때까지 몰랐습니다. 이 486데이까지도 장사꾼들 속셈이지요. 빼빼로데이도 그 중에 하나입니다.

〈신문기사〉 486데이를 아시나요?

유통업체들의 상술에 발렌타인데이, 화이트데이, 커플데이, 옐로데이 등에 이어 486데이가 또 하나 생겼다. 뉴코아백화점 평촌점은 오는 8일 '486 데이축제'를 벌인다고 5일 밝혔다.

486데이란 4월 8일 6시에 사랑하는 사람에게 사랑을 고백하는 날이라는 게 백화점 쪽의 설명이다. 즉 우리나라에 삐삐(무선호출기)가 처음 보급될 때 젊은이들 사이에 문자를 숫자화하는 것이 유행했고, '사랑해'라는 단어의 획수가 각각 4개, 8개, 6개란 점에 착안해 486이란 숫자가 젊은이들 사이에 '사랑해'로 통용되고 있다는 것.

뉴코아 평촌점은 이 날을 기념해 커플케이크와 하트케이크, 커플바구니 세트와 인세트 등을 판매하고 있다. 또 거플케이크와 향수 세트 등 10여개 품목을 경매를 통해 저렴한 가격으로 구입할 수 있는 '486데이 특급 경매'도 진행하고 있다.

다른 반 아이들에게 나누어 줄 홍보용 글도 쓰고 포스터, 표어 따위도 미술 시간에 만들었다. 설문지 만들 때만 해도 떨떨해 있던 아이들도 점점 관심을 보였다. 그 어느 때보다 열심히 그리고 쓰고 만들고 했다. 더 만들어야 한다고 시간을 달라고 조르기도 했다.

빼빼로데이 닷새 전부터 아이들과 학부모에게 설문지도 돌리고 그 설문지 결과를 정리했다. 자기들은 이제 알고 있는데 대부분의 아이들이 어른들 장삿속에 속고 있다는 데 흥분하면서 우리가 이렇게 널리 알리면 잘될 거라는 기대감으로 아이들 눈빛이 달라졌다.

빼빼로데이 없애기 1 (강동초등 6학년 한은경)
일학기부터 선생님이 11월이 되면 빼빼로데이를 없애자는 어린이 운동을 할 거라고 하셨다. 난 솔직히 그럴 필요야 있나 싶었는데 오늘 스스로 조사하고 홍보지를 만들고 보니 의지가 강해졌다. 빼빼로데이. 얼마 전까지만 해도 하고 싶었는데 어른들 돈벌기 위한 상술, 쓰레기 문제, 친구 문제까지 생각해 보니 아니었다. 빼빼로를 간식으로 먹는 건 몰라도 국경일처럼 데이까지 만든 건 당연히 어른들 돈벌이다. 나는 자료 만드는 데 아주 열심히 했다. 홍보물, 표어, 포스터, 플랜카드 모두 열심히 만들었다.

오늘 학원 아이들한테 설문지도 완벽하게 하고 학교 일찍 가서 아이들 홍보할 준비도 되어 있다. 너무 재미있겠다. 그런데 설문지 5명은 시민운동에 참여 안 하겠다고 하고 3명은 모르겠다고 하고 1명은 다른 애들 하면 따라하겠다고 한다. 최선을 다해야지.

(11월 4일)

드디어 빼빼로데이 사흘 전, 모든 준비가 끝나고 아이들이 오르내리는 계단과 골마루에 준비해 둔 것을 모둠별로 붙였다. 아이들은 신이 나서 교실을 들락날락하며 온 마음을 거기에 쏟았다. 아이들이 얼마나 뿌듯해하는지 말과 행동에 자부심이 뚝뚝 묻어났다.

별난 아이들이 벽에 붙여 둔 그림을 찢는다고 아침 일찍 학교에 와서 자기들끼리 나누어 계단을 지키고 서 있었다.

그런데 조금 있으니 아이들이 시무룩해서는 나한테 몰려왔다. 지나가는 선생님들이 뭐 하는 짓이냐고 다 떼라고 했단다. 한번만 읽어 봐도 무슨 내용인지 알 텐데. "11월 11일 11시 11분에 빼빼로를 먹으면

날씬해진다"는 장사꾼들의 허황된 속임수를 모른단 말인가. 학교 전체가 빼빼로 상자와 비닐 껍데기, 포장지로 엉망이 된 걸 한두 번 본 것도 아닐 테고, 한 과자 회사만 해도 빼빼로가 하루에 1억 5천만 원어치 넘게 팔린다는 게 뭘 뜻하는지 알고도 그러는 것은 아니겠지.

"선생님들이 뭐라고 하면 니가 아는 대로 우리가 왜 이런 일을 하는지 이야기해 보지 그랬냐."

"그랬는데요, 너거나 잘해라, 이러던데요."

"빼빼로데이 진짜 하면 안 돼요?" 히고 묻는 자기 반 아이한테 "왜 하면 안 되는지 언니들이 한 거 쭉 읽어 보고 와라"고 아이들과 이야기를 나눴다는 선생님도 있는데.

생각 없이 장난으로 찢어 버리는 아이들보다, 믿었던 선생님들한테 받은 굴욕감이 아이들한테 더 큰 상처가 되었다. 하지만 또 한편으로 옳은 일을 해 나가는 데 걸림돌이 얼마나 많은지, 이런 조그만 일들을 바꿔 나가는 일이 얼마나 힘든지 아이들이 알게 되기를 바랐다. 옳은 일을 하려는 많은 시민운동가들이 왜 고통을 받는지도.

옳은 일이기 때문에 그 누군가가 꼭 해야만 하는 일이 있는 법이고 그 일을 우리 반 아이들이 자라서 해 주기를 마음속으로 바랐다.

빼빼로 추방하기 (강동초등 6학년 차열매)
빼빼로데이가 들어와 우리 모두의 부모님을 괴롭힌 건 몇 년 전부터이다.

3, 4, 5학년 때 11월 11일은 정말 더할 것 없이 좋았던 날이었다.

하지만 6학년 들어와선 조금 달랐다. 선생님은 이 데이 문화들이 부모님께 어떤 영향을 미치고 있는지 그 상인들에겐 또 어떤 영향을 주는지 다 알려 주셨다. 조금 서툰 우리에게 선생님은 좋은 이야기를 심어 주셨다.

드디어 11월. 기다리던 계절이 왔다. 우리는 홍보물과 표어, 포스터를 하나씩 만들었다.

"1층 올라가는 길과 2층 3층 오른편 왼편 모두 다 붙여서 올라가는 사람, 내려가는 사람이 다 볼 수 있도록 하자."

우리는 우리가 만든 포스터, 표어를 붙였다. 장벽들은 그 다음부터 일어났다. 우리가 없는 사이 우리의 주장을 반대하는 아이들이 우리가 붙인 홍보지와 포스터를 찢고, 버리고 쓰고 했다. 모든 아이들은 겁도 없이 우리 바로 눈앞에서 찢어 버리곤 하였다. 선생님들도 우리에게 핀잔을 주시곤 하였다.

"열매야…… 우리가 해 놓은 것을 왜 자꾸 괴롭힐까?"

"보경아 괜찮아. 내가 얘기 하나 해 줄까? 미국에 이민 간 사람이 술집을 차렸는데 거긴 깡패가 많아서 그 깡패들이 그 사람들의 차를 부수고 했데. 그런데 그 사람은 부수면 고치고 부수면 고치고 그러니까 그 깡패들이 부수질 않았데. 우리도 그것이랑 같아. 그러니까 우리 할 수 있지?"

보경이랑 나는 한번 더 심호흡을 하고 복도를 걸었다. 내일 많은 아이들이 빼빼로를 주고받아도 결코 우리가 한 일은 헛된 짓이 아니다. (11월 8일)

동무들의 이야기 (강동초등 6학년 박순철)

빼빼로데이 없애기 운동을 어제 시작하고 아침에 재성이를 만났
다.

어떻게 하다가 빼빼로 이야기가 나왔다. 그런데 재성이가 빼빼로
데이를 준비하고 있다고 했다. 8000원짜리 1개, 1000원짜리 4개,
300원짜리 30개…… 나는 들으면서 계산을 했다. 21000원. 그 순
간 우리가 만든 빼빼로데이를 반대하는 종이가 생각났다. (줄임)
나는 사실은 이제까지 빼빼로데이를 하고 싶었다. 그런데 아침에
학교에 와서 보니 우리가 만들어 붙인 걸 누가 찢고 버리고 옮기
고 했다.

그러니 이상하게 빼빼로데이를 더 반대하고 싶었다. 나는 빼빼로
데이에서 못 빠져 나온 아이들이 불쌍하기도 했다. 그리고 빼빼로
데이를 하고 싶다는 마음이 깨끗이 사라졌다. 얼마 전까지 나도
빼빼로데이 때문에 오천 원까지 썼는데 이제는 돈이 아깝다.

(11월 8일)

열매나 순철이처럼 우리 반 아이들이 점점 더 단단해지는 듯했다.
찢어진 종이를 붙이고 쉬는 시간에 서로 바꿔 가면서 지키고 서 있었
다. 마음 약한 여자아이들은 눈물을 흘리기도 했다. 이보다 더 좋은 공
부가 어디 있겠노. 우리는 그동안 보고 듣고 한 일을 함께 이야기하며
마음을 다독거렸다. 아이들과 하나가 되는 귀중한 시간이었다.

11월 11일, 갑자기 겨울처럼 기온이 뚝 떨어졌다. 아이들이 걱정되

었다. 오늘은 교문 앞에서 반대 서명을 하고 피켓을 들고 서 있기로 한 날이기 때문이다.

아! 이 추운 날에도 모두 잊지 않고 정해진 자리에 서 있구나.

교문을 들어서는데 포장도 하지 않은 빼빼로 과자 상자를 가득 안고 가는 아이들이 눈에 많이 띄었다. 교실 몇 곳을 빼고는 빼빼로 때문에 난리들이다. 포장을 하는 아이, 서로 주고받느라 야단이고 선생님 자리에도 과자가 수북이 쌓인 곳이 많았다. 6학년 교실 쪽에는 더해 보였다. 선생들도 가만히 보고 있다. 무심코 보아 오던 다른 반 모습이 오늘 따라 더 눈에 띈 탓일까. 아이들이 정말 열심히 했는데 실망하지 않을까.

아이들이 무사히 일을 마치고 교실로 돌아왔다. 내가 오히려 아이들 눈치가 보였다.

"선생님, 이거 진짜 재미있어요."

"어떤 아저씨는 우리보고 잘한다고요, 사진도 찍어 갔어요."

"정말, 신문에 나오는 거 아니가?"

"요구르트 배달하는 아줌마도요, 잘한다 하면서 요구르트도 줬어요."

"그래, 서명은 많이 했나?"

"나는요, 열 명 했어요."

"막 나한테 몰려와서 보길래 서명하라고 했더니 다 가 버렸어요. 와, 진짜 기대했는데."

봇물 터지듯 이야기를 쏟아 냈다. 아이들이 나보다 씩씩하구나.

"다른 반 아이들 삐삐로 억수로 많이 사 가지고 가던데. 저거들끼리 막 주고받고. 너거들 실망 안 했나."

"조금요, 그래도 괜찮아요. 몇 명이라도 서명받았으니까요. 저런 걸 왜 하는지 모르겠어요. 장사꾼들한테 속고 있는 줄도 모르고."

"야, 니도 처음에는 할려고 했다 아이가."

"아, 맞제."

옆 반에서는 과자 냄새, 쓰레기로 어수선했지만 우리는 아무 일 없다는 듯이 그날 공부를 했다.

부러워하지도, 동요하지도 않는 아이들이 참 의젓해 보였다.

김숙미, 부산 강동초등 (2003.1.21)

가정방문과 아이들 모시기

가정방문은 학급 아이를 이해하는 데 퍽 도움이 됩니다. 가정방문을 하지 않고 교실에서 아이를 살펴보는 것만으로 이해하려면 시간이 오래 걸릴 뿐 아니라 아이의 행동을 잘못 판단하는 경우도 생깁니다. 그러므로 새 학년을 맡고 한 달쯤 되었을 때, 따로 시간을 정해서 한 집 한 집 아이들 집을 찾아 나서는 일은 교육 활동에서 빼놓을 수 없는 중요한 일입니다.

그런데 학부모들은 자기 자식을 가르치는 선생이 가정방문을 오면 무얼 대접해야 하나, 어떤 선물을 드리는 것이 좋을까 하고 엉뚱한 걱정부터 하는 모양입니다. 이렇게 되면 학부모한테는 번거로운 일이라 피하고 싶은 일이 되고, 교사 쪽에서는 그걸 일일이 물리쳐야 하므로 피곤해서 가정방문을 하는 본뜻은 뒷전이 되어 버릴 수 있습니다. 이런 일은 미리 막아야 하므로 아이들한테 부탁해서 부모님께 다음 몇 가지를 꼭 전해 드리도록 합니다.

※가정 방문 때 부모님이 준비하실 것
1. 아이의 칭찬할 점과 고칠 점이 무엇인지 들려주실 말씀.
2. 담임선생한테 부탁하거나 물어보실 말씀.
3. 그 밖에 담임선생이 알아 두면 참고가 될 말씀. 그리고 찬물 한잔 (대접이 이것으로 서운하다 싶으면 사과 반쪽쯤).

부모님이 준비할 것 가운데 찬물 한잔에 사과 반쪽이라고 한 까닭을 아이들한테 말해 주어야 하는데, 금방 점심을 먹은 다음에 더 먹으면 어떻게 될 것이며, 커피 같은 마실 것을 열 집이나 다니면서 주는 대로 다 마시면 어떻게 되겠는지 물어보면 길게 설명하지 않아도 됩니다.

가정방문을 나서면서 꼭 챙겨야 할 것이 있습니다. 그것은 아이들이 쓴 자신을 소개하는 글과 글로 쓴 집 약도입니다.

나를 알리는 글 (5학년 2반 김용우)

저는 광산 김가의 김, 이름은 용우입니다. 태어난 곳은 거창군 거창읍 중앙리이고, 지금은 상림리 장관빌라에 살고 있습니다.

제가 태어나서 처음 사귄 친구는 창욱이에요. 박창욱이요. 그 친구는 4살 때 처음 사귀었어요. 4살 때 친구와 싸워서 하루 만에 사과했습니다. 요즈음은 창욱이와 안 놀고 준묵이와 놀아요.

저는 집에서 똥같이 생겼다고 똥이라고 불러요. 성격은 급해요. 좋아하는 것은 컴퓨터 만지는 거고, 가족은 아빠, 엄마, 누나 4명, 그리고 나에요.

아빠는 과일 가게를 보시고, 엄마도 아빠를 돕습니다.

고치고 싶은 버릇은 먹는 것을 줄이는 거에요.

선생님께 부탁드릴 것은 송구스러운 말인 줄 알고 있습니다만 수염을 깎아 주세요.

우리 집을 찾아 오시려면 (5학년 2반 하혜진)

주소 : 대동리 그린아파트 C동 303호

전화 : 42-3866

아버지 : 하동운

일터 : 서흥여객

학교에서 아래 운동장으로 내려 오셔서 죽 가시다가 왼쪽으로 갑니다. 왼쪽으로 계속 가다 보면 '보고 슈퍼'가 나옵니다. '보고 슈퍼' 앞 도로를 건너면 '새싹 문구'와 '호성 식육 식당'이 나오는데, '호성 식육 식당' 앞으로 말고 '새싹 문구' 옆의 작은 도로로 조금 가시면 '그린 명과'가 나옵니다. 또 조금 가시면 '제일 슈퍼'가 나오는데 '제일 슈퍼'를 지나서 옆으로 꺾어서 가시면 '제일 비디오' 가게가 나옵니다. 그리고 앞에 보시면 다리가 있는데 그 다리를 건너서 보시면 맨 뒤에 자그마한 아파트가 있습니다. 거기에 첫번째 문으로 들어 가셔서 3층까지 올라가세요. 그러면 왼쪽이 303호 우리 집입니다.

새 학년이 되어서 써 두었던 '나를 알리는 글'을 찾아서 다시 읽어 보고, 가정방문을 앞두고 쓴 '우리 집을 찾아오시려면'을 가지고 아이들 집을 찾아 나섭니다. 하루에 열 집쯤 방문해야 하므로 한 집에 머물 시간을 계산해서 대강 언제쯤 가게 될 것이라고 미리 일러둡니다.

동생이나 언니 담임이었을 적에 한 번 갔던 집에도 또 갑니다. 집을 알고 부모를 알고 있더라도 그 아이한테는 처음이기 때문입니다. 한 아이가 쓴 일기를 보면 왜 그래야 하는지 알 수 있습니다.

가정 방문 1 (6학년 곽혜정)

이제부터 오전 수업, 야 기분 좋다! 그 이유는 일주일 동안 선생님께서 가정 방문을 하시기 때문이다.

오늘은 첫번째로 신영재네 집, 두번째는 화영이, 세번째는 지운, 네번째부터는 주공아파트에 사는 애들의 집에 가기로 정하셨다. 내일은 중앙리, 그러면 우리 집에도 오실 것이다.

잘 생각해 보니, 주중식 선생님께선 임록이 3학년 때 가정 방문을 오셨고, 또 우리 가게에 자주 오셨을 것이다.

그런데 선생님께선 내 방 구경을 하러 오신다고 하셨다. 내 방은 깨끗한 편이지만 더욱 청소를 해야겠다. 선생님께 좋은 느낌을 주기 위하여. (1993년 3월 22일 월요일)

가정 방문 2

선생님이 다섯 번째로 우리 집에 가정 방문 오신다고 하셨다. 약 3시 정도라고 하셨다.

'에잇, 오실려면 일찍 오시면 좋은데.'

난 이런 생각을 하였다. 학원에 일찍 가서 친구들과 놀기 위해서.

'하지만 사정이 있으니.' 하고 다시 생각했다.

집에 와서 보니 우리 방이 깨끗이 정돈되어 있었다. 깔끔한 책상을 보자 얼굴이 확 펴졌다. 주위가 깨끗하면 기분이 너무 상쾌하다는 것을 새삼 느끼게 되었다.

'3시가 될 동안 무엇을 하지?'

심심했다. 그러다 책이나 읽었다. 책을 읽고 있으니 시간 가는 줄을 몰랐다. 벌써 3시가 넘은 것이다. '시간이 조금 넘었는데.' 생각하며 책을 읽고 있으니 아빠가 "혜정아, 선생님 오셨다."며 문을 여셨다. 아까도 아빠가 그렇게 속이셨기 때문에 처음엔 믿질 않았다. 그런데 발소리가 나고 선생님께서 들어오셨다. 난 읽던 책을 재빨리 책상에 꽂으면서 "안녕하세요?" 하고 선생님께 인사를 하였다. 선생님께선 웃으시면서 "그래." 하고 대답하셨다.

선생님께선 자리에 앉으신 다음 방을 둘러 보셨다. 그러다 "방이 깨끗하네." 하고 말씀하셨다. 그 소릴 듣고 어깨가 으쓱하였나. 어제 마구 치웠기 때문이다. 꽃도 사다 꽂으려고 했는데……

선생님께선 아빠와 엄마와 여러 가지 얘기를 나누셨다. 엄마는 선생님께 설록차를 따라 주셨다. 그런데 엄마가 따르실 때 자꾸 차가 옆으로 흐르는 것이었다. 그 모습을 보고 난 웃음이 나왔다. 참지를 못했다. 선생님께선 "중국에서는 차를 따를 때 줄줄 흘리면서 따른대요" 하고 말씀하셨다.

하지만 내 생각엔 선생님께서도 속으로 웃으시는 것 같다. 차가 옆으로 줄줄 흐르다니, 그 모습을 생각하면 지금도 웃음이 나온다. 엄마는 선생님께 여러 번 차를 따라 주셨다. 그런다고 시간이 많이 지났다.

그런데 정인이한테서 전화가 왔다. 자기 집에 혼자 있다고 오라고 하는 내용이었다. 난 그 내용을 선생님께 말씀드리자, 선생님께선 "그럼 나하고 같이 가자." 하셨다. 정인이가 막바로 오랬는데. 하지만 선생님을 따라 나섰다.

우리 집 다음 차례는 새샘이 집이었다. 선생님과 나는 경남은행 뒷쪽으로 해서 새샘이 집에 갔다. …… (1993년 3월 23일 화요일)

저는 아이들 부모님한테 들은 말은 그 자리에서 수첩에 적어 두고, 그날그날 일기장에 느낌을 간추려 써 두기도 합니다. 다음은 몇 해 전에 써 둔 일기를 다시 다듬어 써 본 글입니다.

가정방문 그 첫째 날이다. 오늘은 상림리와 대평리, 국농소에 사는 아이들 집을 방문하겠다고 아이들한테 일러두고 오전 네 시간으로 수업을 끝냈다.

맨 먼저 우리 집에서 가장 가까운 창민이 집으로 갔다. 창민이 언니 담임을 한 적이 있기 때문에 어머니는 낯이 익은 분이다. 어머니 말씀이 큰아이한테 정신을 쏟다 보니 창민이는 일일이 간섭하지 못한다고 하신다. 아이가 커 갈수록 일일이 간섭하지 않고 키우는 것이 좋을 것 같다고 말씀드렸다.

다음은 민영이 집이다. 낮에는 집에 아무도 안 계신다기에 바로 '덕유서점'으로 찾아갔다. 아이가 하도 말려서 마실 음료를 준비하지 않았다면서 어떻게 하면 좋을지 어려워하셨다. 민영이는 성격이 활발하고 밝은 편이다. 민영이 어머니를 처음 만나서 잠깐 이야기를 나누는 동안이었지만, 그건 어머니가 그렇게 키우셨기 때문이라는 걸 알 수 있었다. 민영이 어머니는 아이가 밤늦게, 12시 가까이 되어서야 잔다며 그걸 좀 고쳤으면 좋겠다고 하신다.

그리고 또 아이가 집에 혼자 있기 싫어서 가게에 내려와 있는 시
간이 많다고 한다. 살아가는 방식이 내가 클 때하고는 많이 변했
으니 자고 일어나는 것이나 무서움 타는 정도도 다를 수밖에 없
겠구나 싶다.

세 번째로 찾아간 집은 제일교회 목사 사택이다. 정원이는 교회
목사님 딸로 피아노를 잘 쳐서 교실에서 노래할 때 반주를 해 주
어서 내가 도움을 받고 있는 아이다. 어머니는 정원이가 너무 재
잘거리는 편이고, 또 책은 잘 읽는데 생각하고 쓰는 것을 좀 싫어
하는 편이라고 이런저런 참고 말씀을 해 주신다.

정원이 집에서 다음 차례인 승호 집으로 전화를 걸었다. 신호는
가는데 받지 않는다. 가게로 전화를 거니 계속 통화 중 신호만 울
린다. 그래서 성진이 집으로 갔다.

성진이는 영란이와 옆 반 아이 이렇게 셋이서 놀고 있다가 내가
들어서니 반갑게 인사를 한다. 어른들은 안 계셨다. 성진이 방을
살펴보고, 거실에서 어머니가 하신다는 칠보 도구를 구경하였다.
성진이네는 두 해 전에 이 집으로 이사를 왔다고 한다. 아담하게
지은 양옥이다.

다음에 오겠다고 하고는 오토바이를 대평리로 몰았다.

동길이가 사는 대평리 세륭아파트로 갔다. 마침 아버지 어머니가
다 계셨다. 아이가 컴퓨터를 사 달라는데 어쩌면 좋을지를 물으신
다. 컴퓨터를 전문으로 할 꿈을 가졌다면 몰라도, 그렇지 않다면
이다음에 꼭 쓸 데가 생기면 그때 사 주는 게 좋겠다고 말씀드리

니 그러겠다고 하신다. 이 아이는 4학년 때부터 특활 시간에 만난 아이이다. 5학년 가을 작품 전시회 준비를 할 때는 내가 맡은 시화부에 들어와서 시를 썼는데, 그때 아이가 아버지 일을 시로 써낸 것을 보고 아버지와 사이가 좋겠구나 싶었던 기억이 난다. 아버지를 만나 보니 그런 분위기를 느낄 수 있다.

다음은 같은 아파트 바로 앞 동에 사는 유리네 집이다. 할아버지 대부터 교육자 집안이라고 한다. 아버지 어머니가 참 젊고 두 남매를 낳아 키우는 오붓한 가정이라는 느낌이 들었다. 산수 성적을 걱정하시기에 교무 수첩에서 6학년 시작하자마자 기초학력 검사한 결과를 들춰 보니 다른 과목에 비해 산수가 좀 뒤떨어지는 편이다. 스스로 공부한 공책을 가져오게 해서 이렇게 이렇게 공부해 나가면 좋겠다고 몇 마디 일러 주었다.

여기까지 돌아본 아이들 방에서 눈에 띄는 것이 탤런트나 가수 사진들이다. 최진실 사진만 잔뜩 붙여 놓은 아이 방에서는 가족사진이나 한 장 걸어 놓지 하는 생각을 했다. 그런데 유리는 방에 그런 것 대신에 제가 그린 그림을 액자에 넣어서 걸어 놓았다. 그것만으로도 방 분위기가 따뜻해 보였다.

거기서 조금 떨어진 동명아파트로 동환이 집을 찾아갔다. 지름길로 가느라 골목길로 들어서니 눈비가 와서 길바닥이 질퍽하다. 그렇게 찾아갔건만 아무도 안 계시는 모양이다. 초인종만 여러 번 누르다가 나왔다.

이제 마지막으로 길호가 사는 국농소 마을로 달렸다. 약간씩 뿌리

던 눈비도 그쳤다. 국농소 마을은 같은 읍내이기는 해도 학교에서
꽤 먼 곳이다. 길 양쪽 너른 벌판에는 보리가 파랗게 자라고 있다.
언덕길로 올라가서 길호 집에 닿으니 돌 가공 공장에 다니신다는
아버지도 오늘은 쉬는 날이라며 마침 집에 계셨다. 길호는 이렇게
먼 데서 버스를 타고 학교에 다니는구나! 지난해까지 이보다 더
먼 촌에서 살다가 읍내로 온 것이 이렇게 멀다. 혹시 학교에 늦게
까지 남아야 할 때라도 버스 시간을 놓치지 않도록 나한테 말만
하고 가라고 말해 주고 일어섰다.

힘은 들어도 이렇게 아이들이 사는 집을 다녀 보면 집집마다 키
우는 방식이 다 다르다는 것과, 학교에서 더러 미운 짓 하는 아이
일지라도 집에 가면 하나같이 다 귀한 아들딸이라는 뻔한 사실을
다시 확인하게 된다. (1992년 3월)

가정방문 때 부모님한테 아이가 어떻게 자라고 있는지 몇 가지라도
들어서 알면 그만큼 아이를 잘 이해할 수 있어서 말 한마디라도 그 아
이한테 맞춰서 하게 됩니다.

저는 아이들 집에 가서 살아가는 모습을 보았으나, 아이들은 제가
사는 집도 모르고 사는 모습을 살펴볼 일도 없었습니다. 그래서 저는
아이들이 우리 집을 방문하도록 합니다. 해마다 그때그때 형편에 따라
방법이 조금씩 다르기는 해도 선생 노릇 시작하고부터 지금까지 해 오
고 있습니다.

이 일은 통영 한산섬에서 선생 노릇 처음 할 때부터 시작했습니다.

일부러 날 잡아서 오라고 한 것도 아니고, 언제든지 놀러 오도록 했습니다. 그때는 한마을에 사는 아이들이 저녁 먹고 난 뒤에 몇이 뭉쳐 와서는 저희들끼리 떠들고 놀다가 가곤 했는데, 가끔 토요일 오후나 쉬는 날에는 딴 마을에 사는 아이들이 놀러 오는 경우도 있었습니다. 과자 파는 가게 하나 없는 섬마을이라서 아이들한테 먹을 걸 내놓기가 참 어려운 형편이었습니다. 하지만 아내는 아이들을 맨입으로 그냥 돌려보내지는 않았습니다. 우리 집 아이 줄려고 옥수수나 쌀 뻥튀기해 놓은 것이나 건빵 같은 걸 내놓았고, 그것도 없으면 라면 과자를 만들어서 내놓았습니다. 라면 과자는 냄비에 생라면을 부수어 넣고 볶다가 설탕을 조금 뿌려서 만드는데, 단맛이 나고 고소해 아이들을 대접하기에 안성맞춤이었습니다.

통영 욕지면에 딸린 두미섬이란 곳으로 옮겨 갔을 때는 그곳 형편에 맞게 아이들을 집으로 불렀습니다. 먼 동네에 사는 아이들이 점심밥도 싸 오지 않고 생고구마 썰어 말린 것 몇 조각으로 끼니를 때우는 게 눈에 띄었습니다. 그래서 그런 아이들을 부르고, 또 현미밥 맛을 보인다면서 가까운 데 사는 아이들도 일부러 오라고 해서 자주 함께 점심을 먹었습니다. 그때 우리는 학교 가까이에 방을 하나 빌려서 지내고 있었습니다.

지금 있는 거창읍 샛별초등학교에 와서는 아이들 모시는 방식을 좀 바꾸었습니다. 3월 하순께 아이들 가정방문을 끝내고 나면 4월 중순께부터 5월 초순쯤에 우리 반 아이들이 모두 우리 집을 방문하도록 날을 잡아서 초대합니다. 집이 좁아서 하루에 열 명씩 네댓 번을 모셔야 하니 저녁마다 무슨 잔칫집같이 떠들썩합니다. 아내가 가정주부 노릇만 하고 있었을 때는 저녁밥을 차려 주어서 한 상에 둘러앉아 밥을 먹으며 아이들과 한 식구처럼 어울릴 수 있었으나, 아내가 다시 학교 선생으로 돌아간 뒤로는 떡과 과일만 사다가 대접하는 정도로 아이들을 모십니다.

선생님 댁 (5학년 정욱상)

오늘 선생님 댁에 갔다. 집 안을 살펴보니 집 안이 깨끗하였다. 그러나 하아린 방에는 깨끗하지 않았다. 태풍이 지나간 것 같았다. 우리는 사진 촬영을 하고 귀신 놀이를 하려고 하였으나, 시간이 없어서 못한 것이 아깝다. (1984년 4월 12일 목요일)

선생님 댁의 초대 (4학년 오혜원)

오늘 선생님 댁에 초대를 받았다. 그래서 진영이와 목화 아파트에 왔다. 담을 뛰어 넘어가려고 하니 혜민이, 수경이, 현영이가 달려오더니 우리한테 말했다. "혜원아, 담 뛰어내리지 마래이. 아저씨가 콧구멍 히비고 맥쌀 잡는다" 그래서 진영이와 나는 문으로 왔다. 선생님께서 들어오라고 하셨다. 우리는 들어가서 맨 처음에 사진을 보았다. 우스운 사진이 많았다. 그리고 이오덕 선생님, 송현 선생님 등 글 쓰시는 분 사진들도 있었다. 그리고 컴퓨터를 보았다. 컴퓨터는 참 신기했다. 인쇄와 그림, 음악, 오락 등을 해내었다. 사모님께서 밥 먹으러 오라고 하셔서 큰방으로 갔다. 밥은 현미밥이었다. 나는 현미밥이 맛있었다. 그리고 반찬도 맛있었다.

남학생들은 떠드는 것밖에 몰랐다. 다시 컴퓨터 구경을 했다. 컴퓨터가 주소도 알아낸다고 했다. 조성훈, 임정호, 문수경, 나 이렇게 4명의 주소를 찾아낼 수 있었다.

컴퓨터는 이제 그만 구경하고 이제 윷놀이를 했다. 윷놀이는 참 재미있었다. 윷을 머리 끝까지 올려야 하는데, 김종형은 규칙 위반을 3번 했다. 그런데도 선생님은 규칙 위반이 아니라고 하셨다.

간식을 먹고 난 뒤에 집으로 갔다. 그 이유는 선생님께서 어디 가셔야 하시기 때문이다. 우리는 인사를 하고 돌아왔다.

나는 선생님 댁에 가서 못 보던 것을 많이 보았다. (1987년 4월 16일)

선생님 댁 방문 (6학년 정명진)

구기 대회를 했다. 축구, 남자 송구 빼고는 예선전을 다 이겼다.

구기 대회를 다 마치고 1조에서 4조까지를 짜서 20분 간격으로 선생님 댁에 가기로 했다. 나와 언욱이는 1조여서 1시까지 선생님 댁에 가야 한다. 선생님께서 발 씻고 양말을 갈아 신고 오라고 하셨다.

언욱이와 같이 우리 집에 가서 부모님께 허락 맡고, 발도 씻고, 내 양말 하나를 언욱이에게 주었다. 발을 씻으면서 히히덕거리며 웃고, 이야기도 하였다.

시계를 보니 1시 4분이었다. 그래서 빨리 헹구고, 양말을 신고, 신발을 신고 빨리 나오다 보니 엄마 아빠께 인사를 깜빡하고 못하고 나왔다. 뛰어 가다가 정원이와 다정이를 만났다.

목화 아파트에 도착하니 10분이었다. 빨리 계단을 올라갔다. 이미 5명 정도의 애들이 와 있었다. 그 애들도 조금 전에 왔다고 한다. 컴퓨터를 조금 보다가 음식을 먹었다. 맨 처음에는 교양을 차릴려고 모두 점잖게 먹었다.

사모님께서 오시고 2조 남학생들이 왔다. 우리가 아직 20분 안 되었다고 했다.

선생님께서 남학생들과 같이 방으로 가셨다. 우리는 그때부터 교양이고 뭐고 없었다. 민영이가 막 먹으면서 빨리 먹으라고 했다. 우리는 빨리 먹으려고 애를 썼지만 웃음이 자꾸 나와서 제대로 못 먹었다. 송편은 금방 빈 그릇이 되었다. 선생님께서 오시자 좀 괜찮아졌다가 다시 가시자 막 먹었다.

나는 내 시계를 늦추어서 더 놀다가 갈려고 했는데, 1분을 더 빨리 해 버렸다. 딸기를 마저 먹으라고 하셔서 다 먹고 강냉이를 봉지에 넣어 주셔서 가지고 나왔다.

참, 백두산 돌을 보여주셨는데 스폰지를 만지는 기분이었다.

우리는 밖에서 놀다가 가자고 했다. 영란이와 정희는 먼저 갔다. 나, 언욱, 민영, 성진 이렇게 4명이서 선생님 차 뒤에 올라앉아서 누가 제일 무거운가도 해보았다. 한 사람이 일어났다가 앉기였다. 가장자리의 사람이 가벼운 축이다. 가운데는 힘이 많이 미치지 못해서일 것 같았다. 나와 성진이가 가장자리에 앉았다. 내가 보니 성진이의 무게가 아주 가벼운 축에 들었다.

내가 강냉이를 먹으면서 "야, 니네들 자꾸 흘리지 마. 이 아파트에 강냉이 먹는 사람은 우리 선생님뿐인데, 흘리면 우리 때문에 선생님께서 욕 얻어먹잖아." 하니까 "맞아 맞아." 민영이가 맞장구를 쳤다. …… (1982년 5월 2일)

아이들은 우리 집을 방문한 날 일기를 이렇게 쓰고 있습니다. 어떤 아이는 우리 집 아이 하야린이 방을 어질러 놓은 게 마치 태풍이 지나간 듯하다고 썼는가 하면, 컴퓨터가 신기했다고 쓰는 아이도 있고, 예의를 지키느라고 애를 쓴 마음이 잘 드러나게 쓴 아이도 있습니다. 이 아이들은 우리 집에 와서 짧게는 20분, 길게는 한 시간 넘게 제가 살아가는 모습을 살펴보고 돌아갑니다.

이 일은 우리 집 문턱을 낮추는 것이 되어서, 그 뒤로는 아이들이 마음 놓고 우리 집을 드나들 수 있습니다. 어떤 때는 빙 둘러앉아 감자에 싹이 났다, 별명 부르기, 낱말 알아맞히기 같은 놀이를 하면서 웃고 떠들기도 하고, 문집을 만들어 부칠 일이 있을 때는 허리 뻐근할 때까지 일을 하면서 보내기도 합니다.

올해는 아이들한테 말만 꺼냈다가 지키지 못하고 1학기를 보내고 말아 속으로 애가 탑니다. 다른 일이 이 일을 가로막는다 해도 지금 형편에 맞는 또 다른 길을 찾아봐야지 하고 궁리를 해 봅니다.

'누가 해 보라고 권한 일도 없고, 안 한다고 해서 나무랄 사람 없는 이런 일을 내가 왜 찾아서 할까?'

돌이켜 생각해 보니, 이 일도 제가 살아오면서 만난 여러 선생님들

본을 보고 따라서 하는 것이었습니다. 그런데, 그 맨 밑바탕에서 영향을 많이 끼친 분은 초등학교 5학년 때 담임선생님이십니다. 선생님이 우리 동네에 방을 얻어 놓고 사셨는데, 한번은 어머니 심부름으로 선생님 댁에 갔습니다. 그때 사모님이 아무것도 대접할 게 없다며 얼른 쌀을 볶아서 내놓으셨습니다. 부끄러워서 먹지도 못하고 우물쭈물하고 있는데, 선생님과 사모님이 쌀을 제 주머니에 불룩하게 넣어 주시고는 가면서 먹으라고 하셨습니다. 그때 그 손길, 그 구수한 쌀 맛은 지금도 잊지 못하고 있습니다.

어쨌든 저는 우리 반 아이들을 한 번이라도 우리 집으로 모시는 이 일을 기쁜 마음으로 하고 있고, 그러는 동안에 아이가 있고 선생이 있으면 교과서와 공책, 필통, 칠판이 없어도 그 자리가 바로 교실 아닌가 하는 생각을 하게 되었습니다.

주중식, 거창 샛별초등 (1995.9.19)

우리 반 아이들

영석이

오늘 아침 조회에 1학년 영석이가 늦게 나왔습니다. 데리러 간 2학년 선웅이를 따라서 겁먹은 얼굴로 뛰어나왔습니다. 선웅이 말이 영석이가 책상 밑에 누워 있었다고 합니다.

'요 녀석, 무슨 꿍꿍이로 교실에 있었지?' 교실에 들어가 "영석아, 너 왜 조회 안 나왔니?" 하니 대답을 하지 않습니다. 오히려 힘주어 입을 다물어 버립니다. 얇은 윗입술이 안으로 말려 들어가 더 얇아집니다. 다시 물어봐도 눈만 껌뻑입니다. "조회 나가기 싫었니?" 해도 대답하지 않고, 잔뜩 굳은 얼굴이 아무 말도 하지 않을 것 같습니다. 말하기 싫으냐고 물으니 보일 듯 말 듯 고개를 젓습니다.

그런데 퍼뜩 생각나는 게 있습니다.

"혹시 너, 뭐 하다 보니까 아무도 없고 모두 나가 줄 서 있고, 그래서 못 나왔니?"

그제야 고개를 살짝 끄덕입니다.

"정말, 그래서 책상 밑에 숨어 있었어?"

나도 모르게 웃음이 나옵니다. 내가 웃으니 영석이도 비식비식 웃습니다. 금세 얼굴이 풀립니다. 자기 자리에 들어가는데 얼굴이 환하게 피었습니다.

책상 밑에 납작 누워 있는 영석이 모습을 떠올려 보았습니다. 아이들은 모두 운동장에 나가고 뒤늦게 나갈 용기도 없지, 책상 밑에 숨어들어 얼마나 마음 졸였을까요? 숨소리도 죽이고 있었겠지요. 그런데 선생인 나는 무슨 꿍꿍이로 안 나왔을까 생각이나 하고, 착 가라앉은 목소리로 물어보니 더 마음이 얼어 버렸겠지요.

도대체 나는 왜 이리 졸렬한지, 미안하다고 말도 못 하고 반성만 했습니다. (4월 9일)

지수

어제 지수한테 편지를 주었는데 오늘 답장을 써 왔다. 편지에 다시는 까불지 않겠다고 해 놓고 다른 날보다 더 말을 안 들었다.

만화영화에 나오는 딱지를 책받침에 잔뜩 붙여 와서는 자꾸 딴짓을 한다. 아이들도 틈만 나면 지수 자리에 몰려가 너무 어수선하다.

"딱지 내 책상 위에 두고 집에 갈 때 가져가요" 했더니 퉁퉁 부어서 자꾸만 화를 낸다. 뭘 물어도 입을 쑥 내밀고 억지로 대답하고 책상을 툭툭 친다.

"지수야, 잘못은 니가 했으니까 내가 화를 내야지. 왜 니가 나한테 화를 내니?" 하니 흘깃 쳐다본다.

그러더니 점심 먹고는 언제 그랬느냐는 듯이 편지를 쑥 내밀었다. 내 전화번호를 묻고 적는다.

"그런데 선생님 이름이 뭐예요?"

"너, 내 이름 몰라?"

옆에 섰던 세나가 "아이구, 김광견이잖아" 하니 "맞아" 하고는 내 이름을 적었다. (4월 13일)

소리치고 때렸다

아이들을 때렸다. 손바닥으로 등짝을 내려치고 고개 숙인 목덜미도 짝짝 때렸다. 이건 아니야 하면서도 멈추지 못했다.

2학년 지수랑 우진이가 테이프를 먼저 쓰겠다고 싸웠다. 언덕이 말로는 조금 싸우다가 우진이가 쪼달리니깐 가위로 지수 목을 그었단다. 지수는 너무 아파 사인펜이 가득 들어 있는 통을 교실 바닥에 팽개쳤고.

복도에서 아이들 작품을 붙이고 있자니 뭔가 던지는 소리, 구르는 소리가 들렸다. 교실에 들어가면서 소리부터 질렀다. 도대체 어디서 배운 버릇이냐고. 지수와 우진이를 나무라다가 지수 목에 난 상처를 보았다. 가위에 긁혔다는 얘기에 소리 지르고 때렸다. 아이들 모두가 보는데 이래선 안 된다고 생각하면서도 멈추지 못했다.

"너희들이 깡패야! 깡패들이나 칼, 가위로 싸우고 물건 던지고 난리 떨지 보통 사람이 누가 그렇게 싸운데 엉! ……세상에 세상에 이런 애들은 처음 봤다. ……양보를 해요, 바르게 앉아요, 말로는 잘하지. 테이프 조금 늦게 쓰면 세상이 어떻게 돼?"

얘기하다 보니 같은 말을 되풀이하고 있다.

마음이 조금 가라앉고 아이들과 함께 앉으니 내가 잘못했다는 생각이 든다. 가위로 목을 그었다는 말에 그냥 흥분해 소리치고 때렸다. 선생 하다 보면 더한 일도 있는데 슬기롭게 풀지 못하고 일을 그르치기 일쑤다. 그다음엔 괴로워하고. 처음 선생 시작했을 때나 열여섯 해 지난 지금이나 똑같다.

"공부 못하는 것은 괜찮지만 다른 사람 괴롭히면 정말 안 돼. 폭력은 안 돼."

그 말끝에 '니가 바로 폭력이다' 하는 소리가 내 속에서 들린다. 어쩔 거나. 맥도 빠지고 미안하고 부끄럽기도 하다.

"얘들아, 내가 소리 빽빽 질러서 미안하다. 그리고 너무 화를 내서 아무 일 없었던 것처럼 좋은 목소리로 공부를 못 하겠다. 수학 문제지 줄 테니 먼저 풀고 있어."

그리고 우진이와 지수를 불러 집에 가서 싸운 얘기를 하라고 했다. 남 탓하지 말고 자기 잘못을 말하라고 꼭꼭 박아 말하는데 준혁이가 나를 부른다.

"선생님, 지금 우유 먹어도 돼요?"

헛웃음이 나온다.

"아이고 준혁아, 눈치도 없나? 지금 그거 물어볼 때냐? 빨리 풀어라" 하니 머쓱해져 고개를 끄덕이더니 문제를 푼다.

아이들이 이런걸. 아이들을 모르고 그저 내 생각만으로 대하는구나. 선생 노릇 제대로 하려면 공부 많이 해야겠다는 생각이 절로 든다. (4월 19일)

예쁜 지혜

〈즐거운 생활〉 시간에 찍기를 했다. 아이들이 준비물을 제대로 챙겨 오지 않아 준혁이가 가져온 고구마를 같이 썼다. 무늬나 색을 반복하여 찍어 꾸미는 거다. 지혜는 준혁이 자리를 부지런히 오가며 고구마 도장을 빌려 찍더니 다했다고 가지고 왔다. 잘 못했다고 생각했지만 덤덤하게 잘했다고 말해 줬다.

지혜는 책상을 치우고 걸레를 빨아 와서 자기 자리를 닦는다. 옆 짝 소연이 자리도 닦고 물감이 묻은 곳은 빼놓지 않고 싹싹 닦는다. 고 조 그만 손에 힘을 주어서. 준비물을 그대로 두고 구석에서 장난치는 선웅이 자리도 닦고, 붓 씻으러 간 준혁이 자리도 닦는다. 아무 말 없이 책상을 한 바퀴 돌면서 깨끗이 닦는다. 나는 가만히 지켜보다가 "야, 장지혜 봐라. 책상에 물감 묻은 거 다 닦는다. 지혜밖에 없다" 하고 큰 소리로 말했다.

지혜 얼굴은 동그랗고 봉실봉실하다. 이마에서 턱까지 보시시한 솜털이 가득하다. "지혜야, 아유, 어쩌면 이렇게, 할미꽃 솜털 같아. 그리고 어쩌면 코도 이렇게 동글동글하니!" 하면 수줍어서 내 책상에 기대 살짝 웃는다. 손바닥으로 얼굴을 살짝 훑어 내리면 동글동글한 얼굴이 그대로 느껴진다. 보들한 게 코끝도 말랑말랑하다. "진짜 동그랗네" 하면 지도 웃고 나도 웃는다.

나이가 어려 공부는 조금 떨어지지만 그건 문제가 안 된다. 지혜는 순박하고 마음씨가 곱다. 욕심 부리지 않고 다른 사람 괴롭히지 않는다. 청소할 때도 끝까지 남아 쓸고 닦는다. 꾀부리는 걸 못 봤다.

병원 갔다 오는데 멀리 길가에서 지혜가 동생이랑 놀고 있다. 반가워서 차를 세우고 "장지혜, 지혜야!" 소리쳐 부르면서 손을 막 흔들었다. 지혜는 수줍게 손을 어깨까지만 슬쩍 들어 보였다. (4월 20일)

준혁이한테 준 상

아침에 준혁이한테 초코파이 하나를 상으로 줬다. 글씨를 잘 쓴다고

192

쳤다. 준혁이 글씨는 정말 엉망이었다. 삐뚤삐뚤이라는 말로는 어림도 없고, 아주 날아간다고 해야 하나. 자기가 써 놓고도 못 읽을 때가 많다. 게다가 미술 연필로 자주 써서 시커멓게 번지니 더 지저분해 보인다.

그런데 달라졌다.

며칠 전 국어 시간에 글자 모양 바르게 쓰기를 했다. 쓰기 책에 말끔하게 잘 썼길래 "봐라, 너도 할 수 있잖아. 지금부터 이렇게 써. 알았지?" 했다. 그런데 그날 일기부터 다음 날 아침에 노래 공책 그리고 지금까지, 배운 대로 정성껏 쓴다. 그동안 몇 번이나 글씨 얘기를 해도 꿈쩍도 않더니.

'우아, 이렇게도 변하는구나.'

나는 놀라고 기뻐서 교무실에서 자랑하고 아이들한테도 준혁이 공책을 보여 주었다.

"야, 진짜다."

"선생님, 이제는 정말 잘 써요." 아이들도 놀란다.

준혁이가 나와 서고, 나는 왼손을 쫙 펴고 손바닥을 보면서 있지도 않은 상장을 읽었다.

"우리 반 모준혁은 글씨를 엉망진창, 귀신 빤스처럼 날아가게 썼는데 글씨 공부를 하고는 글자 모양을 살펴서 정성껏 잘 쓰므로 이 초코파이를 상으로 드립니다."

준혁이는 쑥스러운지 몸을 비비 꼬고, 나와 아이들은 웃으면서 손뼉을 쳤다. (4월 28일)

수학 시간

읽기 시간인데 1학년 아이들이 수학을 하자고 한다.

"수학 하고 싶어?"

"예, 선생님. 수학 해요. 수학 수학 수학!"

책상을 쿵쿵 두드리며 소리친다. 2학년들이 귀엽다는 듯 웃는다.

"그래 그럼, 수학 공부하자."

"안 돼요, 읽기 해요. 선생님 읽기 해요 네?"

영석이가 급하게 이야기한다.

혜진이가 "수학 공부하고 싶은 사람 손들어" 하니 아이들 셋이 손을 번쩍 든다. 그러니 영석이가 "읽기 공부할 사람 손들어" 하고는 자기 혼자 힘차게 손을 든다. 웃으면서 보고 있으니 자기들끼리 손을 들었다 내렸다 한다.

"영석아, 수학 하자. 다음에 읽기 하고 응?"

영석이는 고개를 흔들더니 작은 소리로 "안 돼요. 나, 수학책 없어요."

아이고 저런. 웃음이 나온다. 영석이한테 책 빌려 주고 우리는 덧셈 공부를 했다. (5월 2일)

소풍 갔다

비선대로 소풍을 갔다. 스물한 살, 1월에 가 보았으니까 십몇 년 만인가? 그때는 눈이 다져서 미끄러운 길을 걸었지. 동무 셋이 갔는데 혼자인 듯 마음이 쓸쓸했지.

오늘은 수학여행 온 학생들로 산이 꽉 찼다. 비선대로 소풍을 간다고 했을 때 호젓한 산길을 걷겠구나 생각했는데, 이건 사람 숲을 헤치고 걷는 꼴이다. 산이 몸살을 앓는구나 싶다. 그래도 숲길에 들어서니 나무가 하늘로 죽죽 뻗고 사이사이로 햇살이 비친다. 바람이 슬쩍 지나가니 참 좋다. 하늘을 쳐다보면서 "혜진아, 아름답다. 나무 좀 봐" 하니 "야, 아름답다. 선생님 나무숲 속에 들어오니 시원해졌어요. 아까는 더웠는데요. 나무가 해를 막아 주어서 그래요" 한다.

걷기가 힘든지 언제 밥 먹냐고 아이들이 자꾸 묻는다. 지수가 뒤따라오면서 "야, 너 김밥 먹을 생각밖에 안 나지?" 자기도 그렇다는 거겠지. 아이들 마음이 그대로 느껴진다.

점심 먹고 내려올 때는 사람이 많이 줄어서 느긋하게 걸었다. 앞에 가던 혜진이가 나를 기다리더니 손을 잡는다.

"선생님, 바람 불어요. 좋아요."

"그래, 바람이 불어 내 머리칼이 날리네. 우아, 부드럽다. 내 얼굴을 만지고 지나간다."

잠깐 눈을 감았다.

"선생님, 바람이 살랑살랑."

"으음, 바람이 사아쏴아…… 바람이 소사사사 소사사사 하는 것 같애."

공원으로 나오니 시멘트 바닥에 먼지바람이 분다. 먼저 온 아이들은 오락실과 인형 뽑기 기계 앞을 기웃거린다.

나는 혜진이랑 나무 아래 앉아 쉬었다. "엄마가 섬 그늘에 굴 따러어

가면……" 노래가 그냥 흘러나왔다.

"선생님, 그 노래 배웠어요?"

"응."

"어디에서요."

"초등학교 때 배운 노래야."

혜진이는 나한테 몸을 기대고 앉고 나는 아이 머리에 내 얼굴을 가만히 대고 있다가 일어섰다.

그리고 아이들을 데리러 오락실에 들어갔다. 성신이 하나도 없다. 오락실에서는 아이들이 제정신을 지니지 못하겠다. 자기도 모르게 마음이 뜰 수밖에 없겠다. 화면이랑 소리들, 그 분위기만으로 미쳐 버릴 것 같다. 안 되겠다. (5월 10일)

우리는 동무

아침에 교실에 들어오자마자 영석이가 "선생님 영수가요, 나를 팼어요" 하며 눈물을 쓱 닦는다. 영수는 쟤가 먼저 때렸다며 그저 싱글싱글 웃는다.

"영수야, 영석이 우니까 미안하다고 하고 안아 줘라."

영수는 비적비적 영석이 옆에 가더니 나를 빤히 본다. 그 얼굴이 '어떻게 안아?' 하고 묻고 있다. 안기가 영 쑥스러운가 보다. 지켜보던 2학년 동후가 한마디 한다.

"영수야, 안아. 여자라고 생각하고 안아. 애인이라고 생각하고 안아."

뭐라고, 여자라고 생각하고 안으라고? 거참, 재미있네.

교무실에 갔다 오니 영석이는 아직 화가 풀리지 않아 퉁퉁 부어 있다. 볼을 감싸고 "아직도 화 안 풀렸어요?" 하니 고개를 끄덕인다. "이제 화 풀어요. 싫어요?" 또 고개를 끄덕인다. 등을 한번 감싸 안아 주고 내 자리로 와 일하다 보니 어느새 영수와 영석이가 붙어 앉아 놀고 있다. 영석이가 먼저 때렸다고 사과했단다. (5월 12일)

영수를 울렸습니다

우리 반 싱글이 영수는 오늘 나하고 읽기 공부하면서 울었습니다. 거너더러, 고노도로, 카타파하. 몇 번을 되풀이해도 잘 몰라 나도 모르게 목소리가 높아지고 눈이 사나워졌습니다. 아이고 답답해. 신경질을 내며 책상을 탁탁 쳤습니다.

영수도 한숨을 폭폭 쉬며 답답해하더니 그만 눈물을 찔끔 흘립니다. 눈자위가 불그레해졌습니다. 그제야 나는 정신이 번쩍 들어 이제 그만 하자고 했습니다. 울지 마, 영수야. 나도 울 것 같아. 울지 마.

점심 먹고 내가 소리 질러 미웠냐고 물었더니 웃으면서 아니라고 해 마음 놓았습니다.

김광견, 양양 회룡초등 (2001.5.16)

교사,
부끄러움을 견디는 사람들

나눗셈이 뭐길래

요즘 나눗셈 공부를 하고 있다. 두 자릿수 곱셈을 공부할 때도 아이들이 참 힘들어했는데 나눗셈도 역시 만만치 않다. 수 모형을 직접 묶어 보기도 하고 숫자를 써서 계산하는 것도 꽤 여러 번 반복했지만 많은 아이들이 여전히 제대로 이해를 못하고 있는 것 같다.

오늘은 아주 작정을 하고 나눗셈 공부를 시작했다. 공들여서 학습지도 만들고, 설명하는 과정도 좀 더 단순하고 쉽게 다듬어서 오늘이야말로 반드시 나눗셈을 끝내리라! 마음을 먹고 공부를 시작했다.

드디어 여기저기서 깨달음의 탄성이 터져 나왔다.

"아! 이제 정말 알 것 같아요."

재영이 말을 시작으로 아이들이 여기저기서 이제 나눗셈을 정말 확실하게 알았노라고 소리를 질렀다. 그리고 나는 믿었다. 아이들은 이제 나눗셈을 잘할 수 있을 거라고.

하지만 내 믿음은 짝끼리 점검하는 과정에서 바로 깨졌다. 여전히 많은 아이들이 문제를 정확하게 해결하지 못하고 있었던 것이다. 이젠 슬슬 화가 나기 시작했다.

"우영이, 너는 그렇게 삐딱하게 앉아서 들으니깐 이해를 못하지!"

"재호, 선생님이 의자 흔들지 말라고 했지!"

"수정이, 너는 지금 듣고 있는 거야? 집에 갈 생각만 하는 거야?"

이미 집중할 수 있는 시간을 훌쩍 넘겨 버린 아이들에게 나는 온갖 트집을 잡으면서 똑바로 잘만 들으면 나눗셈을 할 수 있을 거라고 열변을 토했다.

"오늘 나눗셈을 제대로 하지 못하면 집에 못 갈 줄 알아!"

아이들은 갑자기 무섭게 다그치는 내 눈치를 살피며 나눗셈 계산을 하다가 마치는 시간을 훌쩍 넘기고 겨우 집으로 돌아갔다.

하지만 끝까지 나눗셈을 이해하지 못한 몇 명은 수업을 마치고도 보충을 했다. 아이들이 힘들어하는 표정이 역력했지만 포기하지 않고 끝까지 가르쳤다. 가르치면서 소리도 막 질렀다. 겨우, 끝났다. 아이들은 너무 지쳤는지 인사도 제대로 하지 않고 교실을 나갔다.

벌써 오후 4시가 넘었다. 물을 한잔 마시려고 교무실로 내려갔더니, 오늘 두창분교를 본교로 승격시켜 달라는 집회를 하느라 용인교육청에 다녀온 어머니들이 힘이 쭉 빠진 모습으로 앉아 계셨다. 아침부터, 아니 며칠 전부터 오늘 집회를 위해 준비를 많이 했는데 성과가 좋지 않았던 모양이다. 하지만 어머니들은 할 말은 다했고, 할 수 있는 것은 다했다면서 애써 웃고 있었다. 그 옆에는 오늘 집회 때 쓴 피켓이 놓여 있었다.

"머리 좋은 선생님보다 마음이 따뜻한 선생님이 좋아요."

"두창분교는 공교육의 희망입니다."

"아이, 교사, 학부모가 행복한 두창입니다."

피켓에 쓰여 있는 글들을 보는 순간 나는 땅을 파고서라도 그 안으로 들어가 숨고 싶어졌다. 내가 나눗셈을 가르치겠다며 하루 종일 아이들을 다그치는 동안에 어머니들은 저 피켓을 들고 차가운 바람을 맞으며 교육청 앞을 지켰겠구나 생각하니 차마 어머니들 눈을 똑바로 바라볼 수가 없었다.

좀 더 여유를 가지고, 아이들이 이해하기 쉽도록 차근차근해도 좋았을 것을 왜 그렇게 조급한 마음으로 아이들을 다그쳤을까. 후회하는 마음이 밀려왔다. 이런 선생이 있는 학교를 지켜 달라며 저 어머니들은 두렵고 복잡한 마음을 다잡으며 집회에 참여했단 말인가.

오늘도 난 아이들을 나에게 끌어다가 맞추려는 잘못을 되풀이했다. 무엇보다 아이들 마음을 귀하게 여기고 보살펴야 한다는 것을 또 잊었다. 끝까지 가르쳐 보겠다고 그런 것이 아니냐고 변명해도 소용없다. 그냥 내 욕심에 아이들을 다그친 것뿐이다. 내 양심이 그걸 안다.

(10월 27일)

수정이의 진짜 마음

"선생님, 수정이가 재영이 뺨을 때렸어요."

아침에 잠깐 회의가 있어 교무실에 내려갔다가 올라오는데 성미가 놀란 얼굴로 달려와 수정이가 재영이 뺨을 때렸다고 한다.

"뭐! 뺨을 때려!"

교실로 들어오니 재영이는 얼굴이 빨개져서 눈물을 글썽이고 있고, 수정이는 굳은 얼굴로 주먹을 꽉 쥐고 있었다.

"수정아, 네가 재영이 뺨을 때렸어?"

"재영이가 제 마술 손가락을 안 주잖아요."

"그래서 때렸단 말이야!"

"짜증 나잖아요!"

"재영이는 왜 수정이 손가락을 가지고 갔어?"

"그게 아니라……. 민성이가 마술 손가락을 가지고 놀다가 저한테 준 거예요. 저는 그게 수정이 건 줄 몰랐어요. 그래서 달라고 해서 돌려주려고 했는데 갑자기 때렸어요."

"수정이는 재영이가 돌려주려고 했다는데 왜 때렸어?"

"아니에요! 달라고 했는데도 안 줬단 말이에요!"

수정이는 정말 억울하다는 듯 주먹을 다시 불끈 쥐면서 소리를 질렀다. 나는 갑자기 맥이 풀렸다. 정말 화가 나면 마음이 이렇게 담담해지는 걸까. 수정이에게 정말 화가 났는데 소리도 지르고 싶지 않고 야단치고 싶은 마음도 없다. 설마 이건 아이를 포기하는 마음인가?

수정이는 학기 초부터 친구 관계 때문에 어려운 일을 많이 겪었다. 친구하고 어울려 노는 것을 좋아하고 정도 많은 아이인데 싸움과 갈등이 일어나는 곳에 늘 수정이가 있었다. 아이들은 수정이가 자꾸 짜증을 내고, 갑자기 소리를 지르고, 비밀을 잘 지키지 않아서 싫다고 하고 수정이는 아이들이 자기만 싫어한다고 슬퍼한다. 더구나 공부 시간에 집중을 잘 못하고, 모둠 활동을 하면서도 자꾸 짜증을 내다 보니 나한테 지적도 많이 받게 되고, 그럴수록 수정이는 더 까칠해지는 악순환이 계속되고 있다.

그래도 수정이를 감싸려고 나름 노력을 했다. 수정이가 겉으로는 강하고 거칠게 말하지만 그것은 오히려 마음이 약해서 그런 거라고 다른 아이들을 설득하며 수정이하고 잘 지낼 수 있도록 나름대로 배려를 많이 했다고 생각했는데, 오늘 수정이가 별것 아닌 것으로 친구 뺨까지 때리니 정말 이제 더 할 게 없구나 하는 마음이 들었다.

"이건 수정이가 재영이한테 사과를 해야 할 것 같은데……."

"미안해."

정말 성의 없게 사과를 한다.

"수정아, 선생님이 수정이가 친구 때문에 힘들다고 하면 많이 도와준 거 맞지?"

"네."

"너 지난번에 5학년 언니들이 너만 미워한다고 그랬을 때도 선생님이 5학년 언니들 다 불러다가 이야기해서 풀어 준 것도 알지?"

"네."

"수정이도 자꾸 자기 억울한 것만 말하지 않고 수정이가 친구들을 힘들게 하는 것도 인정하고 고치겠다고 여러 번 약속했지?"

"네."

"선생님은 정말 수정이 도와주려고 노력했는데 수정이는 노력을 안하는 것 같아. 그래서 선생님이 너무 섭섭하고, 지쳤어. 이제 수정이 도와주는 거 더는 못 할 것 같아. 네가 노력하는 모습 보여 주지 않으면 이제 나도 안 할 거야. 그렇게 알고 들어가."

나는 언성도 높이지 않고 수정이에게 내가 할 말만 하고 들어가라고 했다. 수정이가 늘 되풀이하는 변명을 듣고 싶지 않았고 어쩌면 이건 내가 할 수 있는 부분이 아니라는 생각도 들었다. 그냥 다 놔두고 싶었다. 5, 6교시 음악 전담 시간에 아이들 일기장을 살펴봤다. 수정이 일기장을 폈다.

선생님께

선생님 수정이에요. 요즘 선생님과 친구들이 노력해 준 덕에 잘 지내고 있어요. 저도 노력했지만 친구와 선생님의 노력이 더 크죠. 앞으로 친구들이랑 잘 지낼 수 있게 도와주실 거죠? 그죠? 전 선생님과 소진이와 서연이처럼 친해지고 싶어요. 사랑해요.

갑자기 눈시울이 뜨거워졌다. 바로 어제저녁에 수정이는 이렇게 예쁜 마음으로 나에게 편지를 썼다. 그런데 왜 그 마음이 하루를 가지 못하는 것일까? 지금 이 일기장에 쓰여 있는 것이 수정이 진짜 마음일 텐데, 왜 수정이는 진짜 마음을 자꾸 감추는 것일까? 스스럼없이 나에게 매달리고 안기는 서연이와 소진이를 보면서 수정이는 어떤 생각을 했을까? 나는 수정이를 제대로 안아 준 적이 있었나? 수정이도 나름대로 노력한다는 것을 인정해 준 적이 있었나? 마음이 복잡해졌다.

나는 오늘 아침에 수정이를 그냥 놔두고 싶었다. 하지만 수정이 편지를 보는 순간 잠깐이라도 수정이에게 그런 마음을 가졌다는 것에 죄책감을 느꼈다. 지금 나는 수정이를 이해하고 사랑하는 것이 힘들지만 그렇다고 사랑을 포기해서는 안 된다. 포기하지 않으면 언젠가 수정이를 이해할 수 있을지도 모른다. 수정이를 사랑하는 게 힘들어질 때마다 이 일기장에 담긴 수정이의 진짜 마음을 기억하자. 그렇게 다짐하고 나니 수정이를 다시 사랑할 수 있는 마음이 생기는 것 같다. (11월 4일)

억지로 와 주셔서 감사합니다

신수진 선생님께

신수진 선생님 연주회에 와 주셔서 감사합니다. 시간도 없으신데
시간을 억지로 내셔서 와 주셨죠. 너무너무 감사합니다. 다음에
또 할 것이니까 꼭 와 주세요! 선생님 사랑해요~ ㅋ -정연 드림-

아침에 정연이가 건네준 쪽지를 읽으니 "시간을 억지로 내셔서" 하
는 말이 자꾸 걸린다. 억지로라도 시간을 내서 와 주었으니 감사하다는
내용이지만 나는 자꾸 정연이에게 미안했다.

지난주 금요일에 가까운 면사무소 강당에서 작은 음악회가 열렸다.
피아노 학원에서 여는 작은 음악회인데 주인공은 대부분 우리 두창 아
이들이다. 수정이와 정연이는 며칠 전부터 음악회 초대장을 주면서 자
신들이 피아노도 치고 리코더도 연주하니깐 꼭 와 달라고 했다.

"선생님, 연주회에 오실 수 있죠? 꼭 오세요."

"몇 시에 하는데?"

"저녁 6시에 시작해요. 빨리 오면 간식도 줘요."

"그래? 그럼 지나가는 길이니깐 들러 보지 뭐."

나는 건성으로 대답을 했는데 아이들은 좋다고 한다.

아이들 연주회가 있던 지난 금요일, 이상하게 아침부터 머리가 아팠
다. 두통약을 한 알 먹었는데도 나아지지 않고 마지막 시간에 아이들과
다망고 놀이를 하면서 뛰었더니 깨질 듯이 머리가 아팠다. 겨우 알림장
을 써 주고 엎드려 있는데 정연이가 다가왔다.

"선생님, 연주회에 오실 거죠? 방기정 선생님은 오신다고 했는데."

"그래? 근데 선생님 머리가 너무 아프고, 8시에 약속도 있고……."

나는 오후 운동 시간을 약속 시간으로 살짝 바꾸어 갈 수 없다는 말을 돌려서 했다.

"그럼 못 오세요? 오시면 좋은데……."

정연이가 실망하는 표정을 보니 이건 아니다 싶어서 "그래. 정연아, 선생님이 이따가 봐서 가든지 안 가든지 할게."

나는 가겠다는 것도 아니고 안 가겠다는 것도 아닌 애매한 말로 얼버무리고 정연이를 보냈다.

퇴근 시간이 되었다. 내일은 쉬는 토요일이니 빨리 집에 가서 운동하고 쉬었으면 좋겠다는 생각이 간절했다. 하지만 연주회가 자꾸 걸려서 이러지도 저러지도 못하고 있다가 방기정 선생님은 어떻게 하실지 궁금해서 교무실로 내려갔다.

"선생님, 오늘 연주회 어떻게 하실 거예요? 저는 갈까 말까 망설이는 중인데요."

"가야지. 아이들한테 간다고 약속했어요."

역시 나하고는 다른 선생님이시다. 갑자기 당연히 지켜야 할 약속을 망설이고 있는 내가 부끄러워졌다.

"그럼, 저도 함께 갈게요."

방기정 선생님과 아이들에게 줄 꽃을 사 들고 연주회에 가니 아이들은 벌써 연주회 준비를 마치고 앉아 있었다. 예쁜 드레스를 입고 조금 긴장된 모습으로 연주회를 기다리고 있던 아이들은 나와 방기정 선생님을 발견하고 큰 소리로 "선생님!" 외치며 달려와 안겼다. 갑자기 주변이 소란스러워져 몹시 당황스럽고 창피했지만 아이들이 이렇게 우리를 기다렸구나 생각하니 기쁘고 고마웠다.

하얀 드레스를 차려입은 정연이와 수정이는 그야말로 천사 같았다. 이 모습을 보여 주고 싶어서 그렇게 오라고 했구나 생각하니 갈까 말까 망설였던 그 마음이 다시 부끄러워졌다.

연주회가 시작되었다. 정민이와 서연이 말고 다른 아이들 연주는 그야말로 초보 수준이었다. 하지만 그런 게 전혀 문제가 되지 않았다. 주어진 곡을 실수하지 않고 연주하기 위해 최선을 다하는 모습, 무사히 연주를 마치고 환하게 웃는 모습. 그것으로도 충분하고 아름다웠다.

연주회에 가기를 정말 잘했다. 천사 같은 아이들 모습을 본 것도 좋았고, 그 작은 연주회가 마치 커다란 공연인 것처럼 사진을 찍고 기뻐하며 아이들을 응원하는 부모님들 모습도 아름다웠다. 무엇보다 연주회에 다녀오면서 나는 나에게 부족한 한 가지를 또 알게 되었다. 아이들의 작고 사소한 일상을 가장 중요한 일로 여기며 함께 기뻐하고 슬퍼하는 마음. 그 마음이 나에게 부족했던 것이다. 나에게는 아주 사소하고 작은 일이지만 그것이 아이들에게는 결코 작고 사소한 일이 아니라는 것을 늘 기억해야겠다. 아이들과 기쁘게 약속하고, 그 약속을 성실하게 지키는 일을 가볍게 여기지 말아야겠다.

"정연아, 억지로 시간을 내서 온 거 정말 미안해. 다음엔 억지로 시간을 내지 않고 기쁘게 시간 내서 갈게~^^"

신수진, 용인 두창분교 (2011.12)

꼴찌도 아무나 히는 거 아니다

오늘은 6학년 체육대회 하기로 한 날.

새벽부터 구름이 끼어 흐리고 빗방울이 한두 방울씩 떨어지더니 비가 온다. 그래도 구름 사이로 해가 조금 보인다. 아이들은 기대하고 학교에 왔는데 비가 오니 자꾸 묻는다.

"선생님, 오늘 체육대회 어떻게 해요?"

"비가 안 그치면 체육관에서 해야겠지?"

"무슨 체육대회를 체육관에서 해요."

날씨가 맑아서 운동장에서 마음껏 뛰놀면 좋겠는데 어두컴컴한 체육관에 가려니 내 마음도 개운치가 않다. 둘째 시간부터 나가기로 했는데 나갈 때가 되니 신기하게도 해가 난다. 운동장에 모여 의논했는데 줄다리기와 피구 먼저 하다가 햇빛에 트랙이 마르면 마지막으로 반별 이어달리기를 하기로 정했다. 우리 학교는 운동장 가운데에 인조 잔디를 깔고, 우레탄으로 트랙을 둘렀는데 비가 오면 미끄러워서 달리기하기엔 위험하다.

첫 번째 경기로 줄다리기. 다섯 반이라서 담임들이 가위바위보를 해 이긴 반은 경기 없이 올라가기로 했다. 1반과 2반, 4반과 5반이 한 번씩 겨루고 이긴 반과 3반이 겨루기로 했다. 우리 반은 4반인데, 5반과 겨룬다고 하니 애들이 걱정부터 한다.

"선생님, 5반은 운동 잘하는 애들이 얼마나 많은데요."

"괜찮아. 호루라기 불면 바로 몸을 뒤로 눕혀. 그리고 구령을 외치자. 뭐라고 할까? 하나둘? 영차 영차?"

"선생님, 우리 '뜨시 뜨시' 하면서 해요."

"뜨시"는 우리 반 우영이가 자주 하는 감탄사인데, 내가 무슨 말을 하면 "네" 대신에 "뜨시" 한다. 무슨 뜻인지 모르지만 은근히 재미있어서 그걸 외치면서 당기기로 했다.

"준비, 시작."

시작하자마자 이게 웬일인가? 힘 한번 써 보지도 못하고 질질 끌려가는 우리 반. 내가 옆에서 "뜨시 뜨시" 외쳐도 보고 뒤로 누우라고 했지만 와르르 앞으로 엎어져 버렸다.

"선생님, 뜨시는 한 번 외쳐 볼 틈도 없이 이게 뭐죠?"

져서 속상한 마음보다는 황당해서 웃음만 나왔다. 처음이라 긴장해서 그렇다고 괜찮다고 다독이며 자리를 바꾸고 다시 시작하는데 또 질질 끌려간다. 그 모습이 우습기도 하고 안타깝기도 해 다른 반 선생님들까지도 와서 응원해 주시는데 조금 버티는가 싶더니 또 와르르.

"선생님, 5반 애들은 밥을 매일 두 그릇씩 먹나 봐요. 무슨 힘이 저렇게 세요?"

결국 5반은 3반도 이기고, 2반도 이기고 우승을 했다. 그런 강적을 처음부터 만났으니. 4등과 5등을 가리기 위해 2반에 진 1반과 겨루었는데, 이번엔 조금 팽팽한가 싶더니 또 줄줄 딸려 들어간다. 그래도 1반은 이길 수 있지 않을까 기대했는데 제대로 힘 한번 써 보지 못하고 졸지에 6학년 대표 약골 반이 되어 버렸다. 1반 선생님이 웃으면서, "4반은 딱 보니 못 이기겠어. 애들이 고만고만하게 자잘하구만. 선생님 닮았나 봐."

반 아이들이 담임선생님 말투나 행동, 성격 닮는다는 얘기는 들어

봤지만 약골도 닮는 걸까? 아무튼 이렇게 허탈하게 진 줄다리기는 처음이다.

두 번째로 피구 시합을 했다. 이번에도 하필 5반과 겨루게 되었는데, 아이들 말을 들어 보니 5반은 1학기 때 1, 2, 3반과 겨루어서 다 이긴 적이 있다고 한다. 우리 반은 다른 반과 피구를 해 보지 않아 아직 실력을 모른다. 또 5반이랑 하냐고 두려워하길래 작전을 짰다. 다이아몬드 모양으로 공을 주고받으며 던질 기회를 노리고, 다이아몬드 모양으로 재빠르게 옮겨 다니면서 5반 정신을 쏙 빼놓는 것으로.

하지만 시작하자마자 다이아몬드 작전은 어디 가고 금세 열 명쯤 우수수 밖으로 나갔다. 아이들이 이대로는 안 되겠다고 정신을 바짝 차리기 시작했다. 기윤이와 우영이가 마지막까지 남아 버텨 보았지만 2 대 0으로 졌다. 우리 반 아이들은 더 풀이 죽고, 5반은 줄다리기에 이어 피구까지 이기니 함성과 박수 소리가 끊이지 않는다. 이렇게 되고 보니 애들 경기인데 나도 모르게 괜히 서운하다.

마지막으로 반별 이어달리기. 달리기 잘하는 대표 몇 명만 뽑아 하는 것이 아니라 반 아이들 모두가 이어달리는 경기인데, 남자와 여자가 번갈아 가며 뛴다.

출발 신호와 함께 달려 나가는데 정의가 2등으로 기분 좋게 출발. 이어달리기는 희망이 있겠다 싶었다. 중간에 홍민이가 아주 잘 뛰어 그때부터 계속 큰 차이로 1등 자리를 놓치지 않았다. 중간중간 차이가 좁혀지기도 했지만. 그러다가 성호가 뛸 차례인데 열심히 뛰라고 말했더니 얼굴빛이 심상치 않다.

"선생님, 실은 저 바지가 헐렁해요."

"바지? 그런데 어쩌나. 지금 너 나가야 하는데. 바지 꼭 잡고 뛰어라"
하고 등을 떠밀었다. 그런데 뛰어나가는 뒷모습을 보니 정말 바지가 내
려오려고 한다. 서 있을 땐 몰랐는데 허리가 큰 바지를 허리띠 없이 한
손으로 움켜쥐고 키도 큰 녀석이 엉거주춤 힘겹게 뛰는 걸 보니 마음
이 아프다. 뒤에 아이랑 차례를 바꾸어서 봐주었으면 좋았을 텐데 대수
롭지 않게 여기고 급하게 내보낸 것이 미안했다. 2등으로 달려오던 5
반 아이와 조금씩 사이가 좁아지더니 5반이 앞서게 되었다. 마지막 남
녀 주자인 창희와 지연이가 온 힘을 다해 달려 보았지만, 이어달리기
도 5반이 우승. 우리는 2등을 하는가 싶었는데 결승점 바로 앞에서 뒤
에 오던 1반 여자아이가 따라잡아 3등이 되었다. 그래도 모두 잘했다
고 말하고 있는데 마지막에 뛰었던 지연이가 눈물을 글썽인다. 2등도
못 하고 3등을 한 것이 자기 탓이라고.

교실에 들어와서 엎드려 우는 지연이에게 성식이가 웃으며 말한다.

"지연아, 할 만큼 했잖아. 너 3등 우습게 보지 마라."

그 말이 재미있어서 우리 모두 웃었다.

"애들아, 우리 마지막이라 누구보다 마음이 무거웠을 텐데 잘 뛰어
준 지연이에게 손뼉 쳐 주자."

"선생님, 처음에 뛴 정의도요."

"그래, 처음에 제일 떨렸을 텐데 잘 뛴 정의에게도 손뼉."

"잠깐이었지만 1등으로 뛰어 준 홍민이에게도 손뼉."

"잘 뛴 사람도 잘 못 뛴 사람도 모두 손뼉."

그때 현우가 한마디 한다.

"야, 줄다리기 꼴찌도 그거 아무나 하는 거 아니다. 아무리 하고 싶어도 한 반밖에 못 하는 거 우리가 한 거다."

"맞아. 우리는 아무나 못 하는 꼴찌 했다."

함께 소리 지르고 나니 풀 죽었던 기분이 풀리고 마음이 가벼워진다. 지연이도 고개를 들고 웃는다. 헐렁한 바지를 움켜쥐고 끝까지 뛰어 주었던 성호도 얼굴이 밝아 보여 마음이 놓인다. 그런 성호를 탓하지 않았던 아이들 마음도 고맙고 생각지도 못한 말로 친구들 기분을 풀어 주는 재치 있는 녀석들도 고맙다. 줄다리기에서 지고 나서 피구나 이어달리기에서 한번쯤은 이겨 줬으면 했던 내 마음도 1등보다 즐거운 꼴찌들의 저 여유로움 속에 날려 보낸다. 오늘은 꼴찌 해서 행복한 날이다.

권보리, 서울 숭곡초등 (2009.11)

9년 만에 다시 만든 문집 이야기

1988년, 제가 선생 노릇 시작한 지 4년째 되던 해, 연지초등학교에서 6학년 8반을 맡았습니다. 그 아이들은 여지껏 제가 만난 아이들 가운데 가장 기억에 남는 아이들입니다. 언제나 저보다 한 발 앞서 나가서 저를 놀라게 했어요. 저는 생각도 못 하고 있는 일을 아이들은 척척 벌이는 겁니다. 저는 그저 깜짝깜짝 놀라기만 할 뿐이지요. 늘 그랬습니다. 그 아이들과 함께 지냈던 일을 조금만 이야기해 볼게요.

그때 저는 친정집같이 따뜻하고 정들었던 첫 학교를 떠난 슬픔 때문에 처음엔 그 아이들에게 거의 관심이 없었습니다. 아이들 반응도 무심결에 흘려버렸지요. 학급 살림을 이리저리 꾸려 가면서도 대단한 의도나 기대는 없었습니다. 서너 달 지나고 제 마음이 정리되고 보니 아이들이 어느새 제 곁에 바싹 다가와 있음을 알았습니다. 아이들과 저는 조금씩 한 덩어리가 되어 갔습니다.

1년 동안 우리 교실에서는 싸움이 한 번도 없었고, 남의 것을 훔치는 일도 없었습니다. 아, 한 번 있긴 있었네요. 윤희가 알토 리코더를 잃어버린 적이 있었어요. 그런데 그다음 날 아침 윤희 책상 안에 도로 가져다 놨더군요. 저도 아이들도 모두 놀랐습니다. 사실 저 자신도 정말로 리코더가 돌아오리라고 확신하지 못했거든요. 그런데 정말 도로 갖다 놨어요. 그 일로 우리는 더욱 서로를 믿게 되었지요. 그 뒤 다른 사람 물건을 가져가는 일은 두 번 다시 일어나지 않았습니다.

아이들은 여자 남자 가리지 않고 골고루 친하고 서로 좋은 점을 찾아 인정해 줬습니다. 제가 교실에 없을 때 오히려 저희들끼리 더 잘해요. 반장인 성규가 앞에 나가서 "우리 이런 거 하자" 하면 아이들이 다 따라 주는 겁니다. 성규는 마음이 여리고 부드러운 편이어서 아이들을 휘어잡거나 하는 일은 있을 수 없었지요.

졸업을 앞둔 2월에는 저희들끼리 시간표를 다시 짜서 지냈습니다. 학교에 와서 정말 하고 싶은 것들을 골라 시간표를 다시 짜는데 보니까 참 신통해요. 무조건 노는 것만 찾는 게 아니라 글쓰기 시간도 넣고, 제 어린 시절 이야기 듣는 시간도 넣고, 다 못 배운 과목도 넣고, 하는 일 없이 빈둥빈둥 지내보는 시간도 갖고…….

이런 일도 있었습니다. 장구를 교실에 걸어 두고 1년 내내 아이들이 마음대로 두드리게 했습니다. 심심하면 장구를 두드리다 보니 기본 장단을 못 치는 아이가 거의 없었지요. 그런데 수학여행을 가는 날 아침, 아이들이 저보고 장구를 가져가자고 해요. 참 좋은 생각이다 싶어 버스에 실으라고 했지요. 그런데 정작 놀란 사람은 버스 기사 아저씨였습니다. 요즘은 워낙 노래방 시설이 잘돼 있어 장구 치며 노는 어른들이 별로 없지만 그때만 해도 어른들이 관광지에서 장구 치며 노는 일을 흔히 볼 수 있었지요. 장구 치며 춤추고 노는 어른들 모습만 봐 왔던 기사 아저씨가 아이들이 장구를 가지고 수학여행 간다니 놀랄 수밖에요. 아저씨는 버스 맨 뒷자리에 실어 놓았던 장구가 버스 밖에서 보이는 게 신경 쓰였는지 슬그머니 들고 나가 짐칸에 넣더군요.

그날 저녁 6학년이 모두 모여 장기 자랑을 하는 시간, 우리 반 아이들이 모두 나가더니 한 아이는 장구 치고 나머지는 그 소리에 맞춰 '진주 난봉가'를 부르더군요. 중학교에 들어가고 난 뒤 반창회를 한 적이 있는데, 제가 교무실에서 아는 선생님과 잠시 이야기를 하고 있는데 교실에서 장구 소리가 났어요. 먼저 온 아이들이 동무들을 기다리며 자료실에서 장구를 꺼내 와 장구 치며 노래를 부르고 있었습니다.

고등학교 때 했던 반창회에서는 저보고 한 시간 수업을 해 달라고 미리 알려 주더군요. 저는 〈녹색평론〉에 실린 '쇠고기를 넘어서'라는 글을 가지고 이야기했습니다. 아이들은 그동안 썼던 일기장을 가져와 돌아가며 한 편씩 읽었습니다. 초등학교를 졸업한 뒤 자기 말대로 "거짓말 하나도 안 보태고" 일주일 내내 울었다는 성규 일기와 중학교 때 좋아한 여선생님 결혼식에 갔다 온 날 가슴 허전했던 일을 적은 상길이 일기가 아직도 생각이 납니다. 저는 여지껏 그렇게 진지하고 감동 있는 반창회는 처음 봤습니다. 늘 그랬습니다. 저는 도저히 생각지도 못할 일을 아이들은 저희들끼리 준비하고 이끌어 가고, 저는 속으로 감탄만 하면서 따라가는 기지요.

그러던 아이들이 이번에는 초등학교를 졸업한 지 9년 만에 다시 문집을 만들겠다고 했습니다. 지난해 여름방학이 시작되기 전, 대학에 다니는 아이 둘이 찾아와 문집 이야기를 꺼내더군요. 저보고는 아이들이 글을 쓰고 싶은 마음이 들도록 편지를 한 통 써 달라고 하대요. 마음 느긋하게 먹고 여름과 가을 동안 글을 모아 겨울방학쯤에 만들기로 했습니다. 글이 몇 편밖에 모이지 않더라도 실망하지 말자고, 그것만으로도 값진 일이라고 말해 주었습니다.

역시 생각했던 대로 글이 잘 모이지 않나 봅니다. 그래서 가을이 끝나 갈 때쯤 다시 아이들에게 편지를 띄우고 전화도 했답니다. 문집 만드는 걸 반가워하는 아이가 있는가 하면, "새삼스럽게 글은 무슨……" 하는 아이도 있더랍니다. 나중엔 한 아이가 연락 안 되는 다섯 아이씩 맡아 요즘 어디서 무슨 일을 하며 사는지만이라도 알아 오기로 하더군요. 그래서 올 2월에 마침내 책으로 엮어져 나왔습니다.

문집을 내면서 아이들은 이렇게 적고 있습니다.

"……어려움이 많았습니다. 우선 주소부터 알아내야 했죠. 그 과정에서 많은 아이들을 오랜만에 다시 만나게 되기도 했습니다. 뜻을 이야기하고 글을 부탁했습니다. 그리고 글이 어렵게 어렵게 모였습니다.

9년 만에 글을 보이자니 쑥스러웠는지 대부분 편지 형식으로 인사하는 글이 많습니다. 하지만 용감하게 자신의 깊은 곳을 함께 나누고자 하는 글들이 있어 반갑습니다. 이 문집으로 서먹서먹함이 사라지고 그 다음 호에는 더욱 아프고 부끄럽게, 그래서 진솔한 나날이 담긴 글을 나눌 수 있으리라 믿습니다. 그래서 살아가는 데 힘을 얻고 기쁨을 느꼈으면 좋겠습니다."

문집을 다 나누고 나서 몇몇 아이들이 제게 전화를 해 주었습니다.

고운이는 여지껏 서로 연락이 안 됐는데 어떻게 문집을 전해 받아 읽고는 바로 전화했더군요. "현대백화점 지하 식품부에 다니거든예. 선생님 한번 놀러 오세요." 아직 한 번도 안 가 본 현대백화점에 고운이 보러 한번 가 볼 생각입니다. 자현이는 고등학교 때 보고 못 봤는데 밤 10시 반이 넘어 전화 걸어왔습니다. 인제대학교 의과대학에 다니는 자현이는 지금 백병원에서 수업을 받고 있느라 집에 자주 못 오는데 오늘 집에 와 보니 문집이 와 있어 후딱 다 읽고 전화한다고 했습니다. 그러면서 아이들 글을 보니 지금 하는 일은 다 다르지만 모두 자기중심을 가지고 사는 듯해 마음이 놓인다고 했습니다. 다음 날 저녁엔 서울에서 상길이, 용수, 윤진이가 성규 하숙집에 모여 문집 읽으며 제게 전화를 했더군요. 네 명과 돌아가며 이야기를 나누었습니다. 용수는 여전히 순진한 목소리로 "선생님, 초등학교 6학년 때를 한 번도 잊은 적이 없어예" 합디다.

돌이켜 보면 이 아이들에게 제가 배운 게 더 많습니다. 그전까지 저는 적어도 어른이 풀어 나가야 할 일과 아이들이 할 수 있는 일이 따로 있다고 생각하고 있었습니다. 그러나 그게 아니었습니다. 제가 힘든 일이 있을 때, 어찌해야 좋을지 잘 모를 때 아이들에게 물어보면, 거기 답이 있었습니다. 그 뒤부터 지금까지 늘 아이들과 의논하며 살고 있습니다. 무슨 문제가 생기면 아이들에게 먼저 물어봅니다. 아이들이 제게 준 큰 가르침입니다.

문집에 적은 성규의 글 한 토막을 다시 읽으며 이 글을 맺습니다.

"……6학년 그 속에서 나는 '함께 커 가는 사랑'이 가능하다는 것, 사랑으로 하나 되는 공동체가 가능하다는 것을 알았고, 이는 지금 나에게 희망을 준다."

이승희, 부산 남산초등 (1997.4.20)

| 4부 | 이야기꽃이 피어난 자리

엄마 브라자

오늘 시 맛보기 시간에는 '엄마의 런닝구'를
맛보기로 했다. 아이들이 옮겨 쓰기에 시가 길어서 복사해 나눠 줬다.
짧은 시는 공책에 옮겨 쓰면서 맛보게 하고 이렇게 긴 시는 복사해 준
다. 긴 글은 옮겨 쓰는 데 시간도 많이 걸리고, 또 그만큼 집중이 떨어
져 시를 맛본 느낌이 생생하지 못하다.

아이들이 '엄마의 런닝구'를 한 줄씩 돌아가며 읽는데 한 줄 읽을 때
마다 웃음이 터진다. 아이들이 아주 재미있어한다. 사투리는 따로 설명
을 좀 해 줬다.

"이 시를 읽으며 떠오르는 생각도 좋고, 이 시에 나오는 엄마와 우리
엄마를 견주어 봐도 좋아. 이 시와 비슷한 경험도 좋고. 지금 자기 마음
그물에 걸리는 걸 건져 올려서 써 봐."

이 시에 나오는 엄마는 돈을 아낄 줄 안다. 이 시는 사투리가 많이
들어가서 좋다. 와 이카노 이 말이 제일 재미있다. (백상우)

대지비만 하게 뚫리면 바늘로 집으면 되는데. 이 시를 쓴 형님 아
버지가 죽죽죽 찢었으면 그중에 큰 거 하나를 걸레로 쓰면 되겠
다. (하동균)

우리 엄마는 조금만 구멍이 나면 버리는데 이 엄마는 구멍이 나
도 왜 안 버리는지 모르겠다. (손상운)

다 쓰고 나서 모두 교실 뒤에 둘러앉아 느낌을 돌아가면서 발표하는데 예진이 차례가 되었다. 하루 내내 말 몇 마디 안 하고 목소리도 작은 예진 아씨가 자기가 쓴 글을 얌전하게 읽는다.

"엄마 브라자……."

제목만 읽어도 아이들이 벌써 웃기 시작한다.

엄마 브라자 (상동초등 2학년 문예진)

엄마는 브라자를 안 입는다.
아빠는
브라자 입어라
젖꼭다리 나온다.
엄마는 덥다고
안 입을라 한다.
엄마가 브라자를 안 끼니까
창문으로 누가 볼까 걱정이다.

아이들도, 나도 실컷 웃었다. 얼굴 빨개진 예진이도 웃는다. 혹시라도 아이가 부끄러워할까 봐 얼른, 사정없이 칭찬을 날렸다.

"우아, 정말 잘 썼네. 예진이 엄마 모습이 그대로 나타나 있어. 이건 정말 예진이 엄마만의 모습이야. 아빠가 한 말도 어째 이리 잘 붙잡았노. 그리고 예진이 엄마가 나하고 꼭 같네. 나도 브라자 안 하는데. 안

하면 얼마나 편하고 좋은데. 젖꼭지 나오는 게 뭐 흉인가, 꼭꼭 싸매고
다니게."

아이들이 식식 웃으며 내 말을 듣고 있다.

동균이가 한마디 거든다.

"그거 오래 하면 피가 안 통할 거 같아요."

이야기 다 끝나 가는데 이제 와서 동현이가 대뜸 하는 말.

"선생님, 근데 브라자가 뭐예요?"

이승희, 밀양 상동초등 (2005.7.1)

글쓰기로 들여다본 민준이 마음

우리 반 민준이는 정말 장난꾸러기다.

좋게 말하면 장난꾸러기이고 있는 그대로 말하면 문제아다. 공부 시간에도 자기가 가고 싶은 곳은 어디든 가고 지 성질에 받치는 일이 있으면 욕도 자주 한다.

"민준아! 욕 좀 하지 마라" 하면 "싫어요. 쟤가 썽질나게 하잖아요. 나 열 받으면 욕할 거예요" 한다.

욱하는 성질이 있어서 화가 나면 욕하면서 주먹이 먼저 나간다. 처음에는 아이들이랑 다투더니 지금은 아이들이 피하는 눈치다. 욕하며 주먹질하는 민준이를 감당하기 힘든 모양이다. 툭툭 던지는 이야기를 들어 보면 부모님은 장사를 하는데 엄청 바쁘신가 보다. 그리고 삼촌이나 다른 식구들하고도 원수처럼 지낸단다.

'민준이가 저러는 데는 식구들한테 사랑을 받고 싶은데 그러지 못해서 그런 걸 거야' 하는 생각이 들어 챙겨 줘야지 하는데 무슨 일만 생기면 욕하고 주먹질하는 민준이를 어떻게 해야 할지 모르겠다.

그렇지만 무슨 할 일이 있으면 얼마나 열심히 나서서 도와주는지 내가 미안할 정도다. 그래서 그런지 나는 말 안 듣고 장난치고 말대꾸하는 민준이가 밉지 않다.

이런 민준이도 할아버지 이야기를 쓸 때면 마음이 따뜻해진다. 민준이 글에 숨어 있는 따뜻하고 순수한 마음을 보게 된다. 오늘 일기에 민준이는 몇 달 전 돌아가신 할아버지 이야기를 썼다.

칠천도(나룻배 횟집)

우리 식구끼리 칠천도에 가서 전복을 많이 먹었다. 그리고 회도 맛있게 먹었다. 거기에서 안마 두드리기채도 보았다. 그걸로 아빠 등을 두드리니 아빠가 시원하다고 하셨다. 우리 할아버지는 허리도 많이 아프셨다. 그래서 그걸 드리고 싶다. 하지만 늦었다. 할아버지가 너무 보고 싶다. 내가 부산에서 살 때 아빠가 할아버지를 우리 집에 모셔오기도 했는데 할아버지는 맛있는 것도 사주고 그랬다. 나도 지금 할아버지 곁으로 지금 가고 싶다. 할아버지에 대한 고마움이 너무 많다. (11월 21일 화요일)

일기를 읽어 주면서 무슨 글이든 그 글에 들어 있는 마음을 보라고 했다. 진정한 마음이 담긴 글이 좋은 글이라고 말했다. 그리고 일기에 들어 있는 민준이 마음이 너무 예쁘고 따뜻하다고 했다. 그런데 갑자기 민준이가 운다. 점점 더 큰 소리로 어깨를 들썩이며 운다. '아마 민준이는 내가 지금 나오라고 하면 성질나서 안 나올 거야' 생각하며 불러냈는데 아무 말 안 하고 나온다. 민준이를 안아 주었다. 할아버지가 너무 보고 싶어서 운단다.

"그래도 니가 이래 따뜻한 마음을 가지고 살 수 있는 건 할아버지가 니한테 남겨 준 사랑 덕분이라고 생각해" 했더니 고개를 끄덕인다. 성질내고 싸움 잘하는 민준이가 우니까 아이들이 조용하다. 어느 누구 하나 말하는 사람이 없다.

나도 누구에겐가 이렇게 따뜻한 사랑을 남겨 주는 사람이 될 수 있을까? 잠깐 그런 생각을 했다. 울고 있는 민준이를 안아 주면서.

글쓰기 공부를 하지 않았으면 민준이 마음은 들여다보지 못하고 문제아로 내 마음에 남지 않았을까 싶은 생각이 들었다. 오늘은 내가 글쓰기 공부를 한 게 정말 정말 고맙다는 생각을 했다.

정인숙, 거제 중곡초등 (2006.11.23)

성현이 마음이 온통 시구나

여름방학 다 되어 전학 온 성현이. 함께 온 아버지는 성현이를 내맡기듯 하고는 급하게 가 버렸다. 여름방학 동안 나도 성현이를 새까맣게 잊고 있다가 개학하는 날 우리 교실에서 성현이를 보고 깜짝 놀랐던 일이 떠오른다.

성현이는 자고 막 일어난 모습으로 교실에 오는 때가 많다. 목소리가 늘 쉰 듯해서 자세히 귀를 기울여야 한다. 일요일 교회에서 노래를 많이 부르고 온 다음 날은 더 심하다. 필통은 있는데 연필이 들어 있는 걸 본 적이 별로 없다. 교과서는 사물함에 넣어 두는데 공부 시간에 보면 성현이는 교과서가 없다. 집에 두고 왔단다. 우리 반에서 쓰는 우리 공책(일기장), 함께 공책(함께 쓰는 공책), 글쓰기 공책을 만들어 줘도 집에 두고 왔다며 그냥 앉아 있다.

축구는 누구보다 신나게 하지만 공부는 늘 뒷전인 성현이. 곁에 앉아 하나하나 가르쳐야 알아듣고 내일 되면 또 다 잊어버린다. 한 문장에 똑같은 글자를 맞게 썼다 틀리게 썼다 한다. 교실에서 가장 신이 날 때는 역할극 할 때다. 그때만큼은 눈이 반짝반짝한다.

성현이 아버지는 돈 벌러 나가서 자주 집을 비우고 어머니는 오랫동안 아파 누워 계신다고, 둘이서 나눗셈 공부를 할 때 성현이가 그랬지.

그런데 며칠 전에 성현이가 공책을 내고 갔다. 9월에 한두 편 쓰다 만 일기가 있는 공책. 날짜도 없고 띄어쓰기도 안 되어 있고 글씨도 겨우 알아볼 정도로 엉망이지만 그날 성현이 일기를 보다가 갑자기 마음이 환해졌다.

빨래 (동백초등 3학년)

오늘학교맛치고보니
집에빨래가밀려있는생각
난다.
그래서나는점심먹고
집으로왔다.
그런데우리형이 발래를 먼저햇썻다
그레서나는빨레를널엇다
키가안다여서팔이아팠섰다. (12월 1일)

"와, 성현이가 진짜 오랜만에 일기를 써 왔어. 성현이 일기장에 큰
별을 두 개나 그려 주었어."

별을 그리는데 나도 모르게 별이 커졌다.

"성현이는 엄마가 좀 아프시거든. 그래서 형이랑 둘이서 이렇게 집
안일도 하고 밥도 차려 먹고 반찬도 한단다. 전에 성현이가 그러던데
엄마 일을 형아가 많이 한댔어. 일기 들으니 성현이 모습이 보여서 참
좋지?"

"선생님, 근데요 성현이가 학교에서 밀려 있는 빨래 생각을 한 게 참
착해요. 나는 그런 생각 한 번도 한 적 없는데."

"그러게 말이야. 성현이 형도 그런 생각을 했는지 먼저 와서 빨래를
해 놓았네. 성현이 형이 우리 학교 다니는데 6학년이래. 성현이 형도

참 착하지? 갑자기 성현이 형이 보고 싶다. 너희들도 그렇지 않아?"

"선생님, 아까 성현이가요, 이제 날마다 일기 쓴댔어요."

짝지가 자기 일처럼 기뻐하며 이야기한다.

'그래 성현아, 날마다 일기 써서 가져와. 우리 성현이가 집에서 지내는 이야기를 이렇게 읽으니 참 좋아.'

성현이는 그 일이 있고 난 뒤부터 일기를 쓰고 아침에 공책을 들고 내게로 온다.

다음은 성현이가 일기장에 쓴 글이다.

나뭇잎

나는 오늘 집에서 늦게 일어낫다.
그래서 학교로 뛰어 가는데 나무에 조금 있던 잎이
더 이상 못 참아 엄마 품에서 떨어졌다.
나뭇잎이 불쌍하다.
그래서 그 떨어진 잎을 쭈워서 엄마나무 옆에
나뚜어 주었다. (12월 4일)

늦게 일어나서 마음이 바빴을 텐데 성현이는 바람에 흔들리는 나뭇잎을 보았다. 떨어지려는 나뭇잎을 안타깝게 바라보며 "더 이상 못 참아 엄마 품에서 떨어졌다" 그랬다. 떨어진 나뭇잎을 주워서 엄마 나무 옆에 놔두고 다시 학교로 온 성현이는 교실에 와서 바로 일기를 썼다

고 했다. 세상 귀찮은 듯 아무렇게나 다리 뻗고 앉아 있던 성현이를 겉
모습만 보고 내가 섭섭해했구나.

우리 엄마

우리 엄마는 아파서
맨날 거이 누어게신다.
그래서 우리 형이 거이다
엄마 일을 한다.
그런데 내 동생 김이현은 거이
학교 갔다와서 잠을 잔다.
그런데 나는 동생이 잘 자도록 나뚠다. (12월 5일)

여동생이 있는 줄은 이제야 알았네. 1학년이란다. 동생이 잘 자도록
놔두었다는 성현이가 어쩜 이리 이쁠까.

은행잎

은행잎은 너무나 부럽다.
은행잎은 하늘 여행하니까
아주 좋겠다.
새들도 만나고

비바람도 많나고
하늘도 만나고
하늘은 너무너무 좋다. (12월 10일)

나무

엄마나무가 자기 아기잎 살리려고
대신 바람 앞폐 막아선다.
아기잎들이 엄마를 돕겠다고
아기잎도 흔든다. (12월 8일)

"엄마 나무가 어떻게 했어?"
"이렇게 두 팔을 벌리고요 바람을 방패처럼 막 맞으면서요, 고통을
참아요."
두 팔을 벌리고 바람을 피하듯 얼굴을 이쪽저쪽 돌리면서 신나게 이
야기를 한다. 엄마 도와주는 우리 성현이처럼 아기 잎들도 잎을 흔들며
엄마를 도와주는구나.

형

오늘은 우리 형이 학교 갔다오자마자 바로 잤다.
그런데 아직 할 일이 많이 있었다.

그래서 내가 집에서 우리 형 할 일을 도와주었다.

집 청소도 하고

빨래도 하고 빨래도 접고하였다.

나는 일을 만이 하였다

이제야 내 일도 거이다 하고

우리 형이 니가 도와주니까 특별히 밥 해주께 하면서

밥을 해주었다. (12월 10일)

성현이 마음이 온통 시구나.

 따뜻한 성현이 보는 행복감에 하루하루 지나가는 이 12월이 참 아깝
다.

김숙미, 부산 동백초등 (2006.12.11)

현지야, 힘내

학교에 오면 하루가 어떻게 지나가는지 모르겠다. 일주일에 두 번 시간을 정해서 글쓰기 공부를 하겠다고 마음 먹었는데 이런저런 일을 하다 보면 놓치기 일쑤다. 글쓰기 모임에 아이들 글을 가져가야 하는데 이번 주 글쓰기 공부를 하지 않았다. 시계를 보니 여섯째 시간이 20분밖에 남지 않았다. 이렇게 하면 안 되지 하면서도 아이들한테 자기가 쓰고 싶은 것, 자기 마음에 가장 하고 싶은 이야기를 쓰자고 했다.

"이건 글쓰기 교육도 아니고……."

모임 숙제로 가져가려고 아이들 글 쓰게 하는 내가 딱하고 찜찜해서 혼자 구시렁거렸다.

"아이, 이거 시로는 안 되겠다" 하며 바로 앞에서 현지가 혼잣말하는 소리가 들린다. 아이들 말소리가 들리는 걸 보니 다 쓴 아이들이 꽤 있나 보다. 아이들이 내 책상 위에 공책을 두고 간다. 현지 공책을 보았다.

할머니 (조산초등 5학년 박현지)

우리 할머니는 나를 여섯 살 때부터 길러주셨다. 그래서 나한테 하나밖에 없는 엄마나 마찬가지다. 그런데 걱정이 하나 있다. 할머니가 요즘 다리가 아프다고 한다. 나는 "할머니 왜 다리가 아파요?" 하고 말했다. 할머니는 아무 말도 안 하셨다. 그래서 저녁마다 할머니 다리를 주물러 드릴라 그러면 "하지 마라. 괜찮다." 하신다. 나는 할머니 다리에 신경이 간다.

또 요즘은 할머니가 많이 슬퍼하신다. 왜냐하면 아빠와 싸워서이다. 8월 달쯤에 셋째 고모부가 "여기에 주유소 차렸으면 좋겠네요" 했는데 그 말이 끝나기도 전에 아빠가 할머니한테 주유소를 차리자고 해서 싸우게 된 거였다. 그래서 할머니는 아빠 얘기만 해도 울음을 터뜨린다. 그리고 제삿날 싸우고 나서 아빠가 월급을 갖다주지 않아서 조산 고모할머니께 50만 원 빚졌다고 한다. 나는 지금도 울음이 나올 것 같다. (10월 28일)

할머니와 싸우는 어른들 틈에서 상처받는 아이 모습이 그대로 보인다. 가슴이 울컥하고 눈물이 돈다. '아, 이걸 어쩌나.' 현지는 "선생님, 우리 집도 이젠 행복해요. 아빠하고 새엄마하고 우리 집에 왔다 갔다 하고 놀러 오기도 해요" 하며 나한테 자기 집 이야기를 툭툭 던지듯 하곤 했다.

그러더니 2학기 들어서는 식구 이야기를 몇 번 썼다. 유치원 때 마지막으로 본 엄마, 아버지와 새엄마, 아버지와 할머니가 싸운 이야기, 큰아버지가 이혼해서 사촌 동생들 고아원으로 보낸다는 이야기, 마음으로 버리고 싶은 아빠……. 쓰기 힘들었을 텐데 한번 터뜨리고 나서는 자꾸만 쏟아 낸다. 마음속을 온통 채우고 있는 일이니까 그렇겠지.

갑자기 현지 울음소리가 들렸다. 글을 쓰고 나니 슬픔이 복받치나 보다. 누르는 듯 조심스러운 울음소리. 나도 눈물이 흐른다. 눈물을 감추려고 몸을 돌려 칠판 쪽을 보고 앉았다. 울음소리가 점점 커진다. 슬픔에 겨워 흐느끼더니 그만 울음이 터져 나온다. 서럽게 서럽게 운다.

웅성거리던 아이들이 조용해진다. 나는 눈물을 참을 수 없어 복도로 나갔다. 6학년 아이들이 복도에 있다.

"어머, 선생님, 왜 그러세요?"

"아이들이 속 썩여서 그런 거 아니야."

화장실에 가서 마음을 가라앉히고 들어왔다. 현지는 여전히 소리 내서 울고 있다.

"현지야, 울지 마. 울지 마."

어깨가 들썩들썩. 울음이 멈춰지지 않는다. 무슨 일인지 몰라 어리둥절한 아이들은 멀뚱멀뚱 눈치를 살피다가 특기 적성반으로 갔다. 조금 있으니 현지가 고개를 든다.

"선생님, 저 요 아래 등나무 밑에 갔다 올게요."

마음을 가라앉히고 싶은 거겠지.

교실에 들어온 현지는 책꽂이에서 책을 뒤적이더니 동시집을 보겠다고 한다. 눈이 빨갛고 얼굴이 부숭부숭하다. 《감자꽃》을 꺼내 주고 책상 앞에 앉으니 6학년 남미옥 공책이 펼쳐져 있다.

현지야, 힘내 (조산초등 6학년 남미옥)

오늘 특활시간에 수학은 안 해서 5학년 교실에 들어가려는데 5학년 선생님께서 울며 나오셨다. 너무나도 슬퍼 보였다.

"왜 우세요?"

"애들이 속 썩여서 그러는 거 아니야."

애들이 말 안 들어서 그러는 게 아니면, 왜 그런 건지 고민해 보았다. 애들에게 물어보았지만 애들은 모른다고 했다.

내가 보아도 애들은 모르는 것 같았다. 그 이유를 알 것 같은 애는 현지만 있는 것 같다. 엎드려 울고 있었다. 슬프게…….

아무래도 무슨 일이 있는 것 같다. 효진이랑 지은이가 현지가 쓴 글 보고 그랬다고 했다. 그 글을 읽고 싶었다. 어떻게 썼길래 우시는지. 책상에 있길래 읽었다. 현지가 그 동안 많이 힘들고 슬펐을 것 같다. 나라면 현지처럼 씩씩하게 지낼 수 있었을까? 현지가 그 동안 그렇게 슬펐는지 몰랐다.

얼마나 힘들었을까? 내가 더 옆에서 잘 해 줄 걸…… 이런 생각을 하게 되었다.

글을 읽고 현지가 더욱 더 밝고 명랑하게 지냈으면 좋겠다는 생각을 몇 번이나 했다.

현지야 울지마! 현지 파이팅!

선생님, 오늘 6학년 되어 처음으로 글을 쓴 거 같아요. 잘 쓰지는 못했지만 더 씩씩해졌으면 좋겠어요. (10월 28일)

조금 전 복도에서 "선생님, 책상 위에 제가 글 써 놨어요" 하더니, 내가 화장실에 있는 동안에 교실에 와서 무슨 일인가 알아보고 쓴 글이다. 현지 처지를 이해하고 힘을 주고 싶어 하는 미옥이 마음이 느껴진다. 고맙다. 나한테도 힘이 된다.

저녁때 현지가 전화를 했다. 학교에서 할 말이 있는데 내일 하겠다고 하더니, 지금 마음이 끌려서 전화했다고 한다.

"김광견 선생님, 저 아이들이 왕따 하는 것 같아요."

친하게 지내던 동무 둘이 자기하고 안 놀아 준다는 것인데, 듣고 보니 큰 문제는 아닌 듯싶다. 그 아이들이 누굴 따돌리거나 할 아이들은 아니다. 뭔가 풀리지 않은 게 있구나 싶어 마음껏 이야기하게 하고 들었다. 현지는 말하다 보니 또 설움이 복받치는지 꺽꺽대며 운다. 아이를 달래고 전화를 끊었다.

다음 날 아침, "안녕하세요? 선생님" 현지가 환하게 웃으면 인사를 하는데 목소리가 밝다. 보통 때 현지는 구김살 없고 싹싹하고 웃음이 떠나지 않는 아이다. 사람들이 이렇게 말한다.

"현지는 부모 이혼하고 할머니랑 같이 살잖아. 형편이 어려운데도 아이가 참 밝아."

그 말이 딱 맞다. 나도 가끔 '쟤가 속이 있는 걸까 없는 걸까?' 하고 생각했을 정도니까. 하지만 현지 속마음이 어떤지 아는 지금, 아이가 얼마나 애쓰고 있는지 그리고 그것이 현지의 큰 힘이 아닐까 생각한다.

김광견, 양양 조산초등 (2004.10.29)

우리 반 아이들의 숨기고 싶은 이야기

얼마 전 서울경기글쓰기 모임을 마치고 저녁을 먹고 있는데 김익승 선생님께서 아이들하고 숨기고 싶은 이야기를 한번 써 보라고 말씀하셨다. 나도 한번 써 봐야지 하면서도 과연 우리 반 아이들에게도 숨기고 싶은 이야기가 있을까 하는 생각이 들었다.

마침 글쓰기 시간이 되어 아이들의 숨기고 싶은 이야기를 들어 보자고 마음먹었다. 칠판에 '숨기고 싶은 이야기'라고 쓴 다음 김익승 선생님께서 서울경기글쓰기 모임 누리집에 올려놓은 보기 글을 읽어 주었다.

아버지와 엄마의 싸움 (서울 남)

엄마와 아버지가 싸울 때는 머리끄덩이를 잡고 싸우기 때문에 말릴 길이 없다. 아버지가 술을 마시는 날은 꼭 싸운다. 아버지는 술을 마시면 돈다. 그래서 엄마를 때리고 엄마는 이해를 할 줄 몰라서 같이 싸운다.

한심하다! 그러나 아침이면 화해를 한다. 그러다 또 술을 마시면 싸운다. 나는 싸우는 데에 진력이 났다. 한번은 아주 큰 싸움이 벌어졌다. 그날은 엄마가 좀 이해를 했는데 이해가 오히려 큰 화근이 되었다. 아버지가 엄마를 한 대 때려서 엄마도 아버지를 한 대 때렸다. 둘은 참 한심하다.

만화 보는 오빠, 숙제하는 나 (서울 4학년 여)

1988년 3월 21일 장소는 집.

나는 숙제를 하고 있었다. 그리고 오빠는 만화를 보고 있었다. 그런데 우리 아빠와 엄마께서는 심부름을 꼭 나에게 시키신다. 내가 숙제를 계속 하고 있는데 아빠가 나에게 소주 두 병만 사 오라고 시키셨다. 그래서 나는 화가 나서 "왜 숙제하는 애는 시키고 만화 보고 있는 애는 안 시켜?"

하고 버럭 소리를 질렀다. 그런데 만화 보는 애는 오빠였다. 나는 오빠한테 애라고 한 것이다. 그래서 아빠한테 다리를 맞아 시퍼렇게 멍이 들었다. 그래서 나는 울었다. 그런데 엄마가 오빠한테 왜 애라고 그랬냐고 하면서 아픈 데를 더 때렸다. 그래서 내 다리는 멍투성이가 되었다. 그리고 아빠가 돈 200원을 주셨다. 나는 오빠한테 돈 100원을 주면서 미안하다고 했다. 그런데 눈물이 나왔다. 그걸 보고 오빠도 나랑 같이 울었다.

아이들은 아주 진지하게 듣고 있었다. 떠드는 아이도 없었고 다른 행동을 하는 아이도 없었다. 교실에는 내 목소리만 들렸다. 보기 글을 다 읽고 나니 조용한 교실 분위기에 내가 적응이 되지 않는다. 어떻게 말을 꺼내야 할까 잠시 망설이다 조심스럽게 말을 꺼냈다.

"너희들 마음속에 있는 이야기를 한번 써 볼까? 남에게 말하지 못했던 이야기, 숨기고 싶은 이야기, 누군가에게 하고 싶었는데 하지 못한 이야기도 괜찮아."

"선생님, 학급 신문에 실을 거예요?"

재훈이가 묻는다. 내가 글쓰기 시간에 쓰는 글을 늘 학급 신문에 실으니 오늘 쓴 글도 학급 신문에 싣지 않을까 걱정이 되나 보다.

"아니. 숨기고 싶은 이야기인데 당연히 싣지 않지. 종이 나눠 줄까?"

"네."

글쓰기 공책에 쓰면 다른 아이들이 볼까 봐 걱정하는 것 같아서 종이를 한 장씩 나누어 주었다. 또각또각. 교실에는 아이들 글 쓰는 연필 소리만 들렸다. 1년 가까이 아이들과 글쓰기를 해 왔지만 이렇게 진지하게 글을 쓰는 모습은 처음 보았다.

"선생님, 두 개 써도 돼요?"

"선생님, 뒷장에다 더 써도 돼요?"

"어, 그래."

난 어리둥절해서 대답했다. 그동안 아이들 마음속에 숨겨 둔 이야기가 이렇게 많았을까 싶었다. 그리고 아이들이 어떤 이야기를 쓰고 있는지 궁금했다. 아이들 이야기는 다양했다. 부모님이 이혼하거나 싸운 이야기, 친구 이야기, 오줌 싼 이야기……

어른들의 마음 (3학년 여)

우리 집은 내가 1학년 때 엄마, 아빠가 이혼을 하셨다. 엄마, 아빠가 이혼하실 때 나는 바닥에서 그림 그리고 있다가 엄마가 어딜 갔다 오신다고 했다. 그때 엄마, 아빠 두 분 다 직장에 다니셔서 매일 늦게 오셨다. 그래서 우리는 할머니, 할아버지가 돌봐 주셨다. 나는 엄마 보고 빨리 들어오라고 하고 계속 그림을 그리는데 아빠가 밖에서 들어오셨다. 갑자기 할아버지가 화를 내시면서 엄마 못 봤냐고 하면서 아빠에게 물어봤다. 그리고 왜 붙잡지 않았냐고 하면서 할아버지랑 아빠랑 싸웠다. 나는 그때 너무 무서워서 울고 말았다. 아빠는 나를 안고 달래며 방으로 들어갔다.

다음날 나는 아빠에게 가서 엄마 왜 안 오냐고 물어보니까 엄마는 이제 안 올 거라며 아빠가 울었다. 그래서 나도 울었다. 나는 아빠가 우는 걸 처음 봤다. 아빠가 너무 슬퍼 보여서 눈물이 난 것이다. 며칠 뒤 엄마한테서 전화가 왔다. 엄마는 내가 더 크면 오겠다고 했다. 나는 그래서 내가 3학년이 되면 오라고 했다. 나는 엄마랑 약속했었다. 그런데 내가 2학년이 되고 새엄마가 생겼다. 내가 새엄마에게 물어보니까 엄마 아빠가 이혼하고 엄마는 부산으로 갔다고 했다. 나는 그제서야 엄마 아빠가 이혼한 걸 알았다.

(2006년 11월 22일)

2학기에 우리 반으로 전학을 온 아이다. 처음 왔을 때 어머니가 데리고 오고, 부모님이 가끔 아이가 잘 적응하는지 걱정이 된다면서 학교로 찾아오곤 했다. 조용하고 특별히 말썽도 부리지 않는 아이다. 부모님이 이혼하고 새엄마와 살고 있을 거라곤 전혀 생각하지 못했다.

무제 (3학년 남)

나는 우리 가족이 5살 때까지는 좋은 가족이었다. 근데 6살 때였다. 우리 엄마가 다른 아줌마들하고 이야기를 거의 맨날 만나서 한다. 근데 그거 가지고 아빠는 잘못 됐다며 내가 6살 때 아빠가 자주 전화도 하신다. 그때 엄마 나갔다고 말했다. 그게 거의 1년 다 되는 쯤이었다. 아빠 태도가 조금 바뀌었다. 술과 담배를 많이 피거나 마시고 아빠가 한심해져 갔다.

우리 아빠가 술을 먹고 그랬다. 그때부터가 시작이다. 엄마가 생활이나 세금, 반찬, 밥, 옷이나 살 돈을 조금씩 조금씩 돈이 줄어들었다. 그때가 1학년이었다. 이제 아빠가 돈을 안 준다. 그래서 엄마는 남은 재료로 요리 하다 재료가 없다. 그래서 굶을 수는 없어서 누나나 내가 아빠한테 돈을 타 저축해서 누나가 반찬이나 그런 걸 사면 엄마가 그걸로 요리도 하거나 누나가 만들어 준다. 요즘도 그렇다. 아빠가 잘못된 건가 나도 잘 모르겠다. 그땐 내가 사립을 다녔었다. 그때도 수업료가 밀리고 그랬다. 하지만 아빠는 충분히 내실 수 있었다. 요즘은 안 싸운다. 예전에는 엄청 욕하고 싸우고 그랬다. 그리고 난 한심하다고 생각한다. 중간에 껴들어 막는 것도 그때 했었다. 지금은 아는 척도 안 한다. 난 지금이 예전보다 낫다.

이 이야기는 말하기 싫지만 밝혔다. 난 그저 지금 그대로가 좋다.

(2006년 11월 22일)

이 아이 역시 2학기에 우리 반으로 전학을 왔다. 처음에 아버지가 데리고 오셨고, 잘 부탁한다고 찾아오는 것도 아버지였다. 아이가 학교에 안 와서 전화를 해도 아버지가 받았다. '혹시 어머니가 없는 걸까?' 하는 생각이 들어 어머니 이야기를 물어보면 집에 계신다고 했다.

아이 글을 읽으며 마음이 아팠다. 평소 말이 없고 자신감이 없어 보였던 아이. 생각해 보면 밝게 웃고 있는 모습을 본 기억이 없다. 그저 성격 탓이려니 생각했는데. 어린 나이에 너무 많은 것을 봐 왔기 때문일까. 지금 그대로가 좋다는 말에 마음이 아프다.

엄마와 아빠의 이혼 (3학년 남)

우리 집은 엄마와 아빠와 이혼했다. 이유는 모르겠다. 나는 엄마를 따라 이모 집으로 갔다. 엄마는 늦게 일어나고 이모는 밤을 새서 일하셔가지고 나하고 형하고 일어나서 과일 먹고 밥 지어먹고 학교에 온다. 그래도 알람시계 때문에 지각은 안 한다. 나는 알람시계 빠때리가 다 달면 내 용돈으로 사서 용돈이 바닥나서 못 사면 학교에 지각하는 일하고 반찬 없이 밥을 먹어야 한다.

(2006년 11월 22일)

이 글을 쓴 아이는 늘 숙제를 해 오지 않고 준비물을 챙겨 오지 않는다. 학기 초 가정환경을 묻는 안내장도 일주일 만에 겨우 받았던 기억이 난다. 그때부터 내 머릿속에 뭐든 잘 챙겨 오지 않는 아이로 낙인 찍혀 버렸는지도 모른다. 이 글을 쓴 뒤 아이가 교실에 혼자 남은 날이 있어 조용히 물어보았다. 어머니는 이모와 함께 노래방을 하는데 새벽에 들어와서 학교 갈 때면 한참 자고 있다고 한다. 내가 이런 사정을 알게 되고 얼마 안 있어 아이는 부천으로 전학 갔다.

엄마 빼고는 우리 가족이 싫어 (3학년 여)

외숙모와 삼촌은 잘해 줄 때도 있지만 날 차갑게 대하는 때가 더 많다. 언제는 내가 그냥 궁금한 것이 있어서 그저 물어보기만 한 것인데도 "그걸 내가 어떻게 알아!" 이렇게 대한다. 물론 삼촌도 마찬가지로. 그리고 외숙모와 삼촌의 아들 민석이는 정말 얄밉다. 언제나 내 가족들은 민석이만 예뻐하고 난 늘 차갑게 대하고……. 외숙모는 내가 그렇게도 미운가 보다. 난 아빠도 없다. 엄마와 아빠가 이혼을…….

삼촌은 무조건 틈만 나면 욕을 한다. 나에게도 매일 욕을 한다. 무조건 때리기도 하고. 난 엄마 말고 가족들이 그냥 날 무시했으면 좋겠다. 나도 외숙모, 삼촌에게 이런 말을 하고 싶지만 말할 용기가 없다. 다른 애들은 다 외숙모가 친절하게 대해 준다던데. 우리 외숙모는 도대체 왜 그러시는 걸까? 나도 다른 애들처럼 사랑받으며 살고 싶은데.

외숙모 저 정말 기분이 나빠요……. 제발 절 미워하지 마세요. 삼촌 날 때리지도 욕하지도 않았으면 좋겠어요. 저도 정말 억울해요. 매일 민석이 때문에 나만 혼나고. 나도 내 맘대로 해 보고 싶어요. 외숙모와 삼촌이 내가 되어서 입장을 바꿔서 생각해 보세요. 매일 외숙모, 삼촌, 민석이 때문에 매일 밤마다 울고 자는 것 모르시죠? 또 학원 가기 전에도 무조건 혼자 있을 땐 울고 싶어요. 나도 사람인데. 왜 그렇게 사세요? 전 정말 이해가 안 가요. 그럼 절 차라리 미워하는 것보다 무시하던지. 절 좋게 대해 주세요.

저도 사람인데 기분이 안 나쁘겠어요? 삼촌 왜 그렇게 욕을 하세요? 삼촌이 저한테 욕하시니까 기분이 정말 나빠요. 그리고 제발 민석이 편만 들어주지 말고. 이제부턴 절 꼭 친절하게 대해 주세요!! (2006년 11월 22일)

부모님이 이혼하시고 외가 식구들과 살고 있는 아이다. 종종 자신의 상황을 일기장에 털어놓기 때문에 알고 있었다. 내가 무언가 도울 일이 있으면 돕겠다고 말한 적이 있는데 아이는 아무 말도 하지 않고 그저 웃기만 한다.

가끔…… (3학년 여)
나는 가끔 아주 죽고 싶을 때가 있다. 엄마 아빠한테 혼나서 혼자 울고 있을 때……. 나는 마음속으로 '이렇게 살고 있으면 뭐해. 행복하지가 않은데.'라고 생각할 때가 있다. 다른 때는 행복하지만 꼭 이럴 때만 이런 생각이 든다. 왜 그럴까? 그리고 창밖으로 뛰어내리고 싶은 생각이 아주 가끔 든다. 왜 엄마, 아빠는 내 마음을 이해 못 할까? 자기 자식인데도……. 나도 커서 결혼을 하고 난 다음 애들이 이런 말을 쓰는 것은 아닐까? 그럼 나는 다 털어 놓으라고 할 것이다. 하지만 나처럼 털어 놓지 않으면 어떡하지? 참 걱정이다. 하지만 나는 털어 놓아서 속이 조금 더 편해졌다.

(2006년 11월 22일)

우리 반 모범생이면서 뭐든지 잘하고 예의 바르고 착한 아이다. 이 글을 읽고 너무 놀랐다. 일기장에 학원과 공부 때문에 힘들다는 이야기를 자주 해서 좀 걱정스럽긴 했다. 마냥 어린 나이라고 생각했는데 이런 기분이 들 때도 있구나.

친구들의 이야기 (3학년 여)

난 친구들이 무섭다. 왜냐하면 친구들이 귓속말을 할 때마다 내 이야기를 하는 것 같이 들린다. 내 귀가 이상한 걸까? 친구들과 어울려 놀지도 못하고 1학년부터 친구들과 놀지 못했다. 친구들은 나만 보면 귓속말만 하기 때문이다. 친구들과 놀고 있으면 또 한 명이 와서 귓속말로 말하고 나서는 친구가 안녕, 나 너랑 이제 안 놀래라고 말하기 때문이다. 친구들이 나에게 한 번이라도 나랑 같이 ~하자 이 말을 꼭 해 주었으면 좋겠다. 나은이와 놀고 있으면 윤경이가 와서 귓속말하고 지금은 나은이가 나에게 말을 걸지도 않는다. 나는 친구들과 친하게 지내고 싶다. 하지만 친구들이 귓속말을 하는 것은 나에게 짜증나고 외롭다는 느낌이 든다. 4학년이 되어서도 지금처럼 친구도 없고 외톨이가 된 기분이 계속될까? 걱정된다. (2006년 11월 22일)

이 아이는 몸도 약하고 행동도 느리고 친구들과 잘 어울리지 못한다. 단짝 친구가 있는 듯하다 가도 어느새 보면 혼자 지내고 있다. 그래서인지 나에게 와서 이야기를 많이 한다. 자기가 비밀을 말해 주는 사람은 나밖에 없다며 이런저런 이야기를 한다. 친구들과 어울리지 못해 늘 안쓰럽다.

아이들 글을 읽으니 누군가 내 머리를 세게 내리치는 것 같았다. 1년 가까이 아이들 형편이 어떤지 하나도 모르고 지내 왔구나. 그저 겉으로 보이는 모습으로만 아이들을 판단했구나. 아이들이 어떻게 살아가고 어떤 생각을 하는지 알지도 못하면서 아이들의 삶을 가꾼다고 떠들어 댔구나. 아이들에게 미안하고 내 자신이 부끄러웠다.

나는 그동안 우리 반 아이들이 그저 부모님 품 안에서 행복하게 살고 있을 거라고 생각했다. 아파트로 둘러싸여 있고 치맛바람이 센 우리 학교이기에 더 그런 생각이 들었을지도 모른다. 아이들 글을 읽고 나서 내가 무엇을 어떻게 해야 할까 하는 생각이 들었다. 아이들 이야기를 들어 주는 것 말고 할 수 있는 일이 무엇이 있을까? 내가 해결해 줄 수도 없으면서 아이들을 하나하나 불러 마음 아픈 이야기를 다시 하게 하고 싶지는 않았다. 고민 끝에 내가 한 것은 아이들 일기장에 짧게나마 편지를 쓴 것뿐이었다. 이렇게 털어놓아 주어서 고맙다고, 힘든 일이 있으면 또 이렇게 써 달라고 할 수밖에 없었다. 어쩌면 핑계일지도 모르겠다.

아이들 글을 읽고 달라진 것이 있다면 아이들을 대할 때 다시 한번 생각한다는 것이다. 예전엔 아이들이 교과서와 준비물을 가져오지 않거나 숙제를 해 오지 않거나 학교에 늦게 오면 먼저 화부터 냈다. 하지만 지금은 다짜고짜 화를 내기 전에 다시 한번 생각하고 아이에게 그

까닭을 묻고 다른 쪽으로 해결하려고 노력한다.

교과서를 가져오지 않았으면 연구실에 쌓인 교과서를 주고, 준비물을 가져오지 않았으면 내가 가지고 있는 것을 준다. 숙제를 해 오지 않았으면 그 까닭을 묻는다. 대부분의 아이들에게는 다음 날까지 해 오라고 말한다. 컴퓨터가 없어서 숙제를 할 수 없는 아이들은 학교 마친 뒤 남겨서 함께 숙제를 한다. 지각을 했다고 겁을 먹고 울면서 들어오는 아이에게는 내가 초등학생이었을 때 지각한 이야기를 해 준다. 내가 늘 이렇게 행동하는 것은 아니다. 화부터 낼 때가 많지만 되도록이면 그렇게 하지 않으려고 노력하고 있다.

2학기가 시작되면서 우리 반 아이들의 삶은 어떤지 생각을 하곤 했다. 학교에 오면 친구들과 노느라 바쁘고, 끝나면 학원으로 달려가느라 바쁜 아이들을 보면서 내가 초등학교 다닐 때 그랬듯이 아이들도 그렇게 자신의 삶을 살아가고 있는 거라고 생각했다. 하지만 내가 보는 것만이 아이들의 삶은 아니었다. 아이들은 자신들만의 삶을 살아가고 있었다.

언젠가 글쓰기 모임을 하면서 김익승 선생님이 아이들의 숨기고 싶은 이야기를 모아 보자고 하셨다. 그때 누군가 아이들의 글이 다 비슷비슷할 거라고 말했다. 그러자 김익승 선생님께서 누리집에 글을 올리셨는데 그 말씀이 가슴에 와 닿는다.

"비슷하면 어떤가요? 그 속을 들여다보면 다 까닭이 달라요. 우리가 쉽게 판단하지 말아야지요. 같은 부부 싸움이라도 이혼이라도 죽음이라도 조금씩 또 많이 다르지요. 그걸 귀 기울여 들어야 하지 않나요?

쉽게 판단하지 맙시다. 끊임없이 아이들 소리에 아픔에 가슴을 여는 선
생이 됩시다."

조민영, 남양주 ○○초등 (2007.1)

말대꾸를 마음껏 하는 아이가
자신 있는 사람으로 자란다

35년째 유치원 선생을 하고 있다. 오늘은 우리 아이들과 함께 가까이에 있는 관악산 골짜기로 시냇물 놀이를 하고 왔다. 놀이도 좋지만 아무 일 없이 잘 갔다 오려고 "하나 둘!" "셋 넷!" 하면서 가니까 지나가는 사람들이, "아유! 어쩜! 요즘 애들은 어쩜 이렇게 예쁘지!" 이렇게 어쩜! 어쩜! 하면서 "애들아! 너희들 어디서 왔니? (한 아이를 가리키며) 야! 너 몇 살이냐? 이름 뭐냐?" "차암 좋을 때다!" 하면서 부러운 듯 한동안 바라본다. 너희들이 뭐가 걱정이냐는 거다. 뭐 카드 빚 독촉을 받냐, 먹을 거 입을 거 걱정이냐, 그렇지 않으면 뭐 공부 걱정이냐, 시험 걱정이냐 그저 그냥 먹고 놀고 하면 되니 얼마나 좋을 때냐는 거다.

그럼 나는 "좋을 때라니요. 죽지 못해 살아가고 있어요" 하면서 아무도 알아주지 않는, 몰라도 너무 모르고 있는 아이들 문제로 가슴을 친다.

아이들은 죽지 못해 살아가고 있다. 가르치려고만 드는 교육으로 아이들 입을 집에서나 교육기관에서나 꿰매 버려서 그렇다. 말로 모든 것을 나타내는데 말을 못 하게 하니 얼마나 답답하겠는가! 이런 답답한 세상에서 아이들은 언제나 외롭다. 답답하고 억울하고 분하다. 무섭다. 가르치려고만 드는 교육은 이렇게 해서 아이들 문제가 안 좋은 쪽으로만 쌓이고 쌓여 간다.

죽고 싶어도 약국에 가서 어떤 약을 사 먹어야 죽는지 알아야 죽지 않겠는가! 목을 매고 싶어도 어떻게 목을 매는지 알아야 죽지 않겠는가! 그래서 죽지 못해 살아가는 아이들이다.

이런 아이들 문제를 나는 마주이야기 교육으로, 아이들 말을 들어 주고 알아주고 감동해 주는 교육으로, 아이들 말대꾸까지도 들어 주고 알아주고 감동해 주는 교육으로 풀어내고 있다. 말대꾸를 마음껏 하는 아이가 자신 있는 사람으로 자란다.

"말끝마다 말대꾸야! 버르장머리 없이. 어른 말은 다소곳이 듣고 있어야지."

이렇게 가르치는 교육에서 벗어나야 한다. 어른들이 아주 싫어하는 말대꾸까지 마음껏 하고 자라는 아이가 시원하고 자신 있는 사람으로 자란다.

그럼, 아이들 말대꾸를 들어 보자. 말대꾸를 마음껏 하고 자라는 아이들이 얼마나 시원하고 싱싱하게 자라는가를.

나도 꼭 필요한 것만 사 달라는 거야! (여섯 살 김민성 말대꾸)

(엄마 따라 백화점에 간 민성이)

민성 : 엄마! 나 저 디지몬 사 줘.

엄마 : 엄마 돈 없어!

민성 : 돈 없다면서 엄마 꺼는 어떻게 사?

엄마 : 엄마는 집에서부터 뭘 살까 생각하고 또 생각해서 꼭 필요한 것만 사는 거야.

민성 : 나도 집에서부터……

엄마 : 쓸데없는 말 하지 말고 빨리 따라와!

민성이와 엄마 마주이야기를 여기까지 들어 보니까, 엄마는 사고 싶은 거 다 사고, 하고 싶은 말 다 하고 산다. 그런데 민성이는 사고 싶은 것도 못 사고, 하고 싶은 말도 못 하고, 그렇게 답답하게 자라고 있다. 그렇지만 우리 민성이, 어른들이 답답하게 자라라고 해도 그렇게 자랄 수 없다는 듯, 엄마가 듣기 싫다고 쓸데없는 말 하지 말라고 했는데도

민성 : 엄마! 나도 집에서부터 뭘 살까 생각하고 또 생각해서 꼭 필요한 것만 사 달라는 거야. 그러니까 사 줘!

하면서 따라간다. 우리 민성이 이런 말대꾸 못 했다면 어땠을까? 엄마 말끝마다 말대꾸하는 민성이다. 엄마는 답답하겠지만 우리 민성이는 답답하지는 않겠지. 갖고 싶은 것은 못 샀지만 말대꾸만큼은 시원하게 하고 자라는 민성이다. 뭐 민성이가 버르장머리 없는 아이인가! 이렇게 글쓰기 선생님들과 함께 민성이 말대꾸 더 들어 주고 알아주고 감동해 주기 위해서 드러내 놓으니 우리 민성이는 물건을 산 것보다도 더 시원하겠지.

엄마! 그런 말 하면 나 싫어! (일곱 살 김현정 말대꾸)
현정 : 엄마! 엄마는 속이 예쁜 게 좋아, 겉이 예쁜 게 좋아?
엄마 : 음, 속이 예쁜 게 좋지.
현정 : 딩동댕 맞았어 엄마! 난 속도 예쁘고 겉도 예쁜 사람 될 거야.

이러니 얼마나 고마운 일인가! 아니 어린 현정이가 속도 예쁘고 겉도 예쁘게 가꾸면서 자라겠다고 하는데 뭐 더 바랄 게 있나? 고맙고 고마운 일이지. 물론 말 안 하고 그렇게 자라면 좋겠지만, 말 안 하고 그렇게 자라지 못하는 것보다야 말하고 그렇게 자라려고 다짐하는 것도 좋은 거지. 이런 현정이한테 엄마가

엄마 : 그런데 너 고집부리고 떼 부릴 때 보면 속이 밉던데?

이런 거다. 이때 현정이가 견디다 못 해서

현정 : 엄마느은, 내가 다 알고 있는 건데, 안 그러려고 노력하는 건데, 엄마 그런 말 하면 나 싫어!

하고 말대꾸한다. 할 말, 안 할 말, 못 할 말이 있는 거다. 그 어린것이 살면 얼마나 살았다고 지난 일을 들춰내면서 겉도 속도 다 예쁘게 가꾸려는 현정이를 답답하게 하느냐는 거다. 그런 답답한 마음을 "엄마느은, 내가 다 알고 있는 건데, 안 그러려고 노력하는 건데, 엄마 그런 말 하면 나 싫어!" 하고 말대꾸를 했으니 얼마나 다행인가. 이런 말대꾸를 바로 그때 못 했다면 우리 현정이 어땠을까?

어른들이 이렇게 아이들을 답답하게 하는 말을 되풀이하면 아이들은 아예 입을 다물어 버리게 된다. 말하겠나? 말만 했다 하면 열 오르고 힘 빠지는데.

그런데 동화 구연하는 분이 개작이니 뭐니 하면서 동화 구연 책을 낸 걸 보다가 깜짝 놀랐다. 그럼 먼저 동화 구연 책에 난 글을 읽어 보자. 가르치려고 들면서 김현정 말을 바꿔 놓은 글을.

영이가 엄마에게 물었어요.
"엄마! 겉이 예쁜 게 좋아요, 속이 예쁜 게 좋아요?"
엄마는 웃으며 대답했어요.
"속이 예쁜 게 좋지."
"딩동댕 맞았어요. 엄마! 나 속이고 겉이 다 예쁜 아이가 될래요."
"그래, 그럼 좋지. 그런데 영이야! 너 심술부릴 때 보면, 속이 미운 아이 같던데?"
"아이, 부끄러워."
영이는 두 손으로 얼굴을 가렸답니다.

아주 고상하고 교양 있는 글로 바꿔 놔서 그럴 듯하다. 그래서 더 문제가 된다.

현정이가 견딜 수 없어서 말대꾸한 말을 버르장머리 없는 말로 몰아붙이고, 어른들 듣기 좋은 말로 가르치려고만 드는 말 "아이, 부끄러워"로 바꿔 버렸기에 그렇다. 정말 이래도 되나.

지금까지도 어른들은 스스로 가꾸지 않으면서 아이들만 가르치려고 드는 교육으로 아이들을 답답하게 해 왔다. 거기다 아이들한테 꿈과 희망을 준다, 어휘 능력과 발표력을 길러 준다, 아이큐나 이큐가 발달하게 도와준다…… 좋다는 말은 다 끌어다 놓으면서 동화 구연으로 이런 짓을 서슴없이 저지르고 있다. 이쯤 되면 동화 구연으로 아이들에게 꿈과 희망을 주는 게 아니라 아이들 말을 들어 주지 않아 답답하고 억울하고 분한 병에 걸리게 해 놓고, 하고 싶지 않은 말을 외워라 외워라 해서 아이들을 더더욱 답답하고 억울하고 분한 병에 걸리게 하는 거다. 병 주고 병 주고 또 병 주는 교육이다.

이렇게 가르치려고만 드는 교육으로 아이들을 답답하게 하는 동화들이 책으로 나오고, 이런 책이 좋은 책으로 알려지고, 아이들이 읽게 하고, 책을 읽은 아이들이 더 답답해지고, 그래서 책 읽기를 싫어하게 되고…… 이렇게 문제가 문제로 이어지고 있다.

이런 문제를 풀려고 우리 글쓰기회에서 서로 이마를 맞대고 공부를 하고 있는 게 아닌가. 아니, "너 고집부리고 떼 부릴 때 보면 속이 밉던데?" 이런 말을 듣고 "아이, 부끄러워" 할 아이가 이 세상 천지에 어디 있나?

그럼 공부만 하고 놀지 않으면 뭐 돼? (여섯 살 신영균 말대꾸)

엄마 : 영균아! 공부하자.

영균 : 싫어.

엄마 : 너 그렇게 공부 안 하면 소 돼.

영균 : 잠만 자야 소 되지.

엄마 : 공부 안 해도 소 돼.

영균 : 그럼 외할아버지네 소도 공부 안 해서 소 된 거야?

엄마 : 그래. 외할아버지네도 어린아이가 한 명 있었는데, 공부 안
해서 소 된 거야.

이쯤 되면 아이들이 소란 소는 다 사람인데, 공부 안 해서 소가 된 것
으로 알겠지. 그런데 여기서 영균이가 말대꾸를 한다.

영균 : 그럼 공부만 하고 놀지 않으면 뭐 돼?

어른들이 공부 공부 하면서 공부 쪽으로만 몰아갈 때, 아이들도 공
부를 왜 해야 하는지 생각하고 또 생각하면서 빈틈없이 문제를 끄집어
낸다.

공부만 하고 놀지 않으면 뭐가 될까? 공부가 하고 싶어서 하면 뭐
가 문제가 될까! 하고 싶지 않은 공부를 "책상에서 얼마나 버티느냐가
니 앞날을 보장하는 거야" 하면서 엄마는 하고 싶은 뜨개질 같은 거 하
고, 아이는 진저리 넌더리 몸서리치면서 참고 견뎠다면, "인생은 고통
스러워" 하겠지. 즐거워야 할 어린 시절이 고통스러우면 살아야 할 까
닭이 없는 거다. 그러니까 1등 하다 3등으로 떨어졌다고 죽고, "행복은
성적순이 아니잖아요" 하면서 죽는 아이들을 보면 다 공부 잘하는 아
이들이다. 놀지 않고 공부만 하면 죽는 거다. 죽을 날짜를 못 잡고 살아
간다면, 인생은 고통스럽다고 하면서 고통스럽게 살아가겠지.

그런데 왜 엄마는 아무것도 안 됐어? (일곱 살 김성수 말대꾸)

엄마 : 성수야 받아쓰기하자.

성수 : 싫어. 받아쓰기하기 싫어.

엄마 : 너 내년에 학교 가야 하는데 글자 모르잖아. 어서 와.

이때 성수가 '이렇게 하기 싫고 어려운 받아쓰기는 아마 이쯤에서 끝나고 앞으로 하는 공부에는 없을 거야' 하는 생각을 하며

성수 : 엄마! 엄마가 좋아하는 하-드(하버드)대학 가도 받아쓰기 해?

엄마 : 엄마가 좋아하는 하버드대학 가면 더 어려운 공부하지.

성수 : (놀라며) 어! 받아쓰기보다 더 어려운 공부가 있어?

벌써부터 공부가 질린다는 말대꾸다. 공부 문제는 끝없이 아이들을 괴롭힌다.

엄마 : 성수야! 공부하자.

성수 : 싫어!

엄마 : 너 그렇게 공부 못하면 커서 아무것도 못 해.

이쯤 엄마 말을 듣다 보면 이렇게 공부 공부 하면서 큰소리치고 잘 난 척하면서 나를 들볶아 대는 엄마는 어려서 학교 다닐 때 공부를 잘 했는지 못했는지 궁금해진다. 그러니까

성수 : 엄마는 학교 다닐 때 공부 잘했어?

　하고 묻는다. 엄마 대답 뻔하지 뭐. 성수 엄마만이 아니고 다른 모든 엄마들 다 마찬가지일 거다.

　　엄마 : 그럼, 잘했지.

　이러니까 이쯤에서 성수가 뭐라고 말대꾸를 했을까?

　　성수 : 그런데 왜 엄마는 아무것도 안 됐어? 박사도 아니고 의사
　　도 아니고 왜 아무것도 안 됐어?

　성수는 엄마가 아무것도 안 된 것으로 알고 있다. 공부 열심히 해서 훌륭한 엄마 되라고 한 사람은 없을 테니까. 다 박사, 의사…… 이러면서 뭐 되라 뭐 되라 했을 테니까.

　이렇게 힘들고 하기 싫은 공부를 잘한 엄마가 아무것도 안 된 데다가 거기다가 또 "아유! 지겨워" 이렇게 지겹고 지겹다고 하면서 엄마 노릇을 하는 걸 본 아이들은 정말 공부를 왜 해야 하는지 모를 거다. 아이들이 봤을 때 공부를 잘한 엄마는 틀림없이 행복하게 살아야 하는데 그렇지 못하니까 공부를 잘해야 하는 까닭을 모르게 된다. 어렵고 힘들고 그래서 하기 싫은 공부를 잘해도 저렇게 지겹게 살아가는데, 그 하기 싫은 공부를 왜 해야 하는지 도무지 알 수가 없는 거다.

그럼 엄마는 화 잘 내는 귀신 (일곱 살 이상인 말대꾸)

엄마 : 너 왜 이렇게 엄마 말 안 듣니 엉? 너 말 안 듣는 귀신 두 마리 푹푹 삶아서 후르륵 하고 먹었지? 그래서 이렇게 엄마 말 안 듣는 거지?

상인 : 그럼 엄마는 화 잘 내는 귀신 두 마리 푹푹 삶아서 후르륵 하고 먹어서 그렇게 화 잘 내는 거야? 화 풀어.

이렇게 아이들은 말대꾸를 악착같이 하면서 자란다. 이렇게 되고 보면 어른들이 힘들게 된다. 말끝마다 말대꾸를 하는 아이하고 지내려면 얼마나 힘들겠나. 말 그대로 열 받고 그래서 아이한테 매까지 들고, 이제 폭력으로 꼼짝 못 하게 만든다.

아이들은 어른들 말끝마다 말대꾸가 하고 싶어 못 견디고 말을 해 댄다. 정말 어른들이 견디기 힘들 정도로. 이쯤 되면 어른들은 말대꾸 하는 아이들을 버르장머리 없는 아이로 몰아간다. 쓸데없는 말이라고 몰아간다.

그런데 쓸데없는 말도 이쯤에서 꼭 집고 넘어가도록 하자. 나는 지금까지 말하면서 "나 지금부터 쓸데없는 말 하겠습니다" 하는 사람 못 봤다. 말하는 사람은 어떤 문제가 있을 때 혼자 풀려고 하다 하다가 도와 달라고 말을 하는데, 듣는 사람이 듣기 능력이 부족해서 쓸데없는 말이라고 몰아붙이게 되는 거다. 쓸데없는 말 하는 사람 없다.

하고 싶은 말, 하고 싶을 때 못 하게 하면 아이들은 거칠게 자란다. 엄마들도 시어머니 앞에서 꼭 할 말 못 하고 참으면 혼잣말로 구시렁거린다. 구시렁거리지도 못하게 하면 설거지 이런 거 할 때 그릇을 거칠게 다룬다. 그렇게도 할 수 없을 때는 잘 놀고 있는 아이한테 "너 오늘 공부했어, 안 했어? 엉?" 하면서 소리소리 친다. 이렇게도 못 하게 하면 알아 달라고 여러 가지 일을 저지르게 된다.

이와 마찬가지로 아이들도 꼭 하고 싶은 말, 하고 싶을 때 못 하게 하면 거칠게 자란다. 아이들 문제부터 해서 청소년 문제가 다 이렇게 하고 싶은 말 하고 싶을 때 못 하고 자라서, 쌓이고 쌓여서 일어난다고 본다.

어제저녁 뉴스에서도 아나운서가 아이들이 갈수록 흉포해지는 것은 폭력 영화 같은 데서 폭력을 미화해서 그렇다고 마무리를 했다. 그런데 마주이야기 교육에서 봤을 때는 어려서부터 하고 싶은 말을 하고 싶을 때 못 해서 그 답답함이 쌓이고 쌓여서 폭발했다고 본다.

마주이야기 교육에서는 아이들 말을 들어 주면서 아이들이 안고 있는 모든 문제를 풀고 있다.

집에서나 우리 교육기관에서는 아이들 말을 더 잘 들어 주기 위해서 아이들이 하고 싶어서 한 말, 외우지 않고 한 말, 아이들이 안고 있는 문제가 가득 들어 있는 말을 열심히 들어 주면서 다 글자로 써 놓는다.

우리 글쓰기 회원들도 우리 아이들 말을 써 보자. 이런 생활을 하면 아이들 말을 열심히 들어 주게 된다. 또 아이들 자리에서 보면, 아! 말은 글이 되는구나 하는 것을 생활 속에서 자연스레 터득하게 된다. 더더욱 좋은 것은 이렇게 들어 주는 교육이 생활이 되면 아이들이 답답하고 억울하고 분한 일 같은 안 좋은 일들을 말로 썼어 내고 시원하고 싱싱하고 자신 있는 사람으로 자란다. 그리고 아이들이 공부를 왜 해야 하는지를 알고 하게 된다.

그럼 마주이야기로 민하 엄마가 아이들한테 들려준 이야기를 들어 보자.

"난 저기 앉아 있는 김민하 엄만데, (아이들한테) 오늘 춥니 안 춥니?"

"추워요."

"춥지? 그래서 아침에 내가 민하한테, 민하야! 오늘 추우니까 이 누빈 윗도리하고 누빈 바지 입고 가! 그랬더니 글쎄 민하가, 엄마! 이 누빈 윗도리에는 이 치마가 어울리겠다 하면서 여름 치마를 꺼내 입는 거 있지. 그래서 내가, 어울리기는 뭐가 어울려. 잔말 말고 이 누빈 옷 입고 저 운동화 신고 가! 하니까 글쎄 민하가, 엄마 이 운동화에는 이 치마가 어울리겠다 그러는 거 있지. 그래서 어울리긴 뭐가 어울려? 그 여름 치마 입고 가면 얼어 죽어 하니까, 나 안 추워 하는 거 있지. 그래서 안에서 춥냐? 밖에 나가야 춥지. 그랬는데두 고집 피우고 저 치마 입고 온 거 있지. (민하한테) 민하 일어나 봐. 추워? 안 추워?"

듣는 아이들과 겉돌지 않는 이야기 한 편이다. 아이들은 아이들이 경험한 만큼 고집을 부리고, 어른들은 어른들이 경험한 만큼 고집을 부린다. 민하가 안고 있는 문제는 그 또래들이 모두 안고 있는 문제이기에, 공감하면서 재미있게 듣고 읽는다.

우리 글쓰기회 여러분! 어른들도 할 말 다 하고 시원하게 살고, 아이
들도 할 말 다 하고 시원하게 자라면 얼마나 좋겠습니까.

이렇게 다 좋을 수 있으면 정말 좋겠지만,

1. 어른들이 시원하고 아이가 답답하게 자라는 것

2. 어른들이 답답하게 살고 아이가 시원하게 자라는 것

위 둘 가운데서 딱 한 가지만 고른다면?

박문희, 마주이야기교육연구소 (2002.6)

함께 가는 길, 아름다운 길
-경쟁은 없다

이걸 뭐라고 해야 하나. 아이들이 지니고 있는 인간에 대한 따뜻한 마음씨, 미안해하는 마음, 상냥함, 배려, 꿋꿋함, 천진함.

요즘 아이들은 자기밖에 모르고 핑계 대기 일쑤고 생각할 줄 모르는, 영혼이 메마른 아이들이 많다고 한다. 아이들이 원래 그런 건 아니다. 그렇게 되어 버린 것이다. 아이들을 둘러싸고 있는 여러 조건이 저들을 변하게 만든 것일 뿐. 타락한 어른들이 아이들의 순하고 어진 마음에 강퍅하고 메마른 가치들을 강제로 넣은 결과 이리 되었는걸. 그런데도 어른들은 참으로 뻔뻔스럽게 요즘 애들이 태어날 때부터 마치 전에는 없었던 새로운 종으로 태어난 것처럼 혀를 끌끌 찬다. 종잡을 수 없는 신인류의 모습으로 되어 가는 게 누구 탓인데. 모두가 미쳐 돌아가는, 가치를 잃고 휘청대는, 아이들을 미치게 만드는 사회 흐름에 공범이 되지 않으려면 거슬러 살아야지. 그래서 아이들을 지켜 내야지. 쉽진 않지만 불가능한 것만은 아냐. 어른으로, 부모로, 교사로 살면서 작지만 할 수 있는 일이 분명 있다. 그 가운데 하나는 아이들이 원래 지니고 있는 긍정의 가치들을 찾아내 주는 것이다. 우리 교사들이 지금 해야 할 몫이기도 하다. 시험과 경쟁, 우열반 편성, 비평준화, 박제된 교과서, 고뇌하지 않은 가르침 안에서는 그런 가치들을 찾아낼 수 없다.

해답은 쉽고 간단한 데 있다. 아이들 이야기를 들어 주고 마음을 열어 주고 끝까지 믿고 기다려 주는 것! 그러면 아이들은 꼭꼭 숨겨 둔 보물을 꺼내어 보여 준다. 저들이 지닌 빛나는 보석을!

고마운 소현이 (정라초등 5학년 조혜원)

오늘 음악 시간이었다. 멜로디언으로 '나뭇잎'을 불기로 했다. 한 줄씩 돌아가면서 불어보고 못하는 애들이랑 할 줄 아는 애들이랑 짝을 지어서 연습하여 검사 맡기로 했다. 소현이가 나랑 하자고 그래서 짝이 되어 연습을 했다. 난 너무 서툴러서 잘 못했는데 소현이가 박자를 맞춰 주었다.

내가 여러 번 틀렸는데도 계속 다시 같이 연습해 주고 "어느 부분이 어려워?" 이렇게 친절하게 말해 주면서 나에게 차근차근 맞춰 주었다. 왠지 모르게 고마웠다. 실수가 좀 있는데도 따뜻한 마음으로 덮어 주고 방황하지 않게 잡아준 소현이가 그저 고마울 따름이다. 아마 소현이가 나보고 같이 연습하자고 하지 않았으면 통과도 못하고 늦게까지 남아서 연습했을 거다. 검사도 맡고 그것도 다섯 번째로 통과해서 마지막에 소현이한테 이렇게 말했다.

"소현아, 나랑 해 줘서 고마워."

소현이는 진실한 내 마음을 알까? (6월 30일)

아침에 와서 아이들 일기장을 보는데 혜원이 글이 눈에 띄었다. 다 읽고는 소현이를 불렀다. 아무래도 소현이가 혜원이 마음을 알면 두 사람 모두 좋을 것 같아서, 소현이를 불러 혜원이 일기를 읽어 보라며 줬더니 소현이가 그런다.

"나도 혜원이한테 고맙다고 썼는데."

"뭐야? 어디 보자."

얼른 소현이 글을 찾아 읽어 보았다.

혜원아 고마워 (정라초등 5학년 고소현)

3교시 음악 시간에 '나뭇잎'이라는 노래를 공부했다. 저번 음악 시간에는 낙서를 하다가 선생님한테 걸려서 음악 공책에 '나뭇잎' 악보를 그려야 했다. 그래서 공부할 내용을 더 놓칠까 봐 최대한 집중을 했다. '나뭇잎' 노래는 쉼표가 있어서 끊어 부르는 거라 그런지 아기자기하고 귀여웠다.

선생님이 멜로디언을 한 명씩 불어보게 했다. 통과한 애들은 다빈이, 조한이, 원빈이, 동제, 가현이, 민지, 나영이 정도밖에 없었다. 근데 통과한 애들 거의가 음악 학원에 다닌다. 조끔 미안해졌다. 선생님은 통과한 애랑 못하는 애랑 짝을 지어서 연습하라고 했다. 할 애들이 없었다. 정말 순수하고 착한 아이라면 주환이나 유라 같은 애들이랑 짝을 해야겠지만 난 요즘 살짝 타락해서 그러지 못했다. 미안해.

"혜원아, 나랑 짝 할래?"

"어. 근데 나 잘 못하는데."

"괜찮아."

혜원이는 연습을 열심히 한다. 그런 만큼 잘하니까 한번 검사 맡으러 가자고 하니까 조금 더 연습해 보자고 한다. 혜원이가 완벽주의자인 이유를 알겠다. 처음 검사 맡으러 가서는 잘 나가다가 마지막 줄에서 한 박자로 해야 하는 것을 한 박자 반으로 해서 빠

꾸 맞았다. 점심시간에 밥 먹고 들어와서 다시 했을 땐 마지막 줄
에서 끊어서 연주해서 빼꾸 맞았고 세 번째에서 겨우 통과했다.
한숨 돌리고 남은 점심시간에 총정리를 풀려는데 혜원이가 슥 다
가와서 "고마워. 나랑 짝해 줘서" 하는 것이다. '아니야, 내가 더
고마워. 연습 열심히 해 줘서.' (6월 30일)

이번엔 혜원이를 불러 소현이 글을 보여 줬더니 둘이 함박웃음을 짓
는다.
"너희 둘, 통했네!"
그랬구나. 참 이쁘네 이 녀석들. 마음 씀씀이가 참 곱다야. 이러면서
아이들 일기를 하나씩 읽어 가는데 어머나, 세상에 이게 무슨 일이람!
소현이, 혜원이처럼 이렇게 서로서로 고마웠다고 글을 쓴 아이들이
한둘이 아니다. 원빈이와 호준이, 연주와 희홍이, 호섭이와 혜윤이, 영
채와 동제……. 이건 완전한 우연이었다. 마음이 쫘악 통한 거다.

동제야 고마워 (정라초등 5학년 송영채)
내가 제일 싫어하는 과목은 음악이다. 다른 사람이 나보고 "니가
제일 제일 제일 싫어하는 과목이 뭐야?" 하면 나는 아주 자신 있
게, 아주 크게 "음악!" 하고 외칠 수도 있다. 음악과 나는 악연사
이다. 음악 시간마다 짜증이 나고 조마조마한다. '오늘 리코더 하
면 어떡하지, 아니면 단소는?' 오늘도 매우 가슴이 뛰었다. 설마
하는 생각으로 '그래, 그래 그냥 넘어갈 거야' 하면서도 한편으론

'진짜 하는 거 아냐?' 불행하게도 나의 나쁜 생각이 들어맞았다.

아주 오래 전부터 나는 음악을 싫어했다. 가수들이 부르는 노래에서도 편안한 느낌이 나는 음악이 좋다. 우리 엄마는 아침마다 노트북의 음악을 들으신다. 나도 엄마처럼 음악을 좋아하긴 하지만 듣는 것이 좋지 직접 하는 건 싫다. 저번 4학년 때도 합창부를 할 때 걱정을 많이 했다. 합창부에서 저번에 은상인가 탔을 때 '나 때문이야' 하는 죄책감도 들었다.

……리코더도 그랬다. 저번 삼척초등학교에서도 리코더 때문에 남은 게 수두룩하다. 나는 음악하고 아주아주 나쁜 관계이다. 사실 나도 음악 학원 음악 과외로 플룻도 배웠다. 그러니 멜로디언을 못하는 건 말이 안 될지도 모르지만 나한텐 관심도 없고 재능도 없다. 처음 음악 학원 다닐 때는 재미있어서 좋았는데 계속 다니다 보니 이제 질리고 연습을 안 해서 실력도 늘지 않았다. 플룻을 계속 불면 머리가 뱅그르르 어지럽다. 연습을 안 해가지고 플룻 선생님께 많이 혼났다. 나도 음악에 재능이 있으면 좋겠다. 물론 해 보지도 않고 이런 생각하는 내가 나쁘다. 하지만 나는 음악이 싫어서 아예 관심이 없는 것이다. 그래도 플룻 덕에 단소는 잘 불었다. 하지만 박자는 잘 못 맞추어 내 별명은 박치, 어느 때는 손이 꼬이기도 했다.

오늘은 멜로디언을 해야 했다. 다 같이 불 때 나는 불기만 하고 치는 흉내만 했다. 리코더나 멜로디언 같은 악기는 잘 몰라가지고 손으로 하는 흉내만 낸다. 그것뿐이면 다행이지. 계이름은 읽을 줄 알지만 친구들이랑 같이 할 때는 입이 우물쭈물해진다. 이번에도 다 같이 몇 번씩 불어보고 끝낼 줄 알았는데 선생님이 한 명 한 명 시켰다. 나는 가슴이 마구 뛰었다. 나는 숨을 헐떡거렸다. 선생님은 한동안은 다 같이 하시더니 이번엔 왜, 대체 왜 각자 하란 말인가. 나는 오래 전부터 노력은 하지 않고 뒤에서 흉내만 내왔다. 다행이도 나의 구세주 동제가 날 도와주었다. 그것도 동제가 나한테 같이 하자고 손을 먼저 내밀어 주었다. 나는 멜로디언에 손가락 짚는 방법도 몰랐다. 동제가 나한테 기초부터 가르쳐 주었다. 나는 열심히 했지만 잘 되지가 않았다. 난 악보를 보는 게 아니라 건반을 보면서 친다. 그러니 외워서 치는 것이다. 악보를 보고 치면 '레'를 칠려고 하면 '미'를 치고 '솔'을 칠려고 하면 '파'를 치고. 다른 애들은 통과를 하는데 나는 되지 않아서 계속 통과하지 못했다. 동제는 너무 서러웠는지 울었다. 내가 때리거나 심한 욕을 하지는 않았지만 내가 못해가지고 동제를 울렸다. 나는 동제를 위해서라도, 나를 위해 이렇게까지 해 주는 동제를 위해 과학 시간에도 음악책과 멜로디언을 꺼내어 연습하고 또 연습했다. 나는 그때 내가 음악을 못하는 것은 내가 내 자신이 못하는 것도 남에게 피해를 준다는 사실을 깨달았다. 쓰러지고 또 쓰러져도 동제는 날 위해 열심히 해 주었다. 정말로 동제에게 고맙다는 말을 해 주고 싶다. 늦게까지 남아서 해 준 동제야, 정말 고마워. 다음엔 더 열심히 할 거야. (6월 30일)

아, 눈물겨워라. 음악이 야한테는 이리도 안 맞구나. 그래도 이래 끼이꺼이 해냈구나. 아니, 다장조로 계이름 부르는 건 아래 학년 때 다 배운 거 아닌가. 게다가 멜로디언 건반에 계이름이 다 쓰여 있는데 보고 누르는 것도 이래 힘드나. 뭐라고? 동제가 울기까지 했다고. 듬직하고 야무진 동제가 울기까지 했다니 이거 참. 얼른 동제 글을 보았다.

멜로디언 (정라초등 5학년 이동제)

엄마가 일을 쉬시고 할머니도 퇴원한 오늘, 어른들은 술 드시러 간다. 동생이랑 놀이터에서 흙 파다가 집에 가려는데 동생이 더 논다고 한다. 할 수 없이 질질 끌어서 데리고 왔다. 와보니 9시 54분이었다. 현재 9시 57분. 오늘 있었던 일을 쓰려고 한다.

오늘 '나뭇잎'을 멜로디언으로 불기를 한다. 처음엔 계이름으로 읽었다. 다장조여서 쉬웠다. 그리고 돌아가며 한 줄씩 불기를 했다. 애들은 자기 차례가 오자 거의 패스를 했다. 선생님께서 못 하겠으면 옆의 사람으로 넘기라고 하셔서이다. 난 패스를 하지 않고 불었다. 너무 가볍게 친다고 하셔서 무겁게 불었다. 그렇게 이건 이렇게 됐다.

선생님께서 두 명씩 소프라노, 알토로 나눠서 불라고 하셨다. 난 아까부터 채은이랑 같이 하기로 했다. 그런데 선생님께서 아까 통과한 애와 통과하지 못한 애들로만 짝을 지으라고 하셨다. 난 영채랑 하기로 했다. 영채는 한두 마디 불다 쉼표도 없는데 쉬었다. 난 처음부터 기대되는 맘으로 가르쳐 주었다. 영채는 손부터 어렵게 됐다. 그래서 손가락의 위치를 바꾸어 주었다. 이젠 좀 잘 됐다. 난 다섯 번씩 불라고 했다. 영채는 알토였다. 알토는 더 어려운 것 같았는데 왜 알토를 하는지 궁금했다. 나도 연습을 하고 영채 보고 첫째 줄 다시 한 번 불어보라고 했다. 좀 뭔가 이상했지만 잘 됐다. 문제는 둘째 줄이었다. 영채는 한마디 하고 쉬고 계이름 틀리고 박자도 손가락 위치도 다 틀렸다. 박자는 박수치기로 가르쳐 주었고 위치는 그냥 편한 대로 하라 했고 계이름은 일일이 불러 주고 많이 연습을 시켰다. 그랬더니 조금 됐다. 그때 지민이랑 나 영인가? 둘이 통과를 했다. 부러웠다.

둘째 줄은 우선 넘어가고 셋째 줄을 했다. 좀 쉬워서 일찍 건너뛰었다. 다시 둘째 줄로 돌아가 연습을 했다. 마지막 마디에 속삭이듯이 말하는 걸 계속 안 했다. 그래서 짜증이 났다. 밥을 빨리 먹고 다시 연습을 했다. 영채는 계속 틀렸다. 눈물이 났다. 왜냐하면 나머지를 할 것 같고 통과 못할 것 같아서였다. 거기에다 온갖 설움이 합쳤다. 점심 시간이 끝나고 이혜원이 위로를 해 주었다. 그게 더 서러웠다. 그래도 참고 공부를 했다. 공부 끝나고 옥상에서 연습을 했다. 틀리면 맞기를 걸고 했다. 잘 됐다. 하지만 둘째 줄 마지막 마디를 계속 안 했다. 난 때렸다.

픽! 영채는 복수를 했다. 검사를 맡았는데 박자가 틀렸다. 난 실패할 때마다 설움 게이지가 올랐다. 난 혼자 하고 싶었지만 안 됐다. 김지민은 약올렸다. 영채랑 난 지민이를 때렸다. 김지민은 장채은을 불러 모아 우릴 쳤다. 난 다시 연습을 하고 검사를 맡았다. 똑

같은 이유로 탈락되었다. 난 영채랑 끊임없이 도전하다 마지막 기회가 왔다. 선생님께서는 통과를 시켜주셨다. 거의 못하던 영채랑 같이 통과해서 두 배나 좋았다. 와! 기쁘다. (6월 30일)

참 아름답다. 나도 동제 마음에 얽혀 들어 눈물이 나올 뻔했다. 애들의 본마음은 이렇다. 원빈이는 잘 못하는 아이와 같이 하는 걸 꺼려 했던 마음을 글에 살짝 드러냈다. 그런 자신이 나빴다고. 그리고는 호준이한테 4분 음표 네 개를 가르쳐 줄 때 "니∨ 바∨ 보∨ 다∨"를 말로 한 자 한 자 되풀이하며 알려 줬다고 했다. 웃으면서, 그리고 친절하게. 호준인 또 이런 원빈이에게 고마워하는 글을 썼다. 난 아이들이 쓴 글을 읽어 줬다. 글 쓴 아이도, 듣는 아이들도 모두 조용히 들었다. 다 듣고는 아이들이 손뼉을 쳤다.

우리 반에서는 함께 하는 활동을 할 때 혼자 남겨지는 아이가 없다. 수학 시간이든 과학 시간이든 체육 시간이든. 설령 처음엔 혼자일지라도 먼저 해낸 아이들이 남겨진 아이의 짝이 되어 준다. 아이들에게 말했다.

"얘들아, 처음부터 아무 기준 없이 그냥 둘씩 짝지어 연습하라고 했으면 이런 아름다운 모습과 감동적인 마음을 나누기 힘들었을 거야. 잘하는 사람이 못하는 사람에게 손 내밀어 주고 못하는 사람은 그 손을 기꺼이 잡아서 함께 연습했잖아. 짝이 없어 연습 못 한 사람이 없었잖아. 못한다고 원망하는 사람도 없고 잘하는 사람끼리 먼저 검사 맡고 홀랑 가는 것도 없잖아. 자기가 잘해도 끝까지 동무를 기다려 주고 참아 주잖아. 이래서 너희들은 멋있고 대단한 거야. 그리고 어떡해서든 끝까지 해내려고 하고."

내 말을 듣는 아이들 얼굴에 무어라 말할 수 없는 진지함과 느긋함과 평온함이 깃들어 있었다. 더디 가도 함께 가야 하는 까닭이 여기에 있다. 다 같이 행복해지기 때문이다.

주순영, 삼척 정라초등 (2008.7.2)

서러운 아이들

며칠 전 학교에 잠시 들렀다가 집으로 돌아가는 길이었다. 교문 앞으로 차를 몰고 나오는데 동진이가 길을 건너려고 서 있다. 큰 소리로 부르려다 그만두었다. 날이 매우 찬데, 동진이는 맨발에 슬리퍼를 신고 태권도 도복만 걸친 채 바들바들 떨며 서 있다. 파란 불이 들어오니 급하게 뛰어간다.

'이렇게 추운데. 어휴, 겉옷이라도 좀 걸치고 나오지. 어머니가 같이 산다면 이 추운 날 애를 저렇게 나가게 두진 않았을 텐데······.'

동진이. 작년에 내가 3학년 가르칠 때, 우리 반 아이다. 동진이 때문에 마음 아파 운 적도 여러 번이었지.

봄 소풍 갈 때였다. 아침에 아무리 기다려도 동진이가 안 오기에 집에 전화를 했다. 동진이가 받는데 목소리에 힘이 없다.

"선생님, 아빠가 소풍 가지 마라 해요."

"동진아, 왜? 어디 아프냐?"

"아뇨."

"동진이는 가고 싶지?"

"예."

"동진아, 아버지 옆에 계시면 좀 바꿔 줄래?"

"예······."

아버지가 아주 귀찮다는 듯한 목소리로 전화를 받는다.

"여보시오."

"동진이 아버님, 저 동진이 담임입니다. 동진이 소풍 데려갈게요. 도시락은 제가 살짝 줄 테니 그냥 애만 보내 주세요."

"마, 됐습니더. 동진이는 어데 갔다 오면 잘 아파서 안 보낼라 합니더."

'아프다니? 동진이가 얼마나 건강한 아인데? 배 아프다고 할 때는 자주 있지만, 놀 때는 얼마나 잘 노는데…….'

"동진이 아버님, 제가 지금 집에 찾아갈게요. 동진이 옷만 입혀 주세요."

그러고는 전화를 끊고 동진이 집으로 달려갔다. 학교 바로 앞에 찻길만 건너면 동진이 집이다. 찻길을 건너니 동진이가 양말도 안 신고 삐적삐적 걸어 나오고 있다.

"동진아, 괜찮다. 우리 같이 소풍 가자. 샘이 애들 모르게 살짝 도시락 줄게."

손을 꼬옥 잡았다. 3천 원을 주고는 학교 앞 구멍가게에서 과자랑 마실 거 사서 교실로 오라 하고 난 교실로 뛰어갔다. 그렇게 동진이는 그날 소풍을 다녀왔다. 소풍 가서는 얼마나 밝게 웃으며 신나게 놀던지 억지로라도 데려오길 참 잘했다고 몇 번이나 생각했다.

그리고 두 주일쯤 뒤에 동진이 어머니한테서 전화가 왔다. 사람들한테 물어물어 전화하는 거라며 동진이 어떻게 지내는지 물으셨다. 동진이 학교생활과 소풍 다녀온 이야기를 하니 어머니는 자꾸 우셨다.

"어머니, 동진이 만나러 오세요."

"저거 아버지한테 들키면 애들이 맞습니더."

"학교에 와서 살짝 만나시면 어떨까예."

몇 주 뒤 동진이 어머니가 드디어 찾아오셨다. 아이들을 집에 보낼 때쯤 오셨기에 서둘러 애들을 보내고 이야기를 나누었다. 참 순하게 생긴 분이다. 열한 살, 아홉 살 아들 둘을 두고 집을 나갈 때는 오죽했을까 짐작이 되기도 했다. 동진이 어머니는 천천히 이야기를 했다.

"선생님, 제가 저거 아버지한테 맞다가 맞다가, 이러다가는 죽을 것 같아서 작년에 도망쳐 나왔어예. 내 없을 때 아이들 팰까 봐 그기 제일 걱정이라예. 이때까지는 몸이 너무 안 좋아서 절에서 겨우 살았어예. 조금만 자리 잡으믄 아이들 데꼬 갈낍니더."

"어머니, 너무 힘드셨겠어요."

"저거 아버지는 일도 안 하고 맨날 집에 누워서 술에 쩔어 있습니더."

"생활은예?"

"물려받은 거하고 저번에 모아 놓은 거하고 까묵고 산다 아입니꺼. 몸이 말이 아니라예."

나보다 나이도 얼마 많이 들지 않았을 텐데 얼굴에는 기미와 수심이 가득하다. 동진이 어머니 얼굴을 보는데 내가 할 수 있는 말이 없었다. 그냥 손잡으면서 "어머니, 힘내세요. 어서 자리 잡고 애들 데려가도록 힘내세요" 이 말만 되뇌었다.

그러고 나서 동진이 어머니는 한 달이나 두 달에 한 번 아이들을 만나러 학교로 찾아오셨다. 데리고 나가서 맛있는 것도 사 주고 한다고.

동진이는 어머니가 한번씩 왔다 가면 어머니를 더 많이 그리워했다. 동진이는 아버지도 가여워하고 어머니도 그리워했다. 어머니가 돌아와서 함께 살았으면 하고 늘 간절히 바랐다.

11월도 끝나 갈 무렵 국어 시간이었다. '내가 잃어버린 소중한 것'을 말하는 시간이었다. 아이들이 하나씩 일어나서 자기가 잃어버린 물건에 대해 말했다. 그런데 지현이가 일어서더니 "다른 친구들은 물건에 대해서 말했지만 저에게 가장 소중한 것은, 외할머니였습니다. 여름방학 때 외할머니는 아파서 돌아가셨습니다. 저는 소중한 외할머니를 잃었습니다" 이렇게 말하고는 엎드려 울어 버렸다. 나도 그만 눈물을 참을 수 없어서 같이 울어 버리고 말았다.

그때 동진이가 갑자기 벌떡 일어나더니 "저는 너무도 소중한 엄마를 잃어버렸습니다" 하고는 눈물을 주르륵 흘리며 고개를 푹 숙였다. "엄마가 나갔을 때, 마음이 터질 것 같았습니다." 동진이는 울면서 말을 이었다.

"한 달에 한 번밖에 엄마를 못 봅니다. 나는 그게 너무 슬픕니다. 엄마가 어서 돌아와서 같이 살면 좋겠습니다. 흐흐흑……."

동진이는 큰 소리로 흐느껴 울며 엎드려 버렸다. 아이들이 모두 같이 울었다. 나도 울고. 동진이 슬픔이 우리 모두의 마음을 아프게 아프게 적셨다. 우리는 한참을 같이 울었다.

그날은 비가 내렸는데, 국어 시간 마치고 쉬는 시간에 동진이가 창가에 기대 비를 보며 서 있었다. 지민이가 옆에 가더니 달래 주면서 어깨동무를 해 준다. 난 그 모습을 보면서 또다시 울었다.

아이들은 동진이에게 편지도 써 주고 하느님에게 동진이 어머니가 빨리 돌아오게 해 달라고 빌기도 하며 동진이가 힘을 내도록 마음을 모았다. 하지만 동진이 어머니는 아직 돌아오지 못하고 있다. 아니, 돌아올 수는 없을 것이다. 아내를 때리는 남편을 바꾸기는 정말 어렵다고 들었다. 어서 자리 잡아 동진이랑 동진이 형을 데려가 따뜻하게 품어 주시기를 기다린다.

내가 할 수 있는 일은 정말 없었다. 동진이 아버지가 달라지도록 할 수도 없고, 동진이 어머니가 어서 빨리 자리 잡으시도록 도울 수도 없었다. 동진이가 아버지에게 맞지는 않는지 자주 살펴보고 이야기 나누고, 손이 트거나 얼굴이 트면 로션이나 발라 주고, 입술이 갈라져 까칠하면 입술 보호 크림 발라 주고, 엉덩이 토닥거려 주고. 이런 것밖에는 할 수 있는 일이 없었다. 라면을 자주 먹어 늘 배가 아프다던 동진이. 방학 때만이라도 우리 집에 데려와 살까 생각도 해 봤지만 생각에 그칠 뿐이었다. 가여운 아이가 동진이만이 아닌 것이다.

아, 정말 고통에 심장이 녹아내리는 일이 너무도 많다. 공부 시간에 하도 돌아다니고 교실에도 잘 안 들어오고, 아이들 때리고 괴롭히고 하더니 급기야는, 공부 시간에 몰래 똥을 누고는 동그랗게 만들어 교실 바닥 여기저기에 굴리는 일까지 하던 승철이. 도저히 내 힘으로는 어찌 할 수가 없어서 어머니랑 같이 아동·청소년 회관에 가서 심리검사도 하고 상담도 받았다. 어머니랑 이야기를 나눌수록 아이에게 문제가 있는 것이 아니라 부모의 문제라는 것을 알게 되었다. 가을 무렵에 다른 어머니 한 분이 말해 주었다.

"선생님, 승철이 어머니, 알코올 중독이에요. 동네에서 유명합니다. 전에 보니 버스 다니는 큰길가에 쪼그리고 앉아 오줌을 누고 있더라고예. 애는 옆에 세워 놓고. 그 집 아버지도 썽질 겁납니더."

승철이 어머니 얼굴이 핏기가 없고 말하는 것도 좀 이상할 때가 많았지만 그 정도일 줄은 몰랐다. 승철이가 너무 가여워 마음이 아팠다. 아이가 무슨 죄란 말인가? 집에 들어가기 싫어 동네를 돌아다니던 승철이. 5시 넘어서도 애가 안 들어온다며 찾아다니던 승철이 어머니 모습이 떠오른다. 승철이에게는 집이 편안하고 아늑한 곳이 아니라, 이해할 수 없는 어른들의 악다구니로 가득 찬 곳이었지 싶다.

올해는 2학년을 맡았다. 서른세 명 가운데 어머니, 아버지 없이 할머니랑 사는 아이 하나, 어머니 없는 아이가 셋, 아버지 없는 아이가 넷, 어머니 아버지가 맨날 이혼할 거라고 으르렁거린다는 아이가 일곱이다. 아이들 글을 보면 안타까울 때가 많다.

밥 먹다가 (남부민초등 2학년 오미진)

저녁밥을 먹는데 아빠가
밥이 와 이렇노? 김이 다 빠졌노? 했다.
엄마는 대답도 안하고
밥그릇을 팍팍 쑤시며
화난 얼굴로 밥을 먹었다.
이년이 밥맛 떨어지게 하네

시발, 말이 그게 뭐고?
싸움이 시작됐다.

나는 밥을 계속 먹어야 하나 말아야 하나
눈치만 살폈다.

앞으로 밥 먹을 때
아빠하고 나하고 먹고
엄마하고 오빠하고 같이 먹는다고 한다.

난 화도 나고 슬프다.
엄마, 아빠가 빨리 화해했으면 좋겠다. (2004년 11월 18일)

미진이는 뺨이 오동통하고 뭐든지 먹는 것을 참 좋아하는 아이다. 이런 아이가 밥 먹다가 어른들이 이렇게 싸우니 마음이 어땠겠나! 늘 가시 돋친 듯 조그만 일로도 거친 말을 내뱉으며 싸우는 어른들. 무엇이 이들을 이렇게 팍팍하게 만들었을까? 물론 거칠고 살기 힘든 세상이 이들을 이렇게 만들었겠지만 그 옆에서 다치는 아이들은 얼마나 가여운가!

진짜 엄마 (남부민초등 2학년 박진혁)

천마산에 소풍 간다고
우리 반 아이들이랑 줄 서서 운동장에 나갔다.

진혁아!

일곱 살 때부터 못 본

진짜 엄마가 서있었다.

진혁아, 소풍 가나? 도시락은 쌌나?

엄마는 밖에 뛰어나가더니

야쿠르트를 다섯 개 사와서 내한테 줬다.

또 돈 2000원도 줬다.

우유도 줬다.

나는 고맙습니다. 했다.

그라고 나서 학교에 어쩔 때 한 번씩

진짜 엄마가 전화를 한다.

선생님이 작은 목소리로

진혁아, 전화 받아라. 어머니다.

하면 나는 앞에 가서 전화를 받는다.

친구들도 다 안다.

그래도 나는 안 부끄럽다.

엄마 없는 친구들이 또 있다.

지금 집에 있는 엄마는 좀 무섭다.

나도 진짜 엄마하고 살고 싶다.

그래도 아빠한테는 말 못 한다. (2004년 11월 18일)

이제 2학년인 아이에게는 참 견디기 힘든 슬픔이다. 그래도 진혁이는 나름으로는 잘 견디고 있다. 아이들이랑 뛰어놀고, 장난도 치고, 기분 나쁘면 얼굴을 할퀴면서 싸움도 하고.

어머니 (남부민초등 2학년 허재민)

나는 선생님이 재미있는 숙제를 내 주면 못 해 온다.
일요일에도 우리 어머니 아버지는 일하러 간다.

사인을 받아가야 할 때도 못 할 때가 많다.
어머니를 만나기가 어렵다.
아침에 학교 갈 때는 어머니는 주무시고 계신다.

난 어떨 때는
엄마가 보고 싶어서
회사에 찾아가고 싶다. (2004년 10월 16일)

어머니 (남부민초등 2학년 길동규)

어머니는 매일 늦게 들어오신다.

매일 전화를 하신다.
늦게 가니까 공부하고 있어라.

어머니가 늦게 들어오시니까
어머니 얼굴 보기가 힘들다.
어머니는 밤 열두 시에 온다.

나는 일기를 쓰고 달래네 집을 보다가 잔다. (2004년 11월 18일)

어머니 (남부민초등 2학년 박선아)

우리 어머니는
매일 일을 나가신다.
일 주일에 한 번씩
일찍 가고, 늦게 가고 하신다.

일찍 가셨을 땐
일찍 돌아오시는데
집에 와선 또 일을 한다.
설거지, 청소를 다 하고
주무신다.

늦게 오는 날엔,

열한 시 삼십 분에 오기 때문에

얼굴 보기가 힘이 든다.

어떨 땐 엄마 얼굴이 흐릿해질 때도 있다.

우리 엄만 늘 외롭고 힘든 표정이시다. (2004년 10월 16일)

　　어머니가 없는 아이들도 가엾지만, 어머니가 같이 살아도 미친 듯이 사람을 몰아가는 도시의 삶은 밤에도 가난한 어머니들을 일터로 데려가 버린다. 많은 아이들이 혼자서 12시 넘어서까지 컴퓨터나 텔레비전 앞에서 어른들을 기다리다가 지쳐 잠이 든다.

　　우리 아이들은 너무 서럽게 살고 있다. 당장 죽음이 바로 코앞에 있는 이라크 아이들이나, 먹을 것이 없어 굶주리는 가난한 나라 아이들 고통에 견주면 우리 아이들 고통은 어찌 보면 가벼운 것이라 할 수 있을지도 모른다. 하지만 아이들이 조금 더 행복하게 기쁘게 살 수 있으면 좋겠다. 그러려면 이런 세상으로 끝없이 나아가서는 안 된다고 본다. 조금은 가난하게 살고, 서로 나누면서 사랑하며 살 수 있는 아름다운 공동체로 나아가길 꿈꾸어 본다. 어른들이 행복하면 아이들도 절로 행복해질 것이다. 사람이 사람답게 살 수 있는 세상, 모든 생명이 귀하게 살아가는 세상을 만들기 위해 내가 지금 할 수 있는 일은 무엇일까? 생각하고 또 생각해 본다.

김경해, 부산 남부민초등 (2005.1.17)

학교 땡땡이치고 노니 재밌더나?

어제 김민호랑 박민호가 학교에 오지 않았다.

김민호는 학교에 오지 않은 지 며칠 되었다. 집으로 전화를 해도 받지 않는다. 아이들이 다 가고 난 뒤 혹시 집에 있을까 싶어 전화를 하려는데 김민호 아버지한테 전화가 왔다.

"민호 큰아빠입니더. 전화 한번 하기가 와 그리 어렵습니꺼. 부끄럽고예."

"아이고, 전화 잘하셨습니다. 저도 전화드리려고 했는데요. 근데 민호 아픕니까? 오늘도 안 와서 집에 찾아갈까 생각 중이었습니다."

"뭐라꼬예? 학교 안 왔습니꺼. 그동안 민호가 조금 아팠는데 학교 안 갈라 하데예. 그래서 그냥 쉬게 했습니더. 오늘은 학교 꼭 가라고 보냈는데예. 선생님 죄송합니더. 할 말이 없습니더."

"아닙니다. 죄송하다는 말 하지 마십시오. 제가 좀 더 챙겨 봐야 하는데."

"선생님 아입니더. 저는예, 재수가 어찌나 없는지 하는 일마다 안 됩니더. 돈도 떼이고요. 사실 민호는 내가 아버진 줄 압니더. 민호가 알면 안 됩니더. 비밀 꼭 지켜 주이소."

그랬구나, 민호 아버지가 큰아버지였구나. 민호 아버지한테서 순박한 마음이 툭툭 묻어났다. 아버지가 월급을 다 떼인 이야기, 월급 받아서 아버지 것은 하나도 못 사고 자기 것만 사서 미안했다는 김민호 일기 글이 떠올랐다.

"민호 아버지, 오늘 민호 오면 잘 타일러 내일 꼭 학교 가라고 일러 주시고예. 어짜든지 학교에서 잘 보살피겠습니다. 너무 걱정하지 마세요. 전화 주셔서 너무 고맙습니다."

"아닙니더. 선생님예, 죄송하고 미안합니더."

요즘 할머니는 집에 안 계신다는데, 이 녀석이 점심을 챙겨 먹고는 있는지. 조금 아프다고 학교에 오기 싫어했다니. 내가 너무 무심했나 싶어 민호 아버지 전화 끊고 마음이 한참 쓸쓸했다.

오늘 아침은 두 민호부터 챙겼다. 김민호와 박민호 둘이 눈치를 보며 함께 교실로 들어왔다. 둘이 학교 땡땡이치고 돌아다니다 마칠 때쯤 자기 집으로 들어갔나 보다.

박민호는 엄마한테 맞았는지 눈이 퉁퉁 부어 왔다. 박민호 엄마와 전화로 이야기할 때, 오늘 민호가 들어오면 절대 때리지 말고 잘 타일러 보내 달라고 그렇게 부탁을 드렸는데 민호를 보자 속상한 마음이 앞섰는지 모르겠다.

얼마 전에 박민호가 쓴 일기가 생각났다. '우리 어머니' 노래 배우고, 어머니한테 불러 드리는 집공부를 냈을 때다.

'우리 어머니' 노래 불러드리기 (동백초등 5학년 박민호)
어머니가 11시에 들어오셔서 침대에 가서 누우셨다. 나는 노래를 부를까 말까 고민하다가 불을 켜고 말했다.
"엄마 잘 들어 봐."
어머니는 처음엔 들은 체 만 체하셨다. 하지만 내가 노래를 부르자 어머니는 노래를 들었다.
"언제나 일만 하는 우리 어머니 오늘은 주무셔요 바람 없는 한낮에 마룻바닥에 코끝에 땀이 송송 더우신가 봐 부채질 해 드릴까 그러다 잠 깨실라 우리 엄만 언제나 일만 하는 엄만데 오늘 보니 참 예뻐요 우리 엄마도……."

엄마가 "민호야 그만 불러라. 그리고 고맙다. 엄마 일 더 열심히 할게."

엄마 눈에 눈물이 글썽거렸다. 나는 어떻게 할 줄 몰라 엄마한테 오줌이 마렵다고 하고 화장실로 달려갔다. (9월 12일)

"김민호, 박민호, 잘 왔다. 학교 땡땡이치고 노니 재밌더나?"

"……아니요."

"박민호, 너 어제 엄마한테 꾸중 많이 들었구나. 눈이 통통 부은 걸 보니."

"예."

"김민호, 아버지가 걱정 많이 한 거 알지?"

"예."

"일기장 내고 아침 공부 할 준비하거라."

자리로 돌아가는 걸 보고 아이들이 써 온 일기를 보고 있었다. 좀 있으니 두 민호가 일기장을 들고 온다.

학교 가지 않아서 (동백초등 5학년 박민호)

엄마가 화가 나서

내 다리를 사정없이 때렸다.
다리가 벌겋게 붓고
멍이 들었다.
엄마는
"이제 그러지 마." 하시고
밥을 채려 주었다.
나는 밥을 훌떡훌떡 먹고
잤다.

아빠 (동백초등 5학년 김민호)

오늘 학교에 안 갔다.
그래서 저녁에 살짝 들어갔다.
아빠가
나한테 할말 없냐고 했다.
그래서 들켰나 보다고
학교에 안 갔다고 말했다.
아빠는 아무 말도 안 하고
"밥 먹어라" 했다.
가슴이 터질 것 같았다.

아, 그래 밥이 있었구나. 아이 야단치다가도 슬그머니 채려 주는 밥,

아무 말 않고 밥부터 먹게 하는 아버지. 두 아이가 쓴 글을 보니 우리 엄마 생각이 났다. 아버지하고 싸우다 밤새 퉁퉁 부은 얼굴로 아침밥을 차려 주시던 엄마. 먹기 싫다고 깨작거리고 있으면 우리에게 욕을 하면서까지 아침밥을 먹여 보냈던 엄마. 우리 엄마 때문에 아침밥을 거르면 무슨 큰일이 나는 줄 알았지.

홀떡홀떡 밥을 먹는 박민호, 가슴이 터질 것 같다던 김민호 마음을 온몸으로 느끼겠다. 마음이 힘들고 고달플 때 아이들에게 챙겨 주는 밥상, 그 밥을 먹는 아이들, 아니 모든 사람들에게 이래서 힘이 된다.

시 맛보기 시간에 시를 고르다가 '아버지의 병환'이라는 시가 또 마음을 울컥하게 한다. 그래서 오늘 이 시를 칠판에 적었다.

아버지의 병환 (안동 대곡 3학년 김규필)

우리 아버지가
어제 풀 지로 갔다.
풀을 묶을 때 벌벌 떨렸다고 한다.
풀을 다 묶고 나서
지고 오다가
성춘네 집 언덕 위에 쉬다가
일어서는데
뒤에 있는 독맹이에 받혀서
그 높은 곳에서 떨어질 때

풀하고 구불어 내려와서 도랑 바닥에 떨어졌다.

짐도 등따리에 지고 있었다.

웬 사람이 뛰어와서

아버지를 일받았다.

앉아서 헐떡헐떡하며

숨도 오래 있다 쉬고 했다 한다.

내가 거기 가서

그 높은 곳을 쳐다보고 울었다. (《일하는 아이들》에서)

　마지막 부분을 읽어 주는데 갑자기 코가 매워진다. 아버지가 다쳤던 곳에 가서 그 높은 곳을 쳐다보며 눈물을 흘리다니. 이 어린 규필이가 어찌 이리 대견스러울까. 밥상 앞에서 꾸역꾸역 밥을 먹으며 우리 두 민호도 아버지 어머니를 떠올렸겠지.

　시를 다 함께 맛보고 김민호, 박민호 시도 읽어 주었다. 우리가 잘못했을 때 야단치는 아버지 어머니 마음도 헤아려 보자고 했다. 우리가 어떤 잘못을 해도 부모님은 끝까지 우리를 지켜 주고 사랑해 줄 거라고 했다. 그리고 아버지를 생각하는 규필이의 귀한 마음도 우리 마음속에 다 있을 거라고.

　아이들이 날 뚫어지게 바라본다.

　국어 시간으로 이어져 오늘 아침 시 맛보고 나눈 이야기나 아버지 어머니에게 죄송한 일, 말하고 싶은 일 뭐든 좋으니 글로 써 보자고 했다.

아빠 (동백초등 5학년 김지은)

엄마는 외할머니가 아프셔서

병원에 가고 없고

아빠는 상만 차려 놓고

또 나가신단다.

나는 화가 나서

문을 쾅하고 쎄게 닫았다.

아빠는 다시 늘어오더니

"왜 그러는데

아빠가 밥 차려 놨잖아."

그러고는 다시 나갔다.

나는 안방에서 엉엉 울었다.

아빠가 또 다시 들어왔다.

밥 먹자 한다.

밥 먹고 있는데

아빠가 밥에 김치랑 참치를 올려 주신다.

저절로 눈물이 나온다.

밤에

아빠가 술을 먹고 오셨다.

나는 아빠한테

꿀물을 타드렸다. (9월 14일)

놀다가 (동백초등 5학년 라인찬)

우리가
어머니와 한 약속을 지키지 않고
12시 집에 돌아왔다.
엄마가
너무 화가 나서
우리를 때려 팼다.
우리 줄려고
밥 만들어 뒀다는데
식는 밥을 보며
화가 났다고 한다.
매는 끝났는데
마음이 아프다. (9월 14일)

용돈 (동백초등 5학년 김민호)

오늘 아침에
아빠가 용돈을 줄려고 할 때
내 천원 있다고
거짓말을 쳤다.
어제 일이 죄송해서

오늘은 용돈을 안 받았다. (9월 14일)

박민호, 김민호 시 맛보기 (동백초등 5학년 이가연)

선생님이
김민호, 박민호 시를 들려주시며
이야기 하신다.
우리 반 애들 눈이
꼭 눈물 흘린 눈 같다.
우린 지금 서로 통하고 있다. (9월 14일)

김숙미, 부산 동백초등 (2005.11)

크리스마스 선물

며칠 전 시 공부를 하고 아이들이 써낸 시다.

엄마 (반송초등 4학년 김나영)

어제 저녁 여섯 시에

아름다운 용서를 봤다.

거기선 엄마가 딸을 찾는다.

나는 속으로

'버리고 간 애를 왜 이제야 찾노?'

하는 생각이 저절로 난다.

생각 안 할라고 해도 난다.

나도 그러니까.

엄마는 나를 두고 갔다.

그것도 아기 때

엄마 얼굴도 모르는데

이학년 때 찾아와서

내가 니 엄마다 했다.

근데 여기 나온 언니는

엄마를 용서해 준다.

나는 왜 용서 못해 줄까?

속이 좁아서일까?

엄마라는 단어가 나오면

자동적으로 눈물이 흐른다. (12월 21일)

할머니 (반송초등 4학년 전유리)

할머니는 아빠 때문에
온몸이 아프고
걱정을 많이 한다.
우리는 그걸 알면서도
아빠 다리 다친 것도 속이고
힘든 일도
비밀로 한다.
할머니가 더 아플까 봐. (12월 21일)

싸움 (반송초등 4학년 최솔지)

우리 아빠 일하는 데에서
돈을 안 준다.
엄마, 아빠는 싸운다.
저러다
이혼하면 안 되는데
때리면 안 되는데
그 돈이 뭔데

이렇게 아프게 할까? (12월 21일)

엄마 (반송초등 4학년 김재연)

엄마랑 난 떨어져 산다.
날마다 엄마가 보고 싶다.
그런데 할머니가 반대한다.
엄마를 일주일 동안
2일밖에 못 본다. (12월 21일)

지난번에는 아이들이 가슴속 돌덩어리를 나한테만 내려놓았다. 이번에 이 시들을 보니 우리 반 동무들이랑 함께하면 어떨까 싶은 생각이 들었다. 1년을 함께 살았고 우리 모두 이 상처를 드러내고 이해하고 이해받아야 하지 않겠나 싶었다.

오늘 이 아이들에게 시를 읽어 주어도 되냐고 하니 좋다고 한다. 마침 성수가 재연이 아버지 이야기를 꺼내서 재연이가 울었다. 지난 사회 시간 현대 가정의 여러 가지 모습을 공부하면서, 부모가 이혼한 가정과 할머니하고 사는 가정에 대해서도 이야기를 했다. 그때는 아직 아이들 마음이 다 여물지 못한 거 같아서 더 이야기를 하지 않았다.

재연이는 여전히 울고 있다.

음, 이제 우리가 이렇게 오래 함께 살았고, 자기 식구 문제를 동무들에게 드러내어도 좋을 것 같아 말을 꺼냈다.

"사생활이라는 말 들어 봤어?"

"가정 문제 아니에요?"

"자기만 알고 싶은 거지요?"

"그래, 사생활이란 아주 조심스럽고 누구라도 함부로 말할 수 없는 거야. 누구한테도 알리고 싶지 않은 생활이지. 내 문제일 수도 있고 우리 식구 문제일 수도 있지. 우리가 4학년 마치기 전에 우리 동무들 사생활이지만 우리들도 함께하면 더 좋겠다 싶어서 그러는데, 이 이야기 나누는 거 반대하는 사람이 많으면 그만둘게."

서너 아이만 손을 든다.

휴우, 나도 어떻게 이야기해야 될지 모르겠다.

"지금 재연이가 우는데 재연이 사정 잘 알지."

"네네, 난 조금만 알아요."

"재연이가 왜요?"

"아이, 니는 재연이 사정을 아직도 모르나?"

"재연이 시를 읽어 줄게."

아이들이 조용히 듣고 있다.

"느그들 재연이가 잘 가는 곳 알제?"

"연산동요."

"그래 연산동이야. 연산동에 엄마가 있거든. 엄마, 아빠를 늘 집에서 볼 수 있는 사람들은 재연이 마음을 잘 모르지. 그런 사람 마음에는 상처가 없어. 재연이는 너희들이 못 느끼는 상처가 있는 거야. 엄마, 아빠 이야기만 나오면 재연이 상처가 다시 아파지는 거야. 그 마음을 이해해 줄 수 있겠니? 내 몸이 안 아프면 다른 사람 아픈 거 잘 못 느끼는 거와 마찬가지지. 나는 너희들이 동무들 마음을 조금만 더 깊이 알아줬으면 한다."

아이들 얼굴이 발개진다.

다음은 나영이 시를 읽었다. 나영이는 벌써부터 눈가가 발갛다. 시를 읽고 있는데 모임에 갔던 아이들 네 명이 뒤늦게 들어왔다. 시가 끊어져 버렸다.

사정을 모르는 아이들이 부스럭거리며 자리에 앉으니, 야 조용히 좀 앉아라, 빨리 앉아라, 어휴 분위기도 모르고, 해쌓는다.

다시 시를 처음부터 읽었다.

중간쯤 읽는데 내가 목이 메어 왔다. 나영이 시는 몇 번이나 읽었는데도 목이 멘다. 아이들 눈이 반짝인다.

아이들 얼굴만 봐도 더 이상 말이 필요 없었다. 아이들도 선생님, 무슨 말이 더 필요해요? 하듯 모두들 입을 옹당그리 물고 꼿꼿이 앉아 있다.

"나영아, 고마워. 하기 힘든 이야기를 하게 해 줘서. 느그 나영이가 어떻게 사는가 다 알지. 나영이가 저렇게 잘 살아갈 수 있는 힘은 다 할머니한테서 나온 거야."

솔지 시를 읽었다. 아이들 모두 눈이 동그랗다. 솔지는 공부도 잘하고 얼굴도 예쁘고 마음도 착하고 옷이랑 머리랑 늘 단정하다. 집에 걱정거리라고는 전혀 없을 것처럼 보여서 더 놀라는 모습이다. 나도 놀랐다.

솔지도 운다. 짝지가 등을 톡톡 두드려 준다.

"솔지에게 이런 힘든 일이 있을 줄 몰랐지."

"네에. 솔지는 아무 걱정이 없는 아인 줄 알았어요."

"이래 힘든 거를 솔지가 시로 썼어. 그리고 그걸 우리들에게 말하는 용기를 가졌고. 아, 이런 힘들이 다 어디서 나왔을까?"

우리 반 촉새 성수가 "삶을 가꾸는 우리!" 한다.

"그래, 맞다, 맞어."

"이거 다 우리가 이때까지 해 온 삶을 가꾼 글쓰기 힘이다."

여기저기서 눈물을 닦는다. 재연이는 아직도 어깨를 들먹거리며 울음을 삼키고 있다.

"재연아, 나는 우리 아버지가 내 고등학교 1학년 때 돌아가셨다."

"으아, 선생님 아버지 억수로 일찍 돌아가셨네요."

"으응, 내 막냇동생은 그때 초등학교 2학년이었어."

"아아, 어떻게. 샘 동생은 어떻게 살아요?"

"지금 잘 살고 있지. 미국 가서 잘 살고 있지."

미국이라는 말에 아이들이 와아 한다.

"아버지하고 9년밖에 못 살았는데 동생은 아버지 사랑을 아직도 기억하고 있어. 동생이 말했어. 아버지가 자기를 제일 좋아했던 걸 늘 가슴속에 넣고 산다고. 내가 전에 말했지, 사람은 죽어도 그 사랑이나 정신은 살아남는다고. 재연아, 그래도 너는 엄마를 볼 수 있고 아빠도 살아 계시잖아. 나 씩씩하게 잘 살아온 거 봐. 야들아, 나 씩씩하게 잘 산 거 맞지?"

"네에!"

"너희들 너무 고마워. 오늘 동무들 사생활 이야기를 했는데 한 가지 걱정거리가 생겼네."

"뭐가요?"

"동무들 상처를 불쌍하게 생각하고 동정하는 마음이 생길까 봐."

"아, 불쌍하다고 생각하면 안 되지요."

"그러면 어째야 되노?"

"사람마다 다 상처가 있으니까…… 그러니까 그것이 부끄러운 것이 아니고."

"이야, 느그 잘 아네."

"그래, 그 힘든 것을 우리가 서로 알아주는 거지. 함께 손잡고 씩씩하게 살아가자는 거지."

"그래요, 맞아요."

쉬는 시간이 되었다. 솔지가 날 찾아왔다. 아직도 눈가가 발갛다.

"선생님, 그 시는 문집에는 싣지 말아 주세요."

"그럼, 그럼."

"선생님, 정말로 우리 엄마 이혼할지도 몰라요."

"뭐어? 그냥 엄마가 힘들어서 싸운 게 아닌가?"

"양육비 이야기도 하고 아빠하고 살 건가 엄마하고 살 건가 이런 이야기도 했어요."

"어머, 어쩌면 좋아."

"솔지야, 화가 나면 무슨 말이라도 하게 되거든. 그러시지는 않을 거야. 만약에 이혼하신다 해도 우리 솔지는 꿋꿋하게 잘 살 수 있어."

"저도 엄마, 아빠가 이혼해도 상관 안 해요. 전에 선생님이 어른들이 이혼하는 거 이야기해 줘서 좀 알아요."

"어이구, 우리 솔지 우째 이래 다 커 버렸노? 솔지야, 이런 일이 안 일어났으면 제일 좋겠고, 만약에 일어나더라도 용기 잃지 마라. 5학년 올라가서라도 힘들면 언제든지 내한테 온나. 내가 솔지가 돼 줄 수는 없지만 솔지 이야기는 다 들어 준다. 무슨 이야기든지 하고 싶을 땐 온 나이."

점심을 먹고 집으로 가는데 솔지가 또 왔다. 두 눈을 반짝이며 웃으며 이야기한다.

"선생님이 아까 한 말 너무 힘이 됐어요. 고맙습니다."

웃으며 말하는데 입은 울고 있었다. 솔지 얼굴을 두 손으로 꼭 감싸 주었다.

재연이가 "나 오늘 연산동 간다아" 하고 소리 지른다. 나한테 잘 앵겨 붙지 않던 선경이가 어리광을 부린다. 유진이가 내일 빛둘레방에서 잔치하는데 나보고 오란다. 김장해서 갈 수 있을지 모르겠다니 마늘 가져오면 까 줄 수 있다고 한다. 갑자기 야들이 반 아이들이 아니고 아들 딸 같은 느낌이 쑤욱 들었다.

청소를 하는데 유리가 나한테 해 줄 말이 있다고 나중에 남아도 되냐고 한다. 옳거니 유리가 이제사 제 엄마 이야기를 털어놓으려나 보다 싶다.

유리는 나를 그렇게 좋아하면서도 엄마 이야기를 좀체 꺼내지 않으려고 했다. 전에 나랑 단둘이서 이야기하는데도 이야기 다할 때까지 책상에 머리를 누이고 말했다. 요것아, 속 시원히 말하면 이렇게 안 힘들 건데 하고 안타까웠다. 그런데 이번에는 유리가 나를 먼저 보잔다.

청소를 마치고 아이들을 다 보냈다. 유리는 뒷문도 꼭 걸어 잠그고 골마루에서 아이들이 신발 들고 갈 때까지 말 안 하고 기다린다.

'아, 유리야. 나는 니 마음 반도 못 헤아리고 있었구나.'

"자, 이젠 우리 둘만 있다. 그래 유리야, 뭔 이야긴데?"

두 손을 책상 위에다 올리고 자꾸 동그라미를 그리며 말한다.

"저 며칠 전에요, 전화 왔어요."

"응? 엄마?"

"네."

"어머, 그래서 우쨌어? 엄마가 뭐라 그래?"

"잘 있냐고, 공부 잘하냐고 그랬어요."

"어머, 어머, 처음부터 찬찬히 이야기해 봐."

"먼저 오빠가 받았어요. 오빠랑 뭔 이야기 많이 하데요. 그라고 나한테 바꿔 줬어요. 잘 있냐고. 공부는 잘하느냐고, 아빠는 잘 있냐고. 아빠 병원에 갔다고 했어요. 아빠 집에 있었는데. 그래 엄마가 아빠 어디 아프냐고 막 물었어요. 그래서 사실대로 아빠 다리 다친 거 말했어요."

"그랬더니?"

"엄마가 막 걱정을 했어요."

"그래, 그랬구나."

"있잖아요, 우리 방학 언제 하냐고 어디 안 가냐고 그랬어요. 저어,

올 것 같아요."

"어어?"

"엄마가 돌아올 것 같아요."

"정말, 정말, 정말?"

고개를 끄덕인다.

유리 엄마는 유리가 3학년 때 집을 나갔다. 회사에 다녔다고 한다. 아이들 말로는 아빠가 돈 못 벌어서 가출했다고 했다. 유리 아버지는 오래도록 실직하고 있었다. 유리가 이어서 말한다.

"저어, 내가 교회에 안 갔더라면 엄마가 집을 안 나갔을 거예요."

"으응?"

"내가 교회에 간 사이에 엄마가 집을 나갔거든요."

아아, 이 꼬마가 얼마나 되돌리고 싶은 시간이었을까? 이 꼬마는 자기가 집에만 있었더라도 엄마가 사라지지 않았을 거란 이야기다. 이게 짐이 되어서 엄마가 집 나간 이야기를 머리를 누인 채 제대로 하지 못했던 거다. 유리를 꼭 안아 주었다. 볼도 맞대었다.

"유리야, 엄마가 꼬옥 오시면 좋겠다. 이번 크리스마스 선물이 이루어지면 좋겠다. 뭐, 엄마가 빨리 안 오시더라도 실망하지 마. 유리 느그 아버지 느그를 얼마나 잘 챙기고 사랑하노? 아, 그래도 엄마가 오면 더 좋지."

우리는 한 번 더 안았다.

"유리야, 이야기 너무 고마워. 이 이야기 내한테 제일 먼저 해 주고 싶었어?"

고개를 끄덕끄덕한다.

유리를 보냈다.

아, 내일이 크리스마스이브구나. 크리스마스 선물치고는 오늘 너무
큰 선물을 아이들에게서 받았다.

이데레사, 부산 반송초등 (2005.12.23)

교사 열전

1판 1쇄 발행 2013년 3월 4일 | 2판 1쇄 발행 2014년 10월 6일 | 3판 1쇄 발행 2018년 5월 15일

글쓴이 주중식 외 | **엮은이** 한국글쓰기교육연구회

펴낸이 조재은 | **펴낸곳** (주)양철북출판사 | **등록** 제25100-2002-380호(2001년 11월 21일)

책임편집 이혜숙 | **책임디자인** 하늘·민 | **사진** 강삼영 김경해 김숙미 이승희 이채린 정인숙

편집 박선주 김명옥 | **디자인** 육수정 | **마케팅** 조희정 | **관리** 정영주

주소 서울시 마포구 양화로8길 17-9 | **전화** 02-335-6407 | **팩스** 02-335-6408

ISBN 978-89-6372-275-7 03810 | **값** 14,000원

카페 http://cafe.daum.net/tindrum | **블로그** http://blog.naver.com/tin_drum

페이스북 http://facebook.com/tindrum2001

＊이 책에 실린 사진은 글 내용과 관계없습니다. 사진에 실린 사람들에게 일일이 연락이 닿지 않아
 찍은 분들에게 허락을 받고 실었습니다. 나중에라도 연락을 주시면 양해를 구하겠습니다.
＊잘못된 책은 바꾸어 드립니다.